【第一部】

HUANG GU
DONG ZANG

# 黄古洞葬

成都万王 著

图书在版编目（CIP）数据

黄古洞葬. 第1部 / 成都万王著. 一重庆：重庆出版社, 2011.6
ISBN 978-7-229-04203-5

Ⅰ.①黄… Ⅱ.①成… Ⅲ.①长篇小说—中国—当代 Ⅳ.①I247.5

中国版本图书馆CIP数据核字(2011)第115760号

### 黄古洞葬·第一部
HUANGGUDONGZANG.DIYIBU
成都万王　著

出 版 人：罗小卫
责任编辑：李云伟
美术编辑：慕　蓓

重庆出版集团
重庆出版社　出版

重庆长江二路205号　邮政编码：400016http://www.cqph.com
北京市雅迪彩色印刷有限公司印刷
重庆出版集团图书发行有限公司发行
E-MAIL:fxchu@cqph.com　邮购电话：023-68809452
全国新华书店经销

开本：787mm×1092mm　1/16　印张：17.25
2011年6月第1版　2011年6月第1版第1次印刷
ISBN 978-7-229-04203-5
定价：28.00元

如有印装质量问题，请向本集团图书发行有限公司调换：023-68706683

**版权所有　侵权必究**

# 黄古洞葬

HUANG GU DONG ZANG

## 目录 Contents

| | | |
|---|---|---|
| 001 | 第一章 | 初入黄古 |
| 028 | 第二章 | 奇怪的画 |
| 046 | 第三章 | 神秘的信 |
| 065 | 第四章 | 蜈蚣石室 |
| 086 | 第五章 | 姜维之墓 |
| 103 | 第六章 | 无路可退 |
| 129 | 第七章 | 白色灯笼 |
| 149 | 第八章 | 幽冥之城 |
| 176 | 第九章 | 黑暗之渊 |
| 228 | 第十章 | 逃出生天 |

## 第一章 初入黄古

回忆，是最为可怕的东西。

不停地回忆，是比回忆本身更可怕的东西。

我以为很多时候，我已经忘记了那段让我痛彻心扉的回忆，但每当我从噩梦中惊醒的时候，我却很清醒地发现，原来这样的回忆，从来也没有在我的脑袋里消失过。

也许我刻意去忘记它，只会让它在我的脑袋里更加根深蒂固。

我曾经试着主动去面对这些回忆，每次拿出记录这些回忆的日记本的时候，我总是犹豫不决，打开，然后又合上，如此反复很多次，终于还是没有勇气。

古老的通道、神秘的文字、一处又一处的机关，这些不是小说也不是电视里的场景，这些场景，越来越频繁地出现在我的梦中。

而这些可怕的场景，我曾亲身经历过。

这是一个让我连续做了很多年的噩梦，我和我的伙伴们曾经一起经历的一切栩栩如生地再次出现，我不断地梦见我的初恋女友小鱼。她在梦里不停地问我，为什么当初我们要进去，为什么我把她丢在了那里。每次做到这样的梦，惊醒后，总会泪流满面，我不想再去回忆当年的情景，但我又异常想念那些已经离我远去的朋友。

整个故事要从2001年夏天说起。当时的我还在读高二，即将进入高三。

由于学习很紧张，暑假的时候学校安排了补课，原本两个月的暑假，也因为这个原因被缩短到了不到一个月。在补课将要结束的时候，我最好的朋友凤伟在课间休息时找到我，问我假期的安排。由于暑假被缩短了，原本想去成都姨妈家玩的计划，也只好放弃。所以在接下来不长的暑假里，我基本没有任何安排。凤伟的情况和我也差不多，所以他提议叫上"探险队"的其他六人一起去探险。

所谓的"探险队"，其实是我们读初中时八个好朋友组成的团队的别称，我们并不具备探险的基础知识和专业的装备，我们所谓的探险，无非是去一些很少人去的山上、洞穴里玩玩而已。

本来我们并没有这些爱好，全是受到凤伟的影响。

凤伟是初二时转到我们班的"才子"，之所以称呼他为"才子"，最主要的原因是他语文成绩非常好，并且对计算机非常精通，在当时学校的电脑还属于586一类古董机器的时候，他已经能够熟练操作了。他平时喜欢看《探索》《科幻世界》类的杂志和书籍，所以经常给我们讲金字塔、百慕大等世界之谜，这也引起了我们几个人对未知事物的好奇，以至于后来，大家都非常热衷于在我们生活的小镇周围寻找那些不为人知的神秘地点，尽管这样的地点并不多。

虽然我们的"探险队"不像专业探险队那样，每个人都有特长，但在我们的"探险队"中却每人都有特点。

除了知识比较丰富的凤伟以外，还有胆子比较大的二娃。二娃由于家境比较好，所以自小就习惯欺负别人，这也养成了他天不怕地不怕的性格。

汪勇虽说在"探险队"中身高仅次于我，但他的体魄却是队伍中最好的，也正因为这个原因，他在初中的时候，便成了学校里无人敢惹的"混混头子"。

而志强，不论是身高，还是胆量，都是所有人中最小的，他的胆子，甚至还不如"探险队"中的其他三个女生，当然，他也不是一无是处，至少，

在我们这一帮人中,他的成绩是最好的。

按理说,探险这类爱好,不应该是女生所喜欢的,但长期受我们几个男生的影响,我们的队伍中,也有了三个女生。

这其中有我的初恋,大家都叫她小鱼,一个漂亮活泼的女生,在初中的时候,曾经是我们班的班花,笑起来的时候,脸上总是有两个浅浅的酒窝。那时候,我并不知道什么叫做"爱情",所以我们的关系也仅仅只能算好朋友的关系,而我对小鱼的感情也只是属于一种懵懵懂懂的感觉。到了高中以后,也许是因为不在同一个班,所以见面时间少了,这才让我感觉到了一种酸涩和思念。也正是因为这些感觉,让我明白了,原来我已经喜欢上了她。我开始对她展开热烈的追求,经过了两个学期又三天,她终于成为了我人生中第一个女朋友。

除了小鱼,"探险队"里还有两个女生,周玲和许燕,周玲和我差不多算得上青梅竹马,我们从幼儿园时,就是同班,不过,真正和她成为朋友,是在初中。最主要的原因是,在小学整整六年的时间里,我们两人是同桌,她经常为了课桌上的"三八线"分配不均而对我大打出手,也因为她家是卖豆腐的,所以从小我对她的称呼便是"豆腐婆"。

而许燕和小鱼又是从小到大的朋友,一起上学,一起放学,印象中,她俩总在一起。也正因为许燕比较胖,和瘦弱的小鱼走在一起的时候,总是能形成鲜明对比。有时候,我甚至会想,小鱼会不会是故意找个比较胖的女生当朋友,这样才能衬托出她。

在上初中的时候,我们这八个人,受到凤伟的影响,开始喜欢上了"探险",没有任何的仪式,我们的"探险队"成立了。一旦有时间,八人都会相约前往我们小镇周边的一些洞穴探险。但之前我们所进的洞穴大多都是一些比较普通的洞穴,比如在仁寿县富家镇的东边有一个兵工厂,叫做一零一兵工厂,当地人叫做"幺洞幺兵工厂"。这个兵工厂在解放前是为川外战场制造武器使用的,解放后便废弃了。在这个兵工厂的地下,有一条十多公里长的地下通道，非常宽阔，据说当年是供运输武器的汽车使用的。我们八人也曾经"探索"过这条通道。但里面除了人为开凿的通道，我们并没有看到我们所希望看到的东西。

我们之所以喜欢探险，是因为总是想要去经历一些神秘、传说一般的场景。而后来等我们真正经历了，才知道，有些东西，不是我们所能经历的。有些伤痛，也不是我们所能承受的。

在2001年夏天，我们补课结束了，在凤伟的提议下，我们决定，"探险队"再次出发，去探险！

在我的家乡仁寿有很多的洞穴，也有很多关于这些洞穴的传说。除了"幺洞幺兵工厂"，还有一个更为神秘的，当地人称为"黄古洞"的地方，这便是我们这次的目的地。

关于黄古洞的各种传说，我们从小便听过。

黄古洞，位于仁寿县禄家镇的一个山脚，很隐蔽，不容易被发现。据说在解放前土匪横行的时候，许多土匪为了和政府对抗，将黄古洞作为了据点。等剿匪完了，当时的政府就封闭了黄古洞。约二十多年前，当地连日连夜的暴雨，造成了一些山体的垮塌，黄古洞也就在那时重见天日。黄古洞除了有土匪据点以及明朝公主逃进去的传说以外，还有例如白蛇修道、青龙巢穴等诸多传说。也正是因为这些传说，让当地人不敢贸然深入。

针对这个黄古洞在当地还有个民俗，每年的端午节，镇上的年轻人都会从四面八方聚集到此，喝一口雄黄酒，手端白色蜡烛进入到洞中，但最多只进入几十米就会退回来。所以，黄古洞从未有人真正走通过，谁也不知道洞的出口到底在哪里。至于洞口在一百多公里外的资中县这一说法，也只是传言而已。

对于喜欢探险，并且无知则无畏的我们来说，黄古洞无疑是个非常大的诱惑，也正是因为这样的诱惑，我们最终抛开了大人们的警告，决定去探一

探这个神秘的洞穴。现在想来，如果当时能预测到里面的凶险，我想我们永远也不会去触及。里面发生了太多让人匪夷所思的事情，很多的事情，现在回想起来，依然让我汗毛直立。

在进入黄古洞的前几天，大家做了一定的准备。

首先是照明工具，当时还不像现在，能充电的手电很少，而且价格昂贵。所以我们准备了很多装干电池的铁皮手电筒，每人一支。除了手电，我们还准备了几十根蜡烛以防万一。

食物我们则买了些面包、火腿肠、矿泉水等等，每个人都背了一大包。当时汪勇还说没必要带这么多，我开玩笑地对他说，就算用不上，大家就当是搞野餐。

为了防止意外，我们还准备了一条二三十米长的绳索，虽然在我们以往很多次探险中，用到绳索的时候很少，但黄古洞的各种传说，让我们觉得还是准备充分一点比较好。而在后来，绳索也确实起到了至关重要的作用。

除了这些，我们还带上了一把水果刀用以防身，小鱼更是带上了个放磁带的随身听，在当时，还没有开始流行MP3，所以磁带式的随身听是当时的主要娱乐工具。那时，比较流行的歌手是安在旭和任贤齐，所以他们的磁带小鱼也是必带的。我们当时还取笑小鱼，走到哪里都带着这些。结果在后来的经历中，这个东西却取得了奇效。

至于凤伟，则带上了他的日记本，在我们以往的很多次探险中，日记本是他必带的东西，他总希望能在探险的过程中发现一些古老的文字或者是图案，但是，每次都是空手而归，并没有发现一些让他值得记录的东西。

八月份的一个星期三下午，我们一行八人从富家镇坐上了开往黄古洞所在的禄家镇的班车。禄家镇离我们的小镇相隔不远，只有20公里的样子。我们只知道黄古洞在禄家镇，但是具体位置却不知道。所以一上车就开始打听大概的方位。车上大多是禄家镇的人，听到我们打听黄古洞，大家都用一种很好奇的眼光看我们。有些人问我们去黄古洞的目的，有些人则叫我们不要进去,说那里非常深,走进去就不容易走出来。听他们这样说,我们撒了个谎,告诉他们我们只是到黄古洞那个山上去野餐的,不会进洞。听我们这样说,同车的人虽然半信半疑,但还是给我们说了大概的位置。

我们在禄家镇下了车,根据车上那些人的描述,我们顺着禄家镇东边一条不宽的土路开始朝前行进,在车上,乡民告诉我们,这条土路是通往一个叫天鹅乡的地方。我们沿着这条土路走了大概四公里,便看到了乡民跟我们说的一条旁边有间草房的小道。这条小道非常僻静,尽管紧邻大路,但给人感觉却异常荒凉,周围只有很少的房子,这些房子都是黑墙青瓦,让人看了心里很不自在。

顺着这条小道,我们大概又走了两公里,便看到了一座不高的山。仁寿的山都比较矮,和真正的山比起来,其实都不算山,顶多只能算土包包。山的下方,有一片不太密集的竹林。根据乡民的描述,黄古洞的洞口应该就在这片竹林之中。

很快,我们在竹林中,找到了洞口。在进洞之前,"最有文化的"志强行云流水地读出了洞的名字:"水帘洞。"众人鄙视了一番。其实洞口没有名字,整个洞口给我们的感觉完全是一种天然形成的样子,洞口周围长了很多的杂草,一点人工开凿的痕迹也没有。志强刚刚的玩笑,让大家稍微轻松了一点,大家互相打了打气,开始慢慢地进入。

进洞后我们发现,在外面的时候洞口看上去并不大,但进入后里面却显得非常开阔,手电照过去,我们发现洞顶距离地面大概有两层楼高,洞顶看上去异常地平整,像一个巨大的石板。虽然距离洞口还不远,但阳光却一点也照不进来。整个洞穴非常安静,除了我们的声音,只偶尔有水滴声响起。在我们的正前方是一个巨大的通道,电筒照过去,没有任何的反射。通道的地面还算干燥,上面丢弃着一些方便面的包装袋、矿泉水瓶子一类的垃圾。

大家此时的心情都很兴奋,我们之前探险的洞都是一些小洞,这么大的洞,大家都是第一次见。凤伟说这个洞看上去像是个溶洞,里面说不定还有

很多石笋。

我们只在洞口的位置停留了片刻，便开始朝前走去，没走多远，地面开始湿滑起来。我身后的凤伟告诉我们，现在我们所走的路看上去很像一条河道，旁边应该才是路。说完便拿着电筒照向四周，果然，在旁边洞壁下面，我们看到了一条高出我们所在位置许多的土坎，凤伟爬了上去，用电筒照了照后，对我们说上面确实是条路。众人听后，也都爬了上去。这条土坎模样的路非常干燥，也比较平整，一直沿着刚刚走的河道朝前延伸开去，大家跟在凤伟后面一路有说有笑地朝前走。

这条通道非常空旷，有些地方，差不多能容下两辆卡车并排通过。

在行进过程中，我们发现这个洞穴通道的四周还有不少的岔洞，有的是在洞的底部，有些则在接近洞顶的位置。洞穴依然非常地黑暗，八支手电照在这种黑暗中，显得特别无力和缥缈。尽管这样，大家仍然没有觉得有任何危险，一路上兴致都很高。在我们经过的有些地方的头顶确实有很多天然形成的石笋和钟乳，看上去很奇特，令人惊叹不已。

不知不觉中，我们也不知道走了有多远，脚下的路开始变得凹凸不平，空气也让人感觉到有些压抑和闷热。大家没有再说话，只顾用电筒照着脚下的路跟着最前面的凤伟向前走。又朝前走了一段距离，三个女生提议休息一下，其他人此时也觉得比较累了，所以大家决定休息一下。大家找了个干燥的地方坐下来，喝了口水后，我去看手腕上的表，这才发现，不知不觉，我们居然已经进洞快两个小时了。

休息片刻，众人起身准备接着前进。

前面的通道慢慢变窄了，原本看上去可以让两辆卡车并排行驶的通道，变得只有两三米宽。这时，我突然发现了个情况：我们在进来的时候，一直是顺着那条凤伟口中的"河道"在走，而此时，那条河道却没有了。我把这个发现告知众人，众人都摇头说没有注意这个情况，甚至连带路的凤伟都没注意到。这其实也不怪他，之前我们走的通道非常宽阔，电筒照向四周，很多时候是没有反射的,凤伟在前面探路的时候,也是一直埋着头走,我们在后面也只顾着自己脚下的路,非常容易忽略。当时我有个想法,我们很有可能走到了一条岔洞中。我把这个想法提了出来,大家开始商量,是继续前进,还是退回去顺着河道走。八人中有六个人都表示,既然进了岔洞,就顺着岔洞走,说不定这些岔洞都是相通的。

众人商量完,又开始沿着通道朝前行进,地面不再像之前那么明显有现代人来过的痕迹,我们不由得有点紧张。不多时,前面的路势突然呈45度向下延伸,整个通道也逐渐变得只有两米来宽的样子。电筒的光照下去依然看不到头。

"下不下去哦,底下看不到头,好吓人哦!"志强拍了下我的肩膀问道。

"你傻啊,以前就跟你说过,叫你在这些地方不要拍老子肩膀,要吓死人的,走都走到这来了,为什么不下去?"我转过头看向其他同伴,征求他们的意见。

大家的想法和我一样,既然都来了,就一条道走到底。众人纷纷嘲笑志强胆子小。

"不是我胆子小,是我心头有点发慌,不晓得怎么回事!"志强见大家嘲笑他,连忙解释道。

统一了意见后,八人开始摸着墙壁向下走去,路太陡了,稍微不注意就要摔倒,所以摸着墙壁下去是最好的办法。

"啊!什么东西?"才朝下走了没几步,志强身后的小鱼突然叫了起来。听到小鱼突然发出的叫声,大家神经顿时一紧。我转过头非常疑惑地看着小鱼。

小鱼此时一脸的紧张。

"我刚刚摸到了什么东西,软绵绵的,好像在动。"说完就用手指向洞壁的一个位置。大家齐刷刷地用电筒照向她所指的洞壁,但略为潮湿的洞壁

上什么都没有，大家松了口气，后面的二娃开始取笑小鱼神经过敏了。

但小鱼害怕了，不敢再继续在队伍后面走，而是走到了我的身后。我们几人的顺序，从进洞以来，一直是凤伟在最前面探路，我跟在凤伟后面，我身后依次是志强、小鱼、周玲、许燕、二娃、汪勇。小鱼走到我的身后，手也不敢再去摸墙壁，而是搭在了我的肩膀上。调整了次序后，在凤伟的带领下，我们又开始朝下慢慢走去。由于整个通道是呈向下的趋势，稍微不注意就要滑倒。头顶也不时地有水滴落下来。

"啊！"刚走没几步，队伍后面又传来了周玲的惊呼声。

"我也摸到了，软绵绵的，真的在动！"周玲胆子很小，说这话的时候，我能明显感觉到她的害怕，声音都已经略带着颤音。

大家听到周玲这样一说，顿时又慌了，这就说明，刚刚小鱼确实摸到了什么东西。众人慌忙用手电开始在周围乱照，但也没有看到任何的东西，我壮起胆子去摸了一下周玲指的洞壁，和其他地方并没有什么两样。

"会不会是蛇哦！"我很好奇地看向周玲。

"不可能！我是整个手掌摸上去的，如果是蛇的话，这条蛇不知道要有多大。而且蛇是光滑和冰手的，我摸到的是一种疙疙瘩瘩的感觉，好像还有点温度。"周玲说完，又询问小鱼是不是也是这种感觉，小鱼惊恐地点点头。

队伍中的三个女生开始吵着要往回走。凤伟和其他三人却一致要求继续前进，他们的理由很奇怪，说我们探险的目的不就是为了看一些没看过的东西吗？自从我们进入这个洞以后，一直就是很普通的溶洞，现在终于进了这个不一样的洞。说不定真的被我们发现了一些神秘的东西。听到他们几个人这样说，三个女生没说话，我安慰她们三个，说我们人这么多，男生都会保护你们的。并叫她们不要再摸着洞壁走，而是把手都搭在前一个人身上，开火车一样地向下走去。

由于脚下是斜坡，所以大家都走得很小心，也很慢。大概走了十多分钟，路面开始变得平缓起来，坡度慢慢地开始减弱，两边的洞壁也开始有一些开凿的痕迹。由于路面变得比较平坦，所以大家加快了前进的速度，通道中除了我们发出的声音外，一片寂静。刚刚在下坡的时候，我们所走的通道一直是笔直的，而现在我们所走的通道开始有点弯曲。我们在这个通道中大概又走了一个小时。前面的凤伟突然停了下来，嘴里发出疑惑的声音，我不解地拿着电筒去照前方，这才发现，在前面大概一米的地方，两边的洞壁突然没有了，似乎已经到了通道的尽头。而前方，看上去，似乎是个更大的通道，手电筒的光照过去，完全被黑暗吞没了。我几步走到了凤伟旁边，用电筒照向四周。

　　在我前面是个很大的空间，由于电筒的照明距离有限，我照不到正前方是什么情景，电筒照过去也没有反射。这个空间的高度又成了刚进洞的时候那样的两层楼的高度，洞顶依然平滑得像一块巨大的石板。在后面同伴的催促中，我们走出了通道。八个人好奇地拿着电筒四处照看。我以为我们又回到了最初时候的那个有河道的主洞，但在看了两边的情况后，我否定了这样的想法。因为此时这个空间，虽然在最右边也有河道，但是却不再像主洞的河道那样宽阔，看上去仅仅只有一米来宽，不仅如此，河道也不是干涸的，而是有流水，河里的水不深，水流不急不缓，电筒照下去清澈见底，河水底部是一些小石子，看上去非常平整。

　　大家见到这条清澈的河，原本有点压抑的心情一下就恢复了很多。由于刚刚长时间的行动和精神高度紧张，大家都感觉有点累，决定坐在河边休息一下。刚坐下，我和汪勇便迫不及待地脱下鞋子，把脚泡在了水里。这水冰冷刺骨，但当时正值夏天，加上有点累，脚一放进水里感到非常舒服。

　　其他人没有像我们一样泡脚，而是背靠着背坐着休息。而凤伟则拿着电筒朝其他地方走去。

　　泡了一会儿脚，我突然觉得一阵睡意袭来，正准备闭目养神休息两分钟的时候，突然听到凤伟的惊叹声，随后就听到他招呼我们过去，他的声音中

带着一丝兴奋。

　　我和汪勇穿上鞋子站起身，顺着凤伟的电筒光便走了过去，其他人见我俩走了过去，也跟了上来。走近后，我们才看到，在这个空间的一个洞壁上，赫然出现了三道拱形石门，这些门，都有一人来高，石门的边缘是用石条垒砌起来的，那石头颜色有点泛白。在每道门的上方，都刻有一个巴掌大的古老文字，中间那道门上的字勉强能认出是个"生"字，而两边的门上的字则模糊不清，似乎被人刻意用凿子弄掉了。旁边的凤伟此时正一脸兴奋地仔细看着眼前的门，嘴里还念念叨叨的。再看其他人，大家都没有说话，同样是一脸兴奋地看着眼前的石门，全然忘了刚才的紧张。

　　我们之前一起探过很多洞，但这样真真实实的人工开凿的石门见得不多，而且关键是这个石门看上去年代很久远，也许，我们这次真正来到了一直渴望见到的古迹之中。

　　过了好一阵，大家才从这种兴奋的状态中回过神来，开始七嘴八舌地讨论起眼前的石门以及石门里面的情景。不过这样的讨论对于我们这样年龄的人来说，是注定没有结果的。所以大家又把话题扯到了进不进去和走哪个门上面来。

　　"咋个办哪，进不进？"凤伟问这话的时候，语气中透着激动，按照他的性格，他巴不得三个门都进去看看。

　　大家开始犹豫起来，周玲、许燕以及志强开始打退堂鼓。

　　"不知道啊，也不知道里面是什么东西，看都看不到。"我心里也非常忐忑，不知道到底该不该继续，门洞里的通道看上去和之前走过的迥然不同，虽然看上去很规整，但我却觉得有种莫名的恐慌。

　　"走都走了这么远了，我不想颠回去。大家都说这个黄古洞没人走穿过，既然我们都走了这么长了，我们继续朝前走嘛，没什么好害怕的。说不定我们运气好，真的发现了什么稀奇的东西哪！"二娃平时不怎么说话，但胆子却是我们八人中最大的。

凤伟本来就很想进去,听到二娃这样说,也在旁边不停地点头附和。

其他几个人都没说话,而是朝我看了过来。我平时受到凤伟的影响,对一些稀奇的事物也很感兴趣,所以尽管心里很忐忑,但还是想要进去看看。

当下,八个人在进不进洞这个问题上分成了两派:凤伟、二娃、汪勇以及我主张进去,志强和三个女生主张退回去。

在我们四个人的劝说下,志强他们很快妥协了。不过在进哪个门这个问题上,大家又犹豫不决起来。最后二娃出了个馊主意,他说用"点兵点将"的办法来选择。这个主意确实称得上馊主意,但对于当时的我们来说,往往遇到选择题,自己又无法确定答案的时候,就会选择"点兵点将"的办法。

"点兵点将"其实就是一段顺口溜,比如,我们前面有三个门,当我的手指在第一个门,便开始念这段顺口溜的第一个字,念第二个字时,手指向第二个门,依次反复,最后一个字落在哪个门,那个门就是选择题的最终答案。

大家当时虽然觉得这个主意有点扯淡,但确实没有其他的办法,纷纷点头表示同意。二娃见大家都赞成这个办法,手指着最右边的那道门开始念了起来。

"点兵点将,点到哪个,哪个就是我的大兵大将……"念完顺口溜的最后一个字的时候,二娃的手正好指向了中间那道门。大家的目光都齐刷刷地望向了中间那道门,我习惯性地拿手电照了进去。突然,通过电筒的光,我似乎看到什么东西快速闪了一下,心里顿时一沉。我不确定是不是我的幻觉,所以就询问其他人有没有看到。众人都摇头,我揉了揉眼睛,又用电筒照了过去,前面除了黑暗的通道,什么也没有。尽管我怀疑是自己的幻觉,但我却不敢走最前面,一直带头走前面的凤伟也不知道是出于什么原因,竟然也不愿意在前面带路。

最终二娃走到了队伍最前面,凤伟紧随其后,其他人则依然按照刚才进洞后的顺序。深吸了口气后,大家依次进入了中间的石门。

石门中的通道看上去非常干燥，甚至还有蜘蛛网，虽然这个通道看上去是利用山岩开凿而成的，但看上去还算平整，二娃捡了个石头在墙壁上敲了敲，清脆的碰撞声传出去很远，似乎这个通道非常长。通道中的空气沉闷得让人感觉很燥热，其他的人在后面不断催促，叫二娃走快一点。二娃加快了脚步，朝前走去。

我们一路朝前走了大约二十分钟的时候，前面的二娃突然停了下来，手中的电筒照向了一旁的墙壁。

我们顺着他的手电的方向看过去，这才发现，这个原本利用山岩开凿而成的通道，突然在我们右手边的墙壁上出现了个平整的东西，看上去似乎是刻意弄了个石碑来镶嵌在墙壁上，之所以说它是石碑，是因为上面刻了很多字：

"失算功臣不敢谏，生灵遮掩主惊魂。国压瑞云七载长，胡人不敢害贤良。"

这几句话让我吓出了冷汗，我最害怕在这些洞里看到什么鬼、魂之类的字。

但凤伟却不一样，他看到这些字显得异常兴奋，叫我帮他拿着手电筒，自己则从背包里拿出日记本，开始记录上面的话。若干年后，我将这段话输入百度，查询到的结果居然是明朝刘伯温的《烧饼歌》的其中一段。

但在当时，我们的认知有限，所以根本不知道石碑上写的到底是什么东西，因此，除了凤伟外，谁也没有在意。众人当时都有一种既恐慌又兴奋的复杂心情。恐慌的是，这个通道看上去非常古老，担心里面碰到什么僵尸、鬼神之类的东西。兴奋的是，也许这就是我们一直非常感兴趣的古墓或者古迹。

那时候的我们无比单纯，觉得如果真的是找到了个货真价实的古墓，说不定还能发现一些不为人知的东西。当时对古墓的好奇主要来自电视上，觉得古人在古墓里设置的机关很神奇，如果真发现了古墓，那以后和同学们吹牛也有谈资了。至于古墓里有没有金银财宝什么的，并不是特别关心。

带着有点亢奋的情绪大家开始继续往前走去，这个时候，我们都被一种空前的兴奋所包围着，缺乏了一些最基本的判断。如果当初我们能仔细进行分析，也许，后面的事情就不会经历了。也许，小鱼也不会这么早就离开这个人世。现在回想起来，我觉得那是一种命运，早已注定。注定我们要去探索和深入，也注定，我们接下来的三天两夜会成为我们这辈子永远无法抹去的梦魇。

在后面的行进中，由于发现了石碑，大家的兴致都很高，气氛不再那么紧张和压抑。大家小声说着话，小鱼则拿出了她的随身听，放起了任贤齐的歌。空荡的甬道中，歌声显得无比空洞和诡异，听上去让人心里发毛。我急忙叫小鱼关了，因为这样的感觉确实不好，感觉这个歌声不是来自随身听，而是来自通道深处的未知空间。

"咦？奇怪了，怎么又有个石碑哦？"走在最前面的二娃突然叫了起来，我们连忙拿电筒去照，发现内容好像和之前那个石碑上的差不多，正准备走的时候，小鱼突然叫了起来。

"不对啊，这个是刚刚那个石碑。你们看，我刚刚还用石头在这个位置写了个鱼字。"众人连忙望向她指的石碑的右下角，果然看见了那个鱼字，而且肯定是小鱼写的，因为小鱼写她的鱼的时候，很有特色，她喜欢把中间那个田字画成个圆圈，所以一眼就能认出那是她写的。

"你该不会是逗我们的吧，刚刚没看到你写啊！"我们都怀疑地看着小鱼，但小鱼认真的表情告诉我们她并没有撒谎，我仔细回想刚刚在第一个石碑的时候，小鱼的反应，始终想不起她在石碑上刻字的情景。大家看着石碑上的字，背上开始止不住冒汗，一种恐慌的气氛在众人中蔓延开来。

"不对，这个不是刚刚那个石碑，刚刚那个石碑只有上半部分有字，下半部分没有字，但这个石碑下面也有字，你们看！"刚刚一直没说话的凤伟指着石碑下部说道。

经他这样一说，大家都看向下半部的字。除了多出来的字，我还觉得面前的这个石碑似乎比刚才的石碑还要高一点。大家就这样你看我，我看你，顿时都没了主意，所有人都是一种"难以置信"的眼神。此时，另一个恐惧的念头出现在我的心里，如果这个不是我们看到的第一个石碑，那这个鱼字是谁写的，看着小鱼的表情，绝对不像撒谎，并且只有她才会这样来写这个鱼字。这个鱼字别人不太熟悉，但对我来说，太熟悉了，在我和小鱼来往的"情书"中，小鱼在结尾处总是写个大大的"鱼"字，所以，尽管其他人不太肯定，但我依然非常肯定那个鱼字就是她写的，但我始终想不起来，在看到第一个石碑的时候，小鱼有在石碑上写字的情景。

一种格外恐怖和诡异的气氛充斥在空气中，三个女孩子已经吓着了，叫我们赶快往回走。我也感觉非常不好，也提出退回去。这一次，没有人再反对，所有人都赞成往回走，刚才还兴奋的心情顿时被这样的未知恐惧所占据。

依然是二娃带头，我们开始掉头往回走，由于大家现在心里格外恐惧，所以感觉时间尤其漫长，不知道走了多久，前面的二娃突然又停了下来。我心里异常的烦乱，所以没有注意到他，鼻子一下就撞到了他的后脑勺，这才痛得回过神来。

"你干吗，一惊一乍的，撞到我了。"我忍不住生气地边骂边去揉鼻子。

"又有个碑，是我们第二次看到的那个石碑！"前面的二娃惊呼了起来，顺着二娃电筒的光亮，我们也发现这个确实是第二次看到的那个石碑，小鱼刻的"鱼"字还在石碑上。这时，又有个让人恐惧的念头出现在众人心中：我们走了这么久，又回到了第二个石碑，但是我们明明就是朝回走的，不可能再看见第二个石碑啊，而且，刚刚在我们第一次看见石碑的时候，石碑是在我们右手边的墙壁上，此时，石碑依然是在我们右手边的墙壁上，没道理啊，我们原地掉头，石碑应该出现在我们左手边才对啊！

这样说来，我们根本就没有朝回走，而是不知道怎么的又转了回来，但我们自从进入中间这道门之后，并没有看到有分岔的路，难道我们遇到了传说中的鬼打墙？我把这样的疑惑告诉大家，大家都觉得很奇怪，三个女生已经快要哭了，这个时候没有人再拿胆小来开玩笑，因为大家都非常害怕。

"不要怕，就算是鬼打墙也不要害怕，其实鬼打墙只是由于周围参照物都一样造成的视觉错觉，我上次看《探索》杂志的时候看过鬼打墙的分析。"凤伟安慰众人道。

"但是，按照你的说法，如果真的是鬼打墙的话，我们肯定就是在围绕一个圆圈在转，但是我们刚刚走过来，一直走的是直线，没感觉到在转弯。"我立刻反驳凤伟。

"这就是鬼打墙的神奇之处，它在视觉和步伐上是不会让人感觉走一个圈，如果没有一个特定的参照物，凭人的潜意识来走的话，始终就是在绕一个圈。"凤伟接着给大家解释道。我正准备提出新的疑问的时候，旁边的二娃打断了我。

"不管了，我们继续往前走，看看是不是这里面有很多个这样相同的石碑，只不过我们没有发现。"二娃边说边向前走。其实我们大家心里都很清楚，纵然是有相同的石碑，我们疏漏了，但小鱼的记号是唯一的。但这个时候大家已经不愿意去这样想，因为那个记号，在现在看来尤其恐怖。如果第一处小鱼刻了记号，那第二处的记号，谁刻的？我们发现的第二个石碑，明显不是第一个石碑，上面却凭空出现了小鱼的名字。大家之所以不愿意提这个问题，其实都是抱着侥幸的心理，想要尽早倒回去看看第一个石碑上是不是有小鱼的名字，大家都希望是小鱼记错了，尽管大家知道，这个希望是多么渺小。

众人此时没有说话，只顾跟在二娃后面走。每个人心里都在祈祷，希望前面是进来时的洞口或者看到那个只刻有一半文字的石碑。

但是事情往往是不从人愿的，走了一会儿，二娃又停了下来，这次胆大

的二娃也开始害怕起来,颤抖着声音告诉我们,又看到了第二块石碑。顺着电筒的光亮,我们仔细去看,果然还是第二个石碑,上面依然还有个"鱼"字。这一刻,强烈的恐惧占据了众人的心,我们心里的希望迅速瓦解。我们不知道什么时候走进了这样的一个怪圈中,找不到来的路,也找不到出去的路。大家精疲力尽地靠在了石碑周围,我抬起手去看时间,突然发现手表怎么停了,于是我叫许燕看看她的时间是多少,许燕告诉我,她的手表停了。听到许燕这样说,刚刚靠墙坐下的我像被针刺了一般站了起来,急忙叫其他人看看他们的手表。很快,其他人也发现,他们的手表都停了,连二娃的传呼机,也莫名关机了。

时间停在了六点钟,我很清楚地记得我们进来的时候是下午2:30,这样说来,我们不知不觉已经进来了三个小时多了,但是时间是什么时候停的,我们却完全没有注意到。也许,我们进来,已经远远不止三个小时。

走不出去的通道、停顿的时间、神秘的石牌、小鱼的记号,所有的问题重叠在了一起,队伍中的女生再也抑制不住恐惧,哭了起来。我想要抓住小鱼的手安慰她,却发现自己喉咙也开始哽咽,强烈的恐惧开始让我也有了想要哭的感觉。

几个男生不停安慰三个女生,此时我心里异常复杂。

"实在不行,我们就学电视上一样,既然转来转去都会回到这里,我们就分两头走,每组四个人朝相反的方向走,如果真的是个圆圈的话,两组人肯定会碰到。"其实我说出这话时已经后悔了,这是个冒险的决定,如果真的有一组走出去了,其他一组该怎么办,我们没有时间作为参考,所以根本不知道要走多久,会不会碰到。可是,眼下没有任何办法,因为我们要搞清楚,我们所走的路是不是一个圆圈。那时候的我们各方面知识都很欠缺,特别是这样的野外生存和洞穴生存体验为零。所以只有用这样最简单和原始的办法来判断。

大家听到我这个办法,没有说话,都低着头,我不知道他们心里在想什么，我只觉得自己心里尤其焦急，想要赶快出去，所以不停催促他们作决定。最后大家都点了点头，表示同意，因为这个办法，是目前我们唯一的办法。

我简单地将八人分为了两个小组，我、小鱼、二娃、许燕分成了一组，凤伟、汪勇、志强、周玲分为另一组。大家约定好以面前的石碑为界后，我便带头开始朝我们来时的方向走去，凤伟他们则继续朝前走。我们在走的时候，心里一直在数着自己的步伐。

走了好一会儿，两组人果然碰到了一起，此时，我们正好数到1800步，我问凤伟，他们同样是1800步左右。有了这个数字，我们才对现在的情况有了一个初步了解：现在看来，我们确实是在走一个圆圈，如果按照我们两步为一米的话，1800步算下来，我们差不多走了900米。再加上凤伟他们也走了900米，算起来，这个圆圈的周长居然有整整的1800米，接近两公里的长度。而且我们一路走过去，也没有看到我们进来时候的洞口。此时所有人都是大汗淋漓的，我懊恼地靠着墙壁坐了下来，每个人都垂头丧气。我开始后悔进入到这个洞穴中，心里不停地胡思乱想着。之前大人们跟我们说过，很多人进来后，都没有走出去，如果这个传言是真的，那些没走出去的人会不会也是被困在了这里？如果是被困在了这里，那应该有尸骨才对，但我们走了一圈了，除了头顶偶尔有蜘蛛网，脚下有碎石以外，这个通道基本上可以用干干净净来形容，没有尸骨，也没有除我们以外的其他生物，我们现在就像是处在一个混沌的空间里，看不到起点，也看不到尽头，让人感觉到一种虚无和一种前所未有的无力感。其他人坐在旁边都没有说话，只有凤伟和二娃两人在小声说着什么。二娃拿着蜡烛在给凤伟照着，凤伟则用笔在日记本上写着什么。

我看了他们一眼，没有去管他们，再看旁边不远的小鱼。

我站起身走到她旁边坐了下去，小鱼看了看我，没有说话。她的眼神此时非常平静，我轻轻捏了捏她的手，她对我勉强挤出了一个笑容。

"我知道是怎么回事了。"凤伟的声音打破了众人的沉默，众人不由得坐直了身朝他望了过去。

他见我们都没有动，索性自己走了过来，拿着日记本叫我们看。

日记本上画着杂乱的图形，看上去像是个阿拉伯数字的8，但在8的下部又有一条线伸了出来，看上去又很像英文中的Q的小写q，凤伟见我们没有看出名堂，拿着笔在日记本上给我们解释了起来：

"我刚刚仔细想了想，突然想到我们现在所处的通道，似乎我在哪本书上看过，但我也记不清具体，我只知道个大概。这个通道的原理是这样的：先不说我们是怎么进来的，我们现在所在的这个通道，其实不是一个圆圈，而是呈一个8字形，而且这个8字形是分为两层，8字上面的圆圈是一层，8字下面的圆圈是另一层，我们其实刚刚是从上走到下，或者是从下走到上，一共走了两层，只不过因为没有参照物和这个通道本身的设计，让我们感觉不出来上坡和下坡以及转弯。"

凤伟见我们大家都一脸茫然，又用笔从头到尾给我们重新画了一个，跟着他笔的走向，我终于看懂了一点点。这个8字形说起来是8字形，其实也不完全是。这个必须要有一点空间感的人才能看明白，好在我学过美术，所以理解起来并不困难。

这个8字形如果是从立体的方式来看，的确是个8字形，但是如果是从鸟瞰的平面角度，8字的上下两个圆圈，基本上是重合的。这样的话，确实就成了一个永远的循环。但问题又出现了，我们是从哪里进来的？刚刚我们分成两组的时候，仔细看过，根本没有看到来时的洞口。我把这个疑问提了出来，凤伟摇了摇头，表示他也不知道。

这个通道确实是人为修建的，这已经是不争的事实，难道黄古洞的深处，真的是一座古墓？我的这个想法刚一说出来就遭到了汪勇的反驳。

"我们仁寿县的地势很低，不适合建大型的古墓呀。再加上历史上仁寿也没有出过特别有权有势的官，唯一的一个高官，也就是宋朝的虞允文丞相,但他的墓明明就在仁寿县城几十里外的虞丞乡。所以这里估计只是一个古迹,而不是古墓。"汪勇似乎很肯定自己的想法。

"如果不是古墓,那设这个迷魂阵干什么,难道黄古洞下面以前是打仗用的啊?但是刚刚石碑上刻的字明显就是比较古老的文字,而且这个通道非常的干净,说不定好几百年了。"我觉得汪勇的说法不太可靠,所以开始反驳他。

"现在我们分析这些都没有用,找到出口能出去才是对的。"凤伟见我们两人一直在争论,立即出言阻止。

我和汪勇停止了斗嘴,大家又开始商量再走一圈,这一次仔细看看是不是我们之前遗漏了什么。

就在我们按照刚才的分组准备再次出发的时候,通道里响起了一种非常奇怪的声音,这个声音一响起,大家都不由得吸了口凉气,心跳也跟着剧烈跳动。这个声音一听让人感觉就是某种生物发出来的声音,但我们之前走了一圈,并没有发现有任何的生物。大家警觉地朝两边看去,这个声音听上去非常奇怪,至少在我记忆中从小到大从来没有听到过这样无法形容的奇怪声音。所有人不由靠在了一起,每个人眼中都充满了恐惧,对于十八九岁的我们来说,神经已经到达了崩溃的边缘。

大家没有说话,静静等着那声音再次响起,这种等待是非常漫长的。每个人都紧绷神经地等待,那声音却没有再出现。在这种状态中,我感觉我双腿都麻痹了,心情也尤其复杂,但最强烈的还是想要快点出去的迫切。

那声音始终没有再出现,我松了口气,小声安慰众人,然后两组人又开始朝两个方向走了开去。但受到刚刚那个声音的影响,这一次我们的步伐明显慢了很多。根据刚刚商量好的,这一次我们的目的主要是看看两边的墙壁和头顶有没有被我们疏漏的地方。

就在我们走出大概十步远的时候。我们手里的电筒突然全部失去了光亮。电筒熄灭得完全没有任何征兆,刚刚还非常明亮的手电,一下就全熄

了。突如其来的黑暗让三个女生止不住地叫了起来,我的头皮也在瞬间炸了开来,脑袋像被人突然打了一闷棍,心中有种巨大的悲怆似乎随时要喷涌而出。我的头机械地转回去看向凤伟他们一组,也只能看到一片黑暗。

这种黑暗,是完全伸手不见五指的漆黑。我一边大声招呼凤伟他们,一边取下自己的背包从里面拿出打火机和蜡烛。在我拿蜡烛的过程中,小鱼一直不停地叫我,我一边安慰她,一边去点蜡烛。因为害怕,颤抖的手点了好几次才将蜡烛点燃。刚刚点燃蜡烛,小鱼便哭着跑了过来,一把就抱住了我。再看其他两人,都是一副要哭的表情,这时凤伟他们走了过来,也是一副受惊不轻的模样。

安慰了一阵小鱼,我分开了她抱住我的手,拿出电筒取下电池看了看,没有看见什么异样。难道是没电了?或者是灯泡坏了?我仔细看了看灯泡,并没有损坏的痕迹。于是拿个电池使劲咬了下去,通常干电池在没有电的时候,使劲咬一下,还能放出一些电量,这是以前在学校遇到随身听没电的时候用的办法。

在咬过电池后,我装进手电一按开关,电筒又亮了起来,不过发出的光却很弱。看来,果然是电池没电了,这时心里又有个疑问出现了:我们的电筒虽然有些是旧电筒,但是电池是在同一个地方买的新电池,难道我们运气那么差,买到了歪货?就算是歪货,那即使是同一个时间生产的同一批电池,也不可能在同一时间同时没电吧,这种几率的巧合难道真的被我们遇到了?

凤伟叫我关掉手电,没必要的时候不要随便用,现在只能依靠蜡烛,但是不知道我们到底要在这里耗多久,所以每组人只能点两支。之前凤伟给我的感觉是比较有才气,但现在回想起来,当时在那种情况下他表现出来的冷静才是真正值得人佩服的。

众人过了好一会儿才平静下来,拿着蜡烛又准备开始出发。也就在这时,我突然感觉到头上一凉,慌忙去摸头顶,手上传来一种湿漉漉的感觉,我以为只是头顶有水滴下来，结果我把手伸到蜡烛的光下去看，顿时感觉到一阵眩晕。此时我手上是一种淡红色的液体，看上去像是血。其他人看到这个情况，也是不由直抽凉气。我强忍住恐惧拿着蜡烛照向头顶，只见头顶的山岩上不停有"血"滴下来。我强忍恐惧，将手凑近鼻子闻了闻，没有任何味道，也没有血腥味。这才稍微放心了点。

大家平复了一下心情，没有再继续停留，开始朝前走去。接二连三出现的怪事，让我走起路来，感觉轻飘飘的，脑袋一直处于一种半迷糊半清醒的状态。

由于没有了电筒，我心里十分没底，加上手表停止了，心情异常烦乱，连自己走了多少步都忘记数了，一直就用手摸着墙壁向前走着。突然，我手上一空，原本摸着的墙壁一下就没有了，我身体一个踉跄差点摔倒。其他三个人听到我发出的声音急忙走过来问我怎么了，我向他们摆了摆手拿着蜡烛就去照墙壁。这才发现墙壁上居然有个一人宽的凹处，这个凹处的颜色和墙壁是同一个颜色，如果不是一路摸着过来，这样的视觉错觉很容易让人忽视掉。凹进去的墙壁里有一股和通道不一样的味道，我拿着蜡烛照到凹处的底部，发现下面是个洞。为了看得更清楚，我将头凑过去，这才发现刚刚闻到的味道，是从这个洞里传上来的。其他三人见我蹲着一直没说话，也凑了过来。看到下面有个洞，大家着实兴奋了一下。此时我心里也稍微放心了点，至少现在看来，我们所在的这个通道并不是死路一条。四人简单商量了一下，决定就在原地等待凤伟他们。也就在此时，之前听到的那个怪声又响了起来，我心里又是一紧，站在原地动也不敢动。旁边的小鱼颤着声音告诉我，她感觉这个声音像是从墙壁里发出来的。听到小鱼这样说，我将头贴在墙壁上仔细去听，那声音却在这个时候突然又停了。

就在我疑惑的时候，前面的通道传来了脚步声，看来是凤伟他们过来了。

"是哪个，说话，不说话，老子用石头扔了！"对面传来了志强的声

音，听声音，他似乎非常地害怕。

"是我们，快来，我们找到洞口了！"我还真怕他拿石头丢，所以赶紧回了一句。

话音刚落，前面传来他们的跑动声。很快，凤伟他们四个人全身湿漉漉地出现在我们面前。看到他们的情况，我急忙问他们是怎么回事。还没等我问完，四个人就虚脱一般地坐了下来。坐下后四个人依然没有回答我，而是迫不及待地拿出水狠狠喝了一大口。等到他们气喘匀了，这才告诉我们，他们和我们分手后，走出了几百步的时候突然从头顶一下就淋了许多的水下来，而且这个水正是之前我头顶的那种血红色的水，不过颜色却比之前我头上的那种要鲜艳许多，看上去好像真的是血一样，这些血一样的液体沾满了他们全身，在蜡烛的光照下，尤其恐怖。

听完他们的讲述，我们四人也坐了下来。此时饥饿的感觉已经比较强烈，我拿出食物和大家一起吃了起来。这个通道中出现的种种怪事让我们八人有了强烈的逃离感，现在我们最希望的事就是看到阳光，呼吸到清新的空气。大家一阵交谈，这才知道，除了我发现的这个朝下的洞口外，其他人没有发现任何洞口。我们似乎就像凭空出现在这个通道里一样。

对于那个像血一样的水，凤伟觉得是某种矿物质渗了水，所以成了红色，虽然看上去像血却没有血的那种黏稠性，闻上去也没有血腥味。至于电筒和那个怪声，大家都没有比较服众的说法。唯一合理的解释就是：我们所处的通道中或许真的有我们所不知道的"神秘"存在，而这种"神秘"，我们称之为"鬼"。

其实在现在这样的情况下，我们大家都不愿意去提这个字，但此时脑袋里已经不由自主地冒出了这个字。我们是新一代的红领巾，共青团员，当然不相信世界上有鬼神之说，但是这个世界上确实有很多目前我们不能用科学来解释的事情，就好比以前我妈妈给我说过的很多稀奇古怪的事情，是没有办法来解释的。

我妈在上初中的时候，要走大概六公里的路去镇上读书，为了不迟到，她总是在早上五点就开始和两个邻居结伴去学校。有一个冬天的早上，我妈和平时一样去学校读书，走完小路，就在即将到达公路的时候，她们看到前面有个老太婆在慢悠悠地走着。

　　就在她们三人经过老太婆身边的时候，老太婆说话了，问她们去镇上的路怎么走。我妈给她详细地指了一番后，又和两个伙伴继续朝学校走。很快，她们发现了一件让她们感到非常害怕的事情。无论她们三人走得多么快，那个老太婆总是跟在她们后面两米的地方，嘴里还一直叫她们给她带路。三个人当时就慌了，那个老太婆看上去起码有80多岁了，刚开始的时候还慢悠悠地拄着拐杖在走，后来不管她们三人是走还是跑，那老太婆始终就跟在她们后面。三人心里不由得想到了鬼，拔腿便朝镇上狂奔，边跑边朝后看。结果那老太婆依然离她们只有几米的距离。三人吓坏了，不敢再朝后看，甩开膀子使出最大的力气朝前跑。等到跑到镇上有灯光的地方的时候，再朝后看，那老太婆突然就没了。我妈给我讲这事的时候，我听得毛骨悚然。她还一直强调，那是她亲眼所见，也因为那次，她生了场大病。病好以后，就再也不敢去镇上读书，外婆没有办法，只好把我妈送到了乡中读书。

　　通道中出现的各种诡异的事情，对于只有高二文化的八个人来说，确实只能用这种比较封建的说法来解释。虽然大家心里都是这样想的，但没有人说出来，因为这个时候我们已经恐惧到近乎要疯狂了。再加上凤伟他们被这种类似"血水"的东西淋了一身，大家不由自主地都想到了"鬼"。大家沉默着，各自想着心事，小鱼突然靠在我肩膀上哭了起来。她这一哭不要紧，其他两个女生以及志强也哭了起来。而我的喉咙里似乎也被什么东西卡住了一般，我强忍着不让自己哭出声，但眼泪却不争气地流了下来。

　　很多人说，男儿有泪不轻弹。我说这个话是放屁，不轻弹是因为没有让你哭的理由，换做是任何人来经历我们这样的恐惧，恐怕也和我们一样脆弱。

025

我强忍着想哭的冲动，这时不能大家都哭啊，那样凝聚力也就散了，想要走出去的希望也就更渺茫了。

按理说，我们看到了这个朝下的洞口，应该感到高兴才对。但看到凤伟他们几人的情况，所有的人都对进入那个洞失去了勇气，我们无法去想象洞下面会是什么样子，所以心情极其复杂与难受。我想要去安慰小鱼她们，但无论怎么控制自己的情绪，说话的声音却明显带着哭腔。终于其他几个人也忍不住哭了出来。那是一种绝望，是一种平常无法想象的恐惧和绝望。如果没有进这黄古洞，这样的恐惧和绝望，也许我们一辈子也无法体会。八人高低起伏的哭声在通道中回荡着，我的肩膀也早已被小鱼的眼泪打湿。

大家就这样毫无顾忌声嘶力竭地哭着，这是一种近乎绝望的宣泄，也是一种对希望的渴求。直到那个奇怪的声音再次响起，大家才纷纷止住哭声，安静地听着那怪声。

大家仔细听了一会儿后都不由自主地都朝我发现的那个地洞望了过去，那声音似乎是从那个地洞中传上来的。这奇怪的声音又响了几声后，突然间又消失了。我擦了擦眼睛平复了一下自己的情绪，询问大家到底进不进这个地洞。结果这次的意见却非常统一，大家觉得，只找到了这一个洞口，现在唯一的办法就是下去看看。再说到怪声这个问题，大家又沉默了。不过最终我们还是决定下去看看能不能找到其他的路出去。此时大家都表现出了一种异乎寻常的勇气，这也许就是人们常说的恐惧到极致后的特殊勇气！

众人从地上站了起来，准备开始进洞。由于出发前我们准备了充足的绳子，这会儿正好派上用场。我们先是用绳子绑了个石头丢了下去，想看看这个洞有多深。石头很快到了底，做好了记号后，我们又把绳子收了上来。利用我的身体作为长度参考标准，绳头上拴的石头到我们做的记号大概有接近3米的距离。汪勇力气大，所以由他在上面拉着绳子的一头，我们一个个滑下去。我最重，需要更多的人拉绳子，所以毫无选择我成了第一个下去的。其他人根据体重从重到轻都慢慢滑了下来，上面只留下了汪勇。他在上面大叫，你们都下去了我怎么办啊？我拍了拍额头，这才反应过来我怎么把他忘记了。二娃这个时候说了一句，喊鬼帮你拉。此话一出，他才发现说错了，一看众人脸色全部都变了，抱歉地缩了缩头站到了一边。汪勇在上面听到二娃这样说，也许是因为害怕，所以想都没想就跳了下来。空间里响起了他沉闷的落地声，他一边骂着二娃一边痛苦地站了起来拍了拍屁股，看上去并没有受伤。

将绳子收好以后，我们开始打量四周。现在所在的地方看上去像是一个小房间，准确点来说应该是个小洞穴，我们手里的几支蜡烛照起来，能够隐约看到周围的墙壁。汪勇点了支蜡烛放在了整个房间的中心，我们对他的做法非常不解，他却给我们解释说，放在中心，给人感觉要安全点。我们没有再理他，拿着蜡烛开始去看洞穴周围的情况。这个洞穴四周的墙壁并不是条石砌成的，也是天然的岩石经过人工开凿而成的，但显得很平整。我们拿着蜡烛去观察其中的一面墙壁。突然发现墙上刻着一些巴掌大的繁体字，但是不多，仅仅只有两行。我们逐个字逐个字去辨认，这两行字写的是：

"过往者无惧而生，红泪者无谓而亡。"

看到这些字，我们一脸茫然完全不知道是什么意思。这时，二娃在另一面墙壁上也发现了文字。连忙招呼我们过去，这次的文字很多但不是特别大，每个字只有拳头大小。烛光下我们看见上面写的是：

九尺红罗三尺刀，劝君任意自游遨，阉人尊贵不修武，唯有胡人二八秋。桂花开放好英雄，拆缺长城尽孝忠。

周家天下有重复，摘尽李花枉劳功，黄牛背上鸭头绿，安享国家珍与粟，云盖中秋迷去路，胡人依旧胡人毒。

## 第二章 奇怪的画

读完了墙上的文字大家还是和之前一样，摸不着头脑，根本不知道写的什么意思。随着烛光的移动，我们看见旁边还有四幅刻在墙上的画。每幅画周围都画了个很规整的长方形的框。拿着蜡烛我们逐个看了过去：第一幅画上面用简单的线条画了一个塔。但这塔看上去很奇怪，它没有塔尖，原本塔尖的位置居然是平的。在塔的下方有几条不规则的曲线。在画的最下面刻着几个字：紫草塔下镇河妖。第二幅画上面所画的是个很奇怪的桥，桥上面看上去就像拱形的碉堡，又有点像爱斯基摩人住的那种圆形的房子。和第一幅画一样在桥的下面也同样有很多曲线，最下面依然刻着字：分水桥上过龙霄。再看第三幅画，画的是座山，在山脚的位置有个拱形的图案，给人感觉是个山洞。第三幅下面没有前两幅那种曲线，但还是刻有文字：黄古洞中曲子绕。第四幅画也是山，但比第三幅画上的山明显大很多，在这山的背后还有几座简单线条所组成的山。这些山上画的拱形山洞也非常多，我仔细数了数有十三个洞，下面的文字写的是：盘中洞里存无药。

一旁的凤伟又在日记本上抄写刚刚看到的那些文字，我不明白为什么在这种情况下他还有心思干这种事情，他却告诉我："我们现在根本不知道出路在哪里，万一我们真正走进了个古墓，说不定这些文字对我们还有所帮助，反正也耽误不到几分钟，马上就好。"他这样说，似乎有点道理。我没有再去管他，又把目光放在了四幅画上面。

此时小鱼她们三个女生以及志强都在一旁靠墙坐着，而汪勇则拿着蜡烛在另一面墙前面不知道在看什么。我和二娃没有管他们，继续仔细看着这四幅画。

为了看得更仔细，我从二娃手里拿过蜡烛凑近了墙壁。这一看，我才发现，这些画如果靠近了看，似乎又不一样。就比如第一幅画，虽然只是简单勾勒出了塔的形状，但是仔细观察之后我发现每层塔的角的朝向是不一样的，有的塔角是朝上，有的是朝下。而塔最下面的曲线上面有个很模糊的圆形，我急忙把这个发现告诉了二娃。二娃也凑过来看，发现确实如此。我心里一下就犯了嘀咕，按照这个塔下的文字的字面意思来理解，"紫草塔下镇河妖"，如果把这些曲线看做是水的话，难不成这个圆形就是妖？我连忙又去看其他三幅画，很快我也发现了不同的地方，第二幅画中除了有圆形碉堡的桥的下面有很明显的曲线外，在碉堡的上方的位置，居然也有很多很浅的曲线痕迹。再看第三幅，虽然没有再看到这种浅刻的曲线痕迹，但在第三幅的山上那个拱形的洞口中却有一个很浅的圆形痕迹。而第四幅画就更奇怪了，在十三个拱形的洞口图案里，有些是圆形的浅痕，有些则是曲线的浅痕。

"这到底是什么意思哦，如果按照字面意思来解释，第一幅画里曲线是河水，圆形是妖；第二幅画里，桥下的曲线是河水，桥上的曲线就是龙；第三幅也是妖；那第四幅的那些山洞里，咋个有些是曲线，有些又是圆？难道龙和妖是兄弟伙？"二娃非常不解地看着我询问道。

这四幅画我也摸不着头脑，我是学美术的，从小学一年级打底子一直学到高中。这四幅画给我的感觉像是我们素描时打的底线稿，但看上似乎又不是那么简单。

此时旁边的凤伟已经抄完了墙壁上的文字也凑了过来。仔细看了一下那四幅画后依然和我们一样，没有任何结论。我决定也将四幅画临摹下来，说不定真的有用。由于墙壁上的画都比较简单，所以临摹起来也比较容易。很快,我临摹完了。

也就在这个时候,洞里的光亮突然暗了下去。我四下张望,这才看到刚刚我们从上面下来的时候汪勇点在中间的蜡烛熄灭了。二娃走了过去,又点燃了蜡烛,嘴巴里一直在念着什么。

我奇怪地看了他一眼,结果他却没头没脑地说了句:"你们觉不觉得,我们之中多了个人啊?"此话一出,我忍不住就开始骂他。他对我摇摇头,一脸正经地接着又说道:

"你们听过笔仙的故事吧,这个我就不说了,我说的多了个人也是同样的说法。说的是在一个没有门的封闭房间里,四个人分别站在房间的四个角落。然后从东南角的方位的人开始,顺时针去拍前面那个角的人的肩膀。被拍到的人要咳嗽一声,如此反复走完一圈后,有个人的背是被多拍了一次的,而拍这个人的'人'就是多出来的那一个,并且还会多出一个陌生的咳嗽声。"

听完后大家都开始骂二娃,都什么时候了,还有心思说这些。但二娃却很认真地告诉我们,他总觉得这个地方非常奇怪,好像有双眼睛在某个地方看着我们。

气氛又变得诡异起来,原本靠着墙休息的三个女生听到二娃这样一说,也不由得站了起来。

二娃见大家情绪又低了下去,慌忙打着哈哈说可能是他自己想多了。

就在这时,一直在四处看的汪勇突然说了句:"这个地方怎么没有门啊?"众人听后,才突然发现,刚刚下来后我们就一直在忙着观察墙壁,竟然忘记找门这么重要的事情。当下大家也顾不得再看其他的,拿着蜡烛开始找门。

"瓜娃子,这个不是门是什么嘛!"不一会儿,二娃的声音从另一边传了过来。

听到有门,我放心了一点,忙跑到二娃那里去看。确实是个门,不过这

门很隐蔽，门的正前方有一个和门同样宽的柱子挡住了门。加上这个柱子到门的距离只能容一个人侧身进入，所以如果不走近了看，确实看不到。门后面又是一条漆黑的通道，这条通道非常的窄，只有一人的宽度。高度也只比我高一点，我的身高是一米八，所以我估计通道的高度可能在一米九左右。找到了门大家松了口气，这就说明这里不是死路。虽然我们并不知道这个门通到哪里去，但至少比困在上面通道要好得多。二娃拿着蜡烛就准备进去，却被凤伟拦了下来。大家不解地望向凤伟，凤伟告诉大家，我们还是坐下来商讨一下接下来该怎么办。听到他这样说，大家在那四幅画的下方坐了下来。坐定后，众人开始商量接下来的事情。

由于我们误打误撞进了岔洞继而又进了上面的迷魂通道，以至于找不到回去的路所以就只有朝前走，希望能找到别的路出去。而前面还不知道到底有多远，究竟有没有出口，所以大家要尽可能地节约食物和蜡烛，虽然电筒还能通过咬电池的方式来获得电量，但不到万不得已的时候是不能用的。这些安排都是凤伟来做的，也只有他才会在这样的情况下还能保持头脑清醒。对于凤伟的安排，大家没有反对。在交代了几句其他的一些事情后，大家起身准备继续前进。

刚刚临摹完画后，凤伟的日记本一直被我拿在手上，我叫住凤伟准备把日记本递给他，这时候，他和其他几人却用一种奇怪的眼神看着我，我被大家这种眼神看得心里很不自在，急忙问他们怎么了。

"你额头上有东西流下来！"说话的是凤伟，他边说边拿着蜡烛照我的头顶。

听他这样一说，我慌忙用手去摸，果然摸到额头上有东西流下来。不过摸上去的感觉似乎和那种血色的水不太一样。

我把手拿到二娃的蜡烛下去看。依然是红色的，我用两根手指去捻，感觉又确实和之前的手感不一样。于是我又把手指凑近鼻子闻。这一闻，我脑袋一下就乱了。因为这血水分明有股血腥味，和之前没有气味的红色液体比起来，完全是两个概念。

看到我的反应，凤伟问我怎么了。我没有说话，而是把手指伸到了他鼻子前面。凤伟一闻，一下就叫了出来："是血！"

话音刚落，他就把我的头按了下去拿着蜡烛仔细看，边看边跟我说，头顶上没有。说完又把我的头抬起来，将我额头前面的头发弄起来仔细看。看完后又对我说，头顶上没有看到血，就说明不是头顶上流下来的。额头上也没有伤口，那这血是从哪里流出来的？

这样一问，原本就慌乱的我，心也剧烈地跳动起来。其他几人的脸色也越来越难看。这个时候那个怪声又出现了，听起来似乎很遥远，但是感觉又在附近。众人之前已经听过了很多次这个声音，虽然有了一定的适应性，不再像之前那么害怕。但我头上莫名其妙出现的血让众人又开始有点发慌，来不及多想，依然由二娃带头，凤伟紧随其后，其他人次序不变地列队进了门后的通道。

就在刚进门的时候，队伍最后面的汪勇告诉我们他忘记洞中间那支蜡烛了，要去拿回来。前面的二娃答应了他一声，脚步没有停留继续朝前走去。

这条通道完全是人工开凿的，之前我们进入的通道大都是天然形成然后进行人工改造的，最多也就是地面被处理过，但这个通道却不同，通道四面都是条石修砌而成，虽然看上去很粗糙但相对来说还算比较平整。通道带给我们的压抑感让我们喘不过气，前面依然一片黑暗。由于受到了刚刚那血的影响，我脑袋里一直非常乱，两只脚机械地挪动着。刚走出没几步，从我们身后传来汪勇惊恐的叫骂声。大家都停住了脚步朝后张望，汪勇跑动的声音越来越近，跑近后，他颤着声音告诉我们，刚刚他走过去拿那支蜡烛，结果还没走近，那支蜡烛突然熄灭了。当时他没有在意，继续走了过去，结果走近后才发现那支蜡烛不见了！

听到他这样一说，大家心里又是一惊，前面带头的二娃招呼大家加快速度赶快走。火车跑得快，全凭车头带。二娃的速度加快了，我们跟着也快了

033

起来。此时我已经顾不得再去想额头上的血以及凭空消失的蜡烛的事情了，只盼望走完这个通道，前面就是出口。大家在这种半跑半走的状态中又行进了好一会儿，前面的二娃停了下来。在我们的询问下，二娃告诉我们，前面似乎又是个石室。

说完这话后，二娃并没有动，在最后面的汪勇的催促下，二娃终于走了出去。我和前面的凤伟紧随其后走了出去。汪勇最后一个出通道，脸上流了很多的汗，在这种黑暗的通道中行进，走最前面和最后面的人是非常害怕的。最前面的人害怕突然出现个什么东西，而最后面的人害怕背后有人跟着，再加上蜡烛消失的事情，汪勇的脸色显得极其难看。

出现在我们面前的石室似乎和刚刚的石室差不多大小，在我们蜡烛的光亮下，隐约能看见周围的洞壁。但这个石室给我的感觉上却不一样。观察了一下后才发现，原来这个石室比刚才那个要矮很多，刚才那个石室足足有三米多高，而眼前这个石室只比我们刚刚走的通道高一点，大概有两米的样子，这个石室的顶部是完全没有经过处理的山岩，看上去凹凸不平。也正是因为低矮的原因，整个石室让人有一种强烈的压抑感。二娃这个时候问我们大家，还看不看这个石室？我和其他人都不想再看，想早点出去。但是凤伟却想看看，他说现在我们根本不知道我们到底在什么地方，如果这个房间也像前个房间一样，万一有什么图之类的，说不定还能给我们一点指示。大家听他这样说，觉得似乎有点道理。于是我们决定四周看看，一是为了找门，二是为了看看凤伟口中那所谓的提示。众人分散开来，开始四处查看，我带着小鱼朝我的左手方向走了过去。这个石室的墙壁和刚刚的石室不一样，刚才第一个石室的墙壁是利用天然的山岩凿平的，而这个石室的墙壁则是用通道里那种条石修砌的。除了这一点，我很快又发现了与第一个石室不一样的地方。在这个石室的角落里，我们居然发现了一个碑，这碑立得很奇怪，它和两边的墙壁呈一个三角形，没有顺着任何一面墙壁。碑非常高，几乎要接近洞顶了。而在碑的下面，有一只看上去很像乌龟的石雕，这碑正好就立在龟背上。我拿着蜡烛仔细去看碑上的内容，却没有发现任何文字的痕迹。我并没有死心，又拿着蜡烛去看碑后面的情况。由于这碑非常靠近墙，头完全从碑与墙的缝隙里伸不进去，所以我异常艰难地将手上的蜡烛伸了进去，眼睛使劲朝缝隙里看。尽管我使用了如此高难度的动作，但依然看不见碑背面的内容，却看见碑下面乌龟的后半部分像是完全从角落里延伸出来的。

这个乌龟我曾经在一些公园或者庙门前见过，同样是背上背了块碑。这乌龟也是有名字的，叫赑屃，是传说中的龙之九子之一。

其他人也同样在别的角落里发现了乌龟。我急忙走了过去。如果是从方位上来看，假设我们刚刚走出的那条通道属于南方，那刚刚我发现的那个乌龟，就属于石室的西南角。

我叫上小鱼，朝石室的东南角走了过去，此时汪勇、许燕以及周玲、志强都围着乌龟在看。我和小鱼凑了过去，发现这个乌龟和我们刚刚看到的没有什么区别，石碑上也没有字。见又是一块无字碑，我顿时没有了兴趣，招呼他们四人再看看其他的地方，重要的是先看看有没有门。

说完后，我又走向了石室的东北角，此时凤伟和二娃正站在石碑面前拿着蜡烛在看。我走近后才发现，这个石碑和刚刚两个不同。因为这个石碑上居然有字，上面用的一种弯弯曲曲的古文写着四个字，我勉强只认识前两个字"天下"。下面的两个字则完全认不出来。

凤伟此时正拿着日记本在照葫芦画瓢，二娃则拿着蜡烛给凤伟照着。这时，其他四个人在西北角以及面对我们出来的通道的方向又发现了写着文字的石碑。西北角的那个石碑上也是用古文刻着字，这一次，四个字中，我只认识最后一个好像是个"回"字。

在石室的正北方，也就是我们进来的正前方，我们很快发现了个比四个角落要大上一圈的石龟，这只大石龟背上依然立着碑，而在石龟身后，有一条漆黑的通道。此时大家都已经聚集在这只大石龟周围，大石龟背上石碑的文字有两列，这次我找不到所认识的字，凤伟拿着日记本在石龟前面仔细

035

描着，二娃为了给凤伟照亮，更是一只脚踩着石龟的头，一只脚踩着石龟的背。其他人则围着在看石龟的其他细节。

"这个乌龟嘴巴里有个东西！"汪勇惊奇地叫道。听到他这样说，我急忙走了过去蹲在他旁边看。凤伟和二娃此时似乎已经完成了描绘也凑了过来。其他人见实在凑不进来了，只能站在一旁看着我们。汪勇拿着蜡烛照向石龟的嘴，我们仔细去看，里面好像真的有东西，看上去黑漆漆的，是个圆柱形插在石龟嘴里。汪勇将蜡烛递给我后就伸手去拖，结果使了很大的劲，依然没有拖出来。汪勇收回手告诉我们，这个东西很牢固，但是也有一点松动，说不定能搞出来。说完就叫我把之前我咬过电池的手电给他，他看看到底是什么东西。打亮手电后，虽然光不太强烈，但比起蜡烛发出的散光，电筒的直线光确实要看得仔细得多。我们其他三人也跟着他的动作不由得将头伸了过去。

乌龟嘴里的东西看上去黑漆漆的，虽然看上去是个圆柱体，但电筒的光更清晰地让我们看清楚了那东西分明就是个竹筒裹起来的样子。我看到是竹筒，心里不由得开始胡乱猜测：是武功秘籍？葵花宝典？

"妈的，还是拖不动！"汪勇边骂边把手收了回来。

"我来试试看！"说完我将右手伸进石龟嘴里握住那"竹筒"使劲朝外拖。但无论我使多大的劲，那竹筒也只是感觉有一点点松动。接着二娃、凤伟以及站在旁边的志强轮番上阵都没能成功。最后大家也只有放弃。就在这个时候，那熟悉的怪声又响了起来，这次我们听得很真切，这个声音是从石龟背后的通道中传来的。听到这个声音，我立即就站了起来。心里突然有了个可怕的想法：这个声音一直跟随着我们，它是想要引诱我们到什么地方去！

我们自从进入到那个8字形通道开始一直到现在，这个声音就不断出现，离我们似乎很远，但似乎又很近。到底是什么东西发出的声音，它到底要把我们引诱到哪里去？我把这个想法说了出来，大家都若有所思地看向石龟背后的通道。那通道看上去似乎更加幽深宁静,一种来自黑暗的恐惧笼罩着大家。

其实这时大家已经感到非常疲惫,每个人的精神都非常委靡。之前所有人的手表都停了,所以我们并不知道进来有多久,身体已经非常困倦,但听到这个声音又不得不强打精神。环视众人,大家都是一脸疲惫却又强打精神的样子。过了一小会儿,怪声依然像之前一样,在响过几声后就停止了。听到声音停止后,我感觉身体一下被掏空了一样虚弱无力。在我的提议下,我们决定轮换着休息一会儿,由汪勇和二娃先站岗。如此安排后,我靠在乌龟上沉沉睡去。

不知道过了多久,朦朦胧胧中,我看到对面角落的无字碑的石龟上坐了个人,身形很胖,肯定不是我们的人。

那人脚下有一盏灯,发出幽幽的绿光,看上去格外诡异。我再去看那人的脸,是个女人的头。头发遮住了脸,嘴里不停地发出一直以来我们听到的那种怪声。我挣扎着想要爬起来,却发现自己除了头之外,身体根本动不了,我转过头去看其他人,居然都不见了,我的冷汗一下就冒了出来,好似几万只蚂蚁在啃食着头皮。我张嘴开始呼叫,却发不出半点声音。此时我心里异常清楚:遭了,我遇到鬼压床了。我不停地挣扎,不停地张大嘴巴喊叫,却还是没有任何办法让自己的身体动一下。

我的眼睛习惯性地朝无字碑望去,发现那个女人不见了,只剩下那盏闪着绿光的灯。而就在这时,很多长长的头发从我前方垂落下来,接下来,便是一张惨白的脸。我的心里恐惧到了极点,恨不得马上死掉。正在我无比恐惧的时候,脸上突然感到一阵火辣辣的疼痛。也正因为这个疼痛,我的意识一下就清醒了。

此时志强正蹲在我的面前,我揉了揉眼睛看向周围,大家都还在。志强告诉我,现在是他和凤伟在站岗,刚刚看到我脑壳不停地摆,嘴巴里一直含糊不清地发出声音,就走过来想摇醒我,结果怎么都摇不醒,最后只得给我

一巴掌。其他人睡得太沉了，都没有被这么响的耳光吵醒。我问志强我睡了多久，他摇头说他不知道。

睡了一觉后我感觉精神好多了。我没有起身，而是继续靠在石龟上休息，脑袋里不自觉地想起刚刚那个恐怖的梦。那个梦太真实了，真实得让自己回想起来，心里都发寒。想着想着我不由自主地看向了对面角落的无字碑，角落里一片漆黑，什么也看不见。我拿了根蜡烛，慢慢走向了对面的石龟。就在大概还有半米距离的时候，突然我看到了刚刚梦里那盏灯就放在石龟的头下面。看到这个场景，我不由得呆住了。习惯性地揉了揉眼睛再去看，那灯依然放在那个位置，我并没有眼花。此时我的心里再次慌乱起来，在我们刚进入这个石室的时候，我和小鱼曾仔细观察过那个石龟，当时并没有看到石龟的头下面放着那盏灯。难道刚刚我并不是在做梦，刚才的场景也是真实发生的？想到这里，我的脑袋变得异常昏沉，这个黄古洞中所出现的事物太古怪了，在我有限的知识范围内根本找不到任何解释，之前我是不太相信鬼神之说的，但我们遭遇的一切让我的想法开始动摇。我深深地吸了口气，走到那灯的面前蹲了下去。那灯看上去像是石头做的，做工很粗糙，油灯有个底座，底座上面是个碟形的灯盘，灯盘里非常干燥，甚至还有很多的灰尘和一些细碎的泥土，而灯盘里有一根成人小指般粗细的灯芯，但看上去也是非常的干燥，给人感觉似乎已经是很多年没点燃过。我壮着胆子去拿那油灯，结果却拿不动。似乎这油灯是被固定在地面上的，我拿着蜡烛去仔细看灯的底座，这才发现，灯的底座看上去和地面没有任何的缝隙，这盏灯像是从地上长出来的一样。

就在百思不得其解的时候，我听见小鱼在背后叫我。在看了一眼这个灯后，我便走到了小鱼的身边。小鱼看来刚刚才睡醒，也不知道是不是她刚刚做噩梦了，我看到她的脸上还挂有泪痕。我在她旁边坐了下来，把她的头靠在我的肩膀上轻声安慰着她。

小鱼在我们心中一直都是一个很坚强的女生，她家里还有个比她大几岁的姐姐，和一个三妹，她是老二，但就因为她平时坚强并且懂事，所以父母尤其疼爱她。不过，即便她平时再怎么坚强，这次的遭遇让她也彻底崩溃了。刚刚因为油灯的事情，我心里一直非常忐忑，我不知道该不该告诉大家这件事情。看到小鱼，我决定还是不要告诉大家，我不想再因为这些事情给大家增加无谓的恐惧。尽管我自己感到非常害怕，但小鱼靠在我的肩膀上，让我感觉到了一丝的温情。

我和小鱼就这样互相依偎着安静地坐着，耳边响起了小鱼均匀的呼吸声，她似乎又睡了过去。过了一小会儿，身边的同伴们陆陆续续醒了过来，大家都彼此询问着自己睡了多久，但却没人知道，没有手表，我们失去了时间的参考，这种无时间观念的感觉非常不好，总能在黑暗给我们带来的恐惧上再增添一点恐慌。时间对我们来说，过得无比漫长，我们甚至都不知道，良久的沉默是过了几秒钟还是过了几个小时。

小鱼这时也醒了过来，望了望周围，似乎觉得靠在我肩膀上不太好看，立即又坐直了身子。见小鱼刻意和我保持距离，其他人都笑了。小鱼见大家都笑她，脸红地低下了头。大家这一笑总算是让气氛轻松了一点，于是众人开始商量接下来该怎么办。

最后商量的结果还是大家朝前走，希望能找到出路，好在我们在进洞前准备了比较充足的食物和蜡烛。但即便如此，我们依然需要尽快找到出口，不然也坚持不了太久。

商量完后众人站起身开始朝大石龟后面的通道出发。在走进洞口的时候，我回头望了一眼，尽管角落里的乌龟以及那油灯已经看不见了，但我总感觉那乌龟的眼睛似乎有了生命一般，死死地盯着我。

很快，我们进入到大龟背后的通道，这个通道和之前进入乌龟石室的那条通道几乎一模一样，也是用石条砌成的。我心里突然有了个疑问，按理说这个黄古洞的环境非常适合蛇生存，但我们自始至终都没有见过一条。甚至在有些灰尘铺满地的地面上都没有蛇游动过的痕迹。难道蛇在冬眠？但不可

能啊，现在外面明明就是夏天，正是它们一年中最活跃的季节。

我脑袋里这样想着，脚没有停地一直跟着我前面的二娃和凤伟往前走。又不知道走了多远，走在最前面的二娃突然停了下来，转过身告诉我们好像又到了个石室。听到二娃这样说，我心里就开始犯嘀咕：这里到底多少个这样的房间啊，还有完没完，这不是折磨人吗？

这个石室乍一看和石龟石室很像，难道这个房间也有石龟？想到这里，我告诉了大家我的这个想法，其他人也觉得很疑惑，但我们并没有在通道出口的位置停留，大家按照之前的分组，各自又去看角落里是不是也有乌龟和石碑。长时间的配合，大家都已经形成了一种默契。我依然带着小鱼走向了石室的西南角，其他的同伴也按照他们在乌龟石室的方位分别走了过去，随着他们的烛光移动，我能看见这个石室果然也不大。

走了几步，我和小鱼便走到了西南角，映入我眼帘的果然是块高度接近石室顶部的石碑，但这个石碑下面并没有乌龟，取而代之的是一个四方形底座。石碑顶部的两个角雕有两只怪兽，分别望着两个方向。除了这些不同的地方以外，碑上面还刻着四个大字。就在我准备拿蜡烛去仔细看那四个字的时候，在我背后另一个角落的凤伟叫出了声："刚刚在乌龟石室的时候，我看到乌龟就晓得是龙之九子的赑屃，在走进这个石室的时候，我还在想，有可能这个石室也是龙之九子之一的某个神兽石室。现在看来果然是，你们看，石碑角上的这个石兽叫螭吻，也是龙之九子之一，你们说如果我们刚刚看的乌龟石室和这个石室都是龙之九子，后面会不会还有七个石室啊？那真的要搞死人。"

听到凤伟这样一说，我也反应了过来。刚刚在乌龟石室，看到那些背上有碑的乌龟，虽然我知道那是比较常见的赑屃，但当时并没有联想到后面还会有八个有龙之九子石雕的石室，凤伟这样一说，我也想到了这个问题。

"你们发现没有，这次石碑上的文字还比较好认。杨杨，你那边的石碑上还是像上个石室的碑一样什么都没有写吗？"

听到凤伟这样问我，我一边转头去看石碑上的文字，一边告诉他我这边的情况。而其他两个角落的同伴都说他们面前的石碑也是有字的，看来这个石室四个角落的碑都是有字的。

"日月什么什么，杨杨，你看看你那边，我这边我只认识两个字。"我正在仔细看我面前的石碑，凤伟招呼我，我并没有立即回答他。

"我们这边写的好像是辰什么什么张。"我认了很久才勉强认出了第一个字和第四个字，主要是第一个字的笔画比较简单，而最后一个"张"字，虽然写起来比第一个字复杂，但在各种电视剧里，我们经常可以看到不同的"张"字的写法，所以勉强能认出来。

凤伟听到我的回答后，没有说话。反而是我旁边的小鱼提出了一个疑问：

"这个话好像在哪里听过一样，感觉多熟悉，你们有没有觉得？"

"这两句听上去感觉有点像电视里的台词。天地玄黄，宇宙洪荒。日月盈昃，辰宿列张。"很少说话的许燕突然对大家说道。经她这一提醒，其他人都发出了一种恍然大悟的声音

"这个好像是《新白娘子》里的台词。"志强不确定地说道。

"不！怎么可能，绝对不是《新白娘子》里的，《新白娘子》，从小到大，我看了几十次，绝对没有这句话。"周玲立即反驳道。

刚刚听到许燕念到"日月盈昃，辰宿列张"的时候，我仔细去看我眼前的石碑，之前只认出了第一个字是辰，最后一个字是张，在听到许燕念完后，再去看中间两个字，好像真的有点像是"宿"和"列"字。

其他人还在讨论着这几句话的出处，甚至已经把《封神榜》和《西游记》都搬出来了。

"好了，不扯这个问题了，再看看有没有其他发现。"我怕他们越扯越远赶紧阻止道，按照这几个人天马行空的想法，说不定等一下就该把奥特曼

041

扯出来了。我的话音刚落，对面角落的凤伟又说出了他的看法：

"我以前看过一本世界未解之谜，讲的就是我们四川的巴山地区，在蜀汉时期有个部落非常强大，他们常年都生活在洞穴当中，当时刘备占据了四川，但并没有占领这个部落所在的地区。这个部落非常崇拜龙图腾。他们的长老把龙之九子当成精神信仰来崇拜，在自己的部落的地下修建了个庞大的地宫用来躲避战乱。在那个庞大的地宫里设立了九个连环房间，称之为九连龙洞。书上描述的和我们看到的这两个石室非常像，难道我们现在就是在那个地宫里？但是不可能呀，巴山离这里有几百公里的距离。"

"我觉得不太可能，自从进了那个鬼打墙的通道后，我们一路走过来，都是空荡荡的。除了有一些石碑和雕刻的文字、图画以外，我们并没有看到一些人类活动的痕迹。这个地宫应该不是你说的巴山那个，而且正如你所说，巴山在哪里？几百公里以外，我们虽然从黄古洞进来后也走了很远，但绝对没有几百公里，所以这个肯定不是你所说的巴山的那个地宫，出现类似你说的九连龙洞的石室，可能只是巧合。"我觉得凤伟说的虽然听上去很像那么一回事，但仔细想想又不太可能，所以立即反驳他。

我们没有再看石碑，石碑上仅有的几个文字对于我们寻找出路似乎帮助不大。

和前面的石室一样，这个石室除了四个角落有石碑以外，在通道正对的地方依然有个高至石室顶部的石碑，在中间这个石碑后面，依然有个门洞。我们没有再继续停留，找到出路才是我们的唯一目的。

许多年后，我遇到了我现在的老婆，她因为从事装饰和林园设计，所以特意拜师学习了风水。我老婆告诉我，在以前古时候确实是有房间四角安放神兽的做法，不过根据安放的神兽不同，作用也会不同。通常是大户人家在堂屋四角安放青龙、白虎、朱雀、玄武等四象用来镇宅，象征安身立命。而堂屋大门正对的方向则是安放祖先神位或者佛龛。我们在黄古洞中所见到的，看上去和这个做法类似，但实际上却大不相同。我们在黄古洞里看见的四角神兽是石龟，背上有碑，那显然就是龙之九子之一的赑屃，也叫霸下，常常用在陵墓、寺庙外面。而如果是放在室内，这样的格局准确点说应该是属于奇门遁甲外围的镇三门，属于极凶之地的门，称为镇死门，起的作用，一是镇、二是防，所谓防无非就是警告，警告闯入者不能进入再继续朝后走。而"天地玄黄，宇宙洪荒。日月盈昃，辰宿列张"这几句话则是出自《易经》，其解释是：天是青黑色的，地是黄色的，宇宙形成于混沌蒙昧的状态中。太阳正了又斜，月亮圆了又缺，星辰布满在无边的天空中。但对于当时的我们来说，我们并不知道那些石室的作用以及这几句话的意思。

当年懵懂无知的我们，急于寻找出路而贸然进入了后面的禁忌之地，以至于发生了让我们一生也难以忘记的经历。

我们没有在第二个龙之九子石室做过多停留，开始鱼贯进入石碑后面的通道。大家心里此时都很担心，担心接下来又会是一个龙之九子的石室。为了节约，我们吹熄了多余的蜡烛，只留下了最前面的二娃手里的，走在中间的许燕手里的，以及走在最后的汪勇手里的。这条通道和我们之前走的通道一样，四周都是石头修砌的，不过和前面通道不同的是，之前通道的宽度仅供一个人通过，而这条通道比较宽阔，我张开两臂，恰好能碰到通道两边的墙壁。通道的高度根据我的身高来目测，足足比我还高了两个头。通道里非常干燥和干净，只是偶尔有一小截稍微有点潮湿，我借过二娃的蜡烛举到头顶，并没有看到头上有水滴落下来。为了了解这条通道到底有多长，我在心里默默地数着自己的步子。

在走出了一百步，也就是大约五十米的时候，二娃又停了下来。我心中一动，难道这么快就到了？还没等我开口，前面的二娃转过头来。借着烛光，我看到二娃脸上有一种说不出来的奇怪表情，手里的蜡烛也在不停地颤抖，我身前的凤伟见状急忙询问二娃。二娃颤抖着声音用手指着前方叫我们看。由于蜡烛的光属于散光，所以我们并没有看到前面有什么异样。好在这条通道比较宽阔，为了看清楚二娃所指，我和凤伟走到了二娃前面，这才看

到他叫我们看的东西。才看一眼，我便惊恐地叫出了声。

之前我们经历了很多的恐怖和恐惧，心里已经有了一定的承受能力，但是看到他指的东西的时候，我还是感到了一种前所未有的恐怖。因为在二娃的前面，有一具白色的骷髅正坐在地上背靠着墙。后面的同伴并不知道发生了什么事，纷纷询问我们。我颤着声音告诉了他们我看到的情景，三个女生一听，都发出了一阵低呼声。

我们经常在电视上看到白骨，但如果是真真实实的一具死人骨头放在你的面前，我相信很多人都承受不住。我们在之前经历了血水，迷洞，消失的蜡烛，怪声。虽然每一种情况都让年少无知的我们感到恐惧和害怕，但却远远没有在这个寂静的通道见到一具死人骨头来得恐怖，这样的视觉冲击来得猛烈并且真实。

烛光下的骷髅看上去有一种无比瘆人的白色，在这个寂静的通道中，显得异常突兀。我感觉脚一软，急忙扶住旁边的墙。后面的同伴此时都走到了我们的位置，大家挤在了一团。小鱼走到我身边抱住了我，从她急促的呼吸中，我能感觉到她很害怕。我用右手扶着墙，左手则揽紧了她的肩。

就在这个时候，我扶在墙上的右手突然感到一阵冰冷，我急忙收回手。借着二娃手里的烛光，我看到手里又是之前见过很多次的那种红色的血一样的水，这次的血水和之前他们在我脸上看到的血非常接近，也是有黏稠感和淡淡的血腥味。

我心里感觉到非常烦躁：这到底是他妈的什么东西？如果说之前遇到的可以解释为是头顶上某种特殊的岩石经过了水的渗透和中和而变成了红颜色，那在这个完全人工修筑的通道中，怎么会又出现这种血水？我从许燕手里拿过蜡烛仔细去看刚刚我用手扶过的墙壁的上部，上面依然还有血水流下来。看来这些血水肯定是头顶石板上面的山岩通过石板的缝隙渗透下来的。

看清楚了血水的来源，我没有再去理会。我们在第一次见到血水的时候，凤伟跟我们说是岩石被水渗透而产生的，但那时候的血水并不黏稠，也没有血腥味。而现在的血水和我之前脸上的一模一样，非常黏稠并且带有血腥味。众人凑过鼻子闻过一通我手上的血水后都紧皱眉头不说话，加上眼前地上的骷髅，恐怖的气氛在这个通道中蔓延开来。我分不清我自己到底是不是还活着，总觉得自己身在地狱一般。同伴们此时都是一种近乎绝望的表情，在没看到这具骷髅之前我们都天真地认为，我们顶多进了个比较奇特的洞而已。即便是在看到两个神兽石室时在我们心里依然存有一丝幻想，我们觉得就算有九个石室，我们依次通过后应该就能找到出路，因为之前所经历的，虽然让人恐惧但至少还没对我们造成什么实质性的损失。但是看到这具白骨，我们突然意识到，事情远远不是我们想象的那么简单。

我的脑袋里此时出现了很多的问题：这个白骨是谁？为什么会死在这里？因为什么死的？是前方没有了路？被困死在这里的？还是因为遇到什么奇怪的东西？又或者是机关？

这样的疑团围绕着我们，大家都沉默着。

我们不敢再继续待下去，求生的欲望越来越强烈。众人小心地迈过了白骨继续向前走，队伍最后面的汪勇一直急声催促我们前面走快点。

才走十来步的距离，前面的二娃停住脚步告诉我们，前面又有骷髅，并且还是两具。如果说恐惧的尽头就是虚无，那这个时候的我们也被这种恐惧折磨得逐渐麻木。大家不准备再查看这两具骷髅，所有的人都想早点离开这个地方。就在二娃迈过两具骷髅后，凤伟叫住了他：

"等一下，这个骨头下面好像有啥子东西。"凤伟边说话，边从二娃手里拿过蜡烛蹲下了身。

## 第三章　神秘的信

"这个骨头下面真的有东西,你们看!"凤伟一边说,一边用蜡烛凑近白骨。见我们没有看清,另一只手就准备去搬动白骨。见到这个情景,我急忙阻止他。他稍加思索,从背包里拿出电筒去刨开那白骨。由于白骨较轻,在凤伟多次努力下,倒向了一边。我们这才看到,白骨屁股下的位置上有一个看不清楚颜色的东西。

凤伟拿着蜡烛凑近去看那东西,隔了一会儿抬起头告诉我们说那东西好像是个本子。凤伟对于陌生事物的好奇在很多时候远远超过我们所有人,并且一旦遇到比较感兴趣的奇怪东西后,立即就会抛开所有去研究。

凤伟叫二娃拿着蜡烛给他照明,然后自己小心翼翼地去拿那个"本子"。可能是由于那本子年代太久,又或者是由于受潮的原因,有几页纸被粘在了地上,尽管凤伟小心翼翼,还是没能把地上的那几页纸弄起来。

等凤伟拿到了手上,我们几人围在一起开始观察这本子。这个本子封面深灰色,大小只比A4纸小一点。准确点说应该是和我们小学时候用的那种大的作业本类似。本子的封面没有任何的文字,凤伟小心翻开了封面,本子里面的纸张看上去比较接近黄色,也不知道本子本身就是这个颜色还是因为时间久了变成了这个颜色。在纸张的边缘有很多黑色的小点,这是纸张受潮后起的青霉。整个本子给我们的感觉虽然古朴但看上去又像是接近现代的产物。再看上面的字,全是用钢笔所写的繁体字,有些字由于受潮而变得有

些模糊不清。但这些字总体感觉写得很规整，甚至可以用漂亮来形容，给人一种比较畅快的感觉。我们小心翼翼地翻了一下本子，大概有十多页，如果再加上被粘在地上的那几页，总共估计有二十多页，每页都密密麻麻写满了字。

在拿到这个本子后，凤伟仔细看了看骷髅周围再别无他物后，便招呼我们大家继续走，先离开这两具骷髅后找个相对干净的地方再看本子上的内容。我们朝前又走了大概十多米，见前面依然是伸手不见五指的通道。众人便决定停止前进，原地休息一下。

所有人靠着两边的墙相对无语，只有凤伟一个人在借着二娃的烛光看那本子上的内容。在八个人之中，在现在这种情况下，也只有凤伟还有心情来看这些东西。小鱼在我的旁边坐下后就把头靠在了我的肩上，此时她也不怕被其他同伴取笑了，虽然我们在乌龟石室都稍微睡了一觉，但似乎睡的时间并不长。坐下来后，我又感觉我的眼皮在打架了。不知不觉中，我昏昏沉沉睡了过去。

不知道睡了多久，我被人推醒了。我勉强撑起眼皮，这才看到是二娃在叫我。我试着动了动身，结果却惊动了靠在我肩膀上还在睡觉的小鱼。再去看其他人，汪勇和志强两人的头靠在一起似乎还在睡，二娃走过去推醒了他们。等到大家都醒了后，凤伟叫我们坐得靠近点，说他已经看完了信上的内容。凤伟说这话的时候，我看见烛光下他的脸上满是汗水。

等众人坐拢后，凤伟开始给我们讲述他从信上读取的内容：

"有些字看不太清楚，但是大概的意思我读懂了，我想我们可能都要死在这个黄古洞里！"众人听到这个"死"字，身体都不由得颤抖了一下。凤伟似乎并没有注意到这个细节，开始把信的内容给我们娓娓讲来。

根据凤伟的叙述我们知道了个大概，虽然有了一定的心理准备，但在听完后，我们还是感觉自己之前所面临的种种恐惧根本不算什么，也许真正的恐惧从我们进入现在所在的通道那一刻起，才刚刚开始。

尽管时隔多年，但凤伟讲述的信上的内容，我现在依然记忆犹新。

那具白骨的名字叫张楚军，他的身份是当时国民党军队一个营部的机要员。1946年抗日战争结束才过去几个月的时候，他们驻扎在九龙庙（现仁寿县富家镇）的营部接到军部的命令，让他们去和驻扎在资中的第八营进行换防。就在他们即将要出发的前一夜，部队突然受到了周围土匪的袭击。作为在当地已经驻扎了好几年的营部来说，其实早就和周边的土匪形成了一种默契：只要上头当官的不过问，他们是不会主动去进行所谓的"剿匪"的。而土匪也不能进城骚扰城里的居民，至于在城外胡作非为，军队也大多都是睁只眼闭只眼。但那天晚上土匪的进攻完全没有任何的征兆，而且围攻营部的土匪不管是人数还是火力上都来得尤其凶猛。当时张楚军所在的机要室里存放了大量来自其他地方的档案，某些档案是需要提交到团部甚至军部的机密档案。土匪的攻击异常猛烈，随时都有可能攻入营部。在迫不得已的情况下，机要室的赵主任通知大家在警卫连的掩护下，向资中方向撤离。

情况紧急，他们不敢再走大路，在警卫连长的带领下，决定走小路撤往资中，绕过土匪的地盘。一行几十人开始翻山越岭地向前行进，就在走到禄家镇地界的时候，掩护他们撤离的特务连追了上来。特务连的人告诉他们，那些土匪疯了一样地进攻营部，后来加入的土匪越来越多，似乎邻县的土匪都来了。现在营部估计已经被占领了，后面有一大批土匪追了上来。

赵主任听完这些情况后，立即安排特务连的人留下15名士兵设卡阻截。其他的人则保护机要员撤离。张楚军当时也被突袭打懵了，所以就只顾着跟着走。众人又不知道走了多久，到达了一座小山的面前。这时前面突然传来了枪声。赵主任从杂乱的枪声上判断出前面也是土匪，顿时大惊。这些土匪不知道什么时候居然绕到了他们的前面。眼下前后都有追兵，而且从枪声上判断，来的人似乎还不少。眼前只有一座光秃秃的低矮小山，根本就找不到能够充当掩体的地方。所有的人都感到必死无疑。赵主任见状便命令张楚军他们几个机要员焚烧掉所有文件，这些文件即使是毁掉，也不能落入任何人

手里。此时枪声越来越近，张楚军他们烧掉了文件正准备和对方以死相拼的时候，特务连的一个人前来报告说发现了一个山洞。听到有山洞，众人大喜，尽管山洞里面漆黑一片什么也看不见。但求生的欲望还是让他们不顾一切地跑了进去。

由于只有特务连的几只手电作为照明工具，所以他们行进起来相当困难。走了很长一截路，后面安静了下来，似乎土匪并没有跟随他们进入到这个山洞。在莫名其妙的情况下，他们和我们一样到达了三个门的地方。由于当时不知道到底该走哪个门，所以主任就将剩下的十多个人分为三个组，分别进入了三个门。而张楚军所在的一伙人进入的正是中间的门，机要室赵主任则带了几个人进入了右边的侧门。

进入中门的人当中张楚军的军衔是上尉，所以理所当然地成为了这群人中的头。后面的经历和我们都大致一样，也是莫名其妙地进入到了那个连环圈的迷宫中，转了很久才进入到下面的房间。其次也经过了两个龙之九子的石室。这些经历都和我们大致一样，路途中并没有遇到什么实质性的危险，而我们听到的怪声，在这个叫张楚军的信中，并未提到。真正让我们感到头皮发麻的是凤伟后面叙述的信的内容，简直可以用匪夷所思来形容。

根据张楚军的描述，他们经过我们目前所处的通道继续向前前进，大概走了有两公里远依然还不见头。无法控制的压抑感让他们每个人精神都恍惚了起来。队伍中的所有人都觉得他们走的不是人道，倒是很像通往地狱的通道。每个人都急切地想要逃离这个地方，就在他们快要绝望的时候，迎面吹来了一股风，让人感觉到很凉爽，很清新。这股风似乎还带着某种香气。走在队伍最前面的特务连的大牛似乎也感觉到前面是出口，赶紧拉起了枪栓。

在大牛电筒的照映下，出现在众人面前的是个非常大的空间，通道也在这时到了尽头。眼前空间的底部距离通道居然有好几米的落差，张楚军他们之前感受到的风似乎是从头顶吹过来的。而大牛的电筒照过去，整个光束就像被吞噬一样，陷入了一片黑暗中。一行人见前方无路可走没有办法只好准备跳下去，可是落差有好几米，在当时没有绳索的情况下，谁也不敢贸然跳下去，最后众人一商议，决定还是大牛先下去，毕竟他身体强壮并且当兵多年。

大牛壮了壮胆，跳了下去，底部传来了沉闷的落地声，不多时大牛在下面叫他们下去。剩下的人也只有壮着胆子跳了下去，由于高处下降的冲力，张楚军跳下去的时候脚崴了。好在并不是大伤，队伍中的另一个人帮张楚军简单地推拿了一下，他勉强能够行走了，但依然还是传来阵阵疼痛感。所有的人下来后，开始打量他们所在的空间。由于只有一只电筒，所以能看见的地方极其有限，他们沿着通道一边的石室边缘走了好一会儿都没有看到另一边的墙壁。

大牛从地上拣了块石头向前面的黑暗丢去，前方传来了石头碰撞的声音。听声音似乎距离并不远。大家心里踏实了一点，又开始向前移动，他们所处的空间感觉非常空旷，说话有很大回音。很快，手电筒的光束终于照在了墙壁上，那墙壁完全是人工修建的，看上去虽然稍显粗糙但却比较平整。大牛拿着电筒顺着墙壁一直照了过去，突然发现了一道半人多高的拱形石门。众人见到石门，急匆匆地走了过去。那门的边缘部分似乎是特意装饰过，上面雕刻着一些奇怪的花纹。在门上方的墙壁上，刻着一个很大的字，张楚军仔细辨别后认出那是个"开"字。大牛回头询问大家的意见，众人顿时没了主意，纷纷把目光看向张楚军。因为张楚军是上尉，算是个军官。

张楚军看着那门思考了一阵，决定还是再看看其他地方再做决定。

于是大家又顺着墙壁一路走了过去。众人一路朝前走，突然发现这个墙壁一直是呈一种弧度向前延伸。在离刚刚那个写有"开"字门大概几米远的地方，众人又发现了一个门，门的细节和第一个门几乎一致，不过门上方所刻的字却和第一个门明显不同。经过辨认，张楚军认出了那是个"惊"字。

认出了这个字后，张楚军心里猛然一惊，顿时直吸凉气。

众人见他表情不对，慌忙询问。张楚军最开始并不想说，但一舌难敌众口，难以推脱之下只好向大家讲出了一段让大家听后感到背脊发凉的事情来。

张楚军在来到九龙庙的营部之前，曾经是军部的机要员。在他平时的工作中会接触到很多机要文件，特别是很多重要的绝密文件，这些文件被统称为"零号"文件，这些文件除了军队的最高指挥官，其他人是无权查看的。当然，由于整理的需要，有时候他们机要员也会接触到这些绝密文件。当时日本刚刚战败，国内情势急剧变化，内战即将开始。为了妥善保管这些绝密文件，周边几个省的绝密文件都被送到成都驻军的机要室进行整理，整理完成后就会送到重庆机要总部进行保管。当时张楚军也是负责整理这些"零号"文件的机要员之一。也正是在这样的情况下，张楚军也得知了一些不为人知的神秘事件。在靠近长江三峡一带驻军所提交的档案上，张楚军反复看到上面提及到了同样一件事情。

按照规定，在记录这些机密档案的时候，是不允许在档案封面写上任何和内容有关的文字和标题的。但在封存这件事情的档案袋上却用毛笔写上了四个大字：乾坤八门。

乾坤八门属于中国一门非常古老的学术——奇门遁甲。八门在奇门遁甲的天、地、人格局中代表人事，所以在奇门遁甲的预测中极为重要，特别是用"神所临之门"，以及"值使门"即值班的门，与所测人间事物关系很大。在八门中，开门、休门、生门为三吉门；死门、惊门、伤门为三凶门；而杜门、景门则为中平门。预测时常以它们落宫的状况，即与所落之宫的五行生克和旺、相、休、囚来定吉凶、断应期。八门根据八卦演变变化而来，每个门的位置和作用都不一样。在古代很多战争中，八门出现的次数非常频繁，最为著名的则是诸葛亮以乱石阵困陆逊的故事。

而这份"零号"文件中说的事情，则正是与生死八门相关的事件。

"零号"文件中讲到在三峡的某个山崖上，由于战事的需要，国军的一个团被派往这个山崖进行战略防守。这个团在修建工事的时候，无意间挖开了一座古墓。出于好奇，当时有几个大胆的人闯了进去，随后便再也没见出来。未开战就损兵折将，上面肯定会追究的。所以部队派了几批搜寻队进去寻找，结果都是有去无回。到后来，即便是没有进过那座古墓的人也莫名其妙地死去。越来越多的流言飞语弥漫在军营中，每天都有许多的逃兵出现。团长知道这件事不好向上面交代，就在束手无策的时候副官给他出了个主意，说请个风水先生来看看。这位团长虽然并不相信风水之类的学说，但还是默许了。

很快，他们从当地找了个比较有名的风水先生前来。这个风水先生还没靠近古墓脸色就变了，转身就准备回去。即使是副官用枪相逼，他也不敢前往。最后万般无奈下，这位风水先生道出了实情。原来，这个风水先生虽然技艺不算太高超，但对易经八卦、阴阳五行也是熟读于心。刚刚在望向古墓的时候，一眼就看出了这个古墓的外围设有乾坤八门外八门。而凡有外八门的地方，里面必有内八门。不过如果是寻常的八门布局也就罢了，但让那位风水先生感到害怕的是，单从外八门来看，每一门所在的位置又设置了九宿星作为辅助。在九宿星的外围又设置了个八门。也就是说，整个古墓，从里到外，至少有三层八门之局。而且每个八门上，三吉门的位置也是根据易数来进行变化。所以一旦进入，很难活着出来。这个古墓是个大凶之墓无疑，葬在这个地方的故主，永不超生。

这个墓葬相当庞大，因为只有非常庞大的墓葬才能布如此局，不但故主不得超生，任何进入该墓葬的人，均是不得往返，死无全尸，即便是死后也不能轮回，永远困在虚无之间。

团长听后，觉得这个风水先生在胡言乱语，当场就准备开枪打死他，以免他再继续妖言惑众。风水先生没有任何反抗，只是淡淡说了句："长官如果要杀就杀，我告诉你们这些本身就已经泄漏了天机，就算长官不杀我，我也会大祸临头。但我不得不奉劝长官一句，远离此墓，否则将有灭顶之

灾。"说完便走到山崖边跳了下去。团长见风水先生宁愿死也不愿前往,心中已经信了几分,当下就命令部队在古墓周围戒严,不准任何人靠近。就在这时,部队周围发现了不少敌人的踪迹。团长也顾不上再去管这个古墓,招呼手下准备应战。关于那场战争的事情后面没有做相关记录。在这个"零号"文件的最后只是说道,战场督军到达战场的时候,发现全部的兵士,包括敌军,全都死了。每个人的死因都很奇怪,所有的人,都是肢体不全,似乎是被什么东西咬掉了一样,完全应了风水先生所说的话。

后来,在看过"零号"文件后,张楚军对乾坤八门产生了强烈的兴趣,花了大量的时间和精力去研究。不过,易学的高深又岂能是短时间能够看懂的。在查阅了很多相关的资料后,他也只是大概了解到如果被困在乾坤八门里,只有从三吉门中寻找出路,而三吉门中又以"生"门最为保险。除此以外,他还有个收获。乾坤八门虽然是分为八个门,但其中还要分为形八门和意八门。形八门的意思就是真真实实的是八个门,而意八门则有可能是其他的,比如用石头设立的八门。当年诸葛亮困陆逊,用的就是乾坤八门中的意八门。

张楚军讲完以后便告诉众人,大家很有可能走入了和"零号"档案中的乾坤八门一样的地方。大家赶快找找,看看是不是总共有八个门。众人一听,都感觉到了事态的严重性,开始顺着墙壁一路走了过去。张楚军此时心里非常的不安,虽然他对乾坤八门有所了解,但现在真正处在这八门之中,却不知道该怎么办,现在唯一的办法就只有看看能不能找到其中的"三吉门"。

很块,他们把整个洞穴都走了一圈,这个空间果然呈圆形,但他们发现只有六个门,分别是:伤门、杜门、景门、死门、惊门、开门。

张楚军心里一惊,这个地方看来确实很像是乾坤八门局,但却唯独缺少了休门和生门,三吉门他们只找到"开门"。张楚军的心里一下就糊涂了,他看过很多关于乾坤八门的资料,但却没有任何的资料说到缺少两个吉门的后果将会是什么。也没有说到如果缺少两个吉门，到底还算不算是乾坤八门局。

他从大牛手里拿过电筒，照了照这些门。突然他又想到了一个问题，刚刚进入到这个空间的那个通道会不会也算一个门？想到这里，他急忙招呼大家去看看刚刚下来的那条通道。

由于洞穴比较大，加上他们只有一支手电，所以非常缺乏方向感。摸着墙壁走了好一阵才总算回到了通道的下方。由于通道在头上四米高的地方，所以电筒照上去看得并不真切，但隐约能看见通道的出口的上方确实刻有个字。张楚军在下面换了好几个方位，总算是看清楚了上面的字——"死"。

看到通道上方是个"死"字，张楚军心里变得更加慌乱。怎么会又是个"死"字，如果这个地方是乾坤八门，那刚刚他们在下面已经看到了死门，怎么这个通道上又是个"死"字？难道这个通道又是一个"死门"？

其他同伴发现张楚军的异样，都投来好奇的目光。张楚军并没有告诉他们自己的疑问，而是叫大家看看这个空间的中间部分会是什么样子。

空间太大，没有任何辨别方向的标识物，所以众人凭着感觉转了很久，终于在地上看到了个四方形的洞口，洞口周围没有任何的文字和图案，洞里有石梯朝下延伸，电筒照进去，里面漆黑一片，根本看不到石阶的尽头。众人看到这个洞口，都齐齐望着张楚军。张楚军此时心里依然非常矛盾，他不知道现在这个空间到底属不属于"乾坤八门"，因为缺少了两个吉门，却多出了一个三凶之中的"死门"。如果眼前这个地洞是吉门倒好，万一又是一个多出来的凶门，那结果就可想而知。众人见张楚军沉默着不说话，纷纷催促他赶快做决定。

张楚军环视了一下众人，心里做了决定。他决定还是将眼前这个乾坤八门所出现的异状告诉大家，生死由各人决定。

张楚军三言两语讲清楚了眼下的情况，大家沉默了一会儿，决定死马当成活马医下地洞去看看。

接下来，众人便依次进入了地洞。地洞里的石阶非常陡峭，众人扶着墙壁小心翼翼地走了下去。石阶非常长，众人下了好几十阶才终于到达了石阶的终点。此刻，出现在众人面前的又是条看上去异常幽暗的通道。众人没有停留，继续朝前走去。才走不远，队伍前面的大牛突然发现了异常。

在他们前面不远处，电筒光所能照到的地方，横七竖八地躺着许多的尸骨，数量非常多。

讲到这个地方的时候，凤伟突然停了下来。我们以为他只是想喝口水，然后继续讲。结果凤伟却告诉我们说，信到这个地方就完了，后面还有几页的内容受潮得很厉害，字全部模糊了根本看不清。说完，就把信递给我们看。我看到后面几页的内容大部分都因为受潮而变得异常模糊，确实无法分辨。又把本子递还给了凤伟，同时脑袋里就开始回忆整个讲述。因为我始终觉得似乎有什么地方不对，但又想不出来到底是哪个地方有问题。我转头询问凤伟的想法，凤伟将张楚军的信收起来后，对我们说出了他的看法：

"首先，我们是在这个通道发现张楚军的信。根据张楚军的记述，这个通道的尽头便是那个所谓的'乾坤八门'所在的圆形石室，他们几个人当时是下到了那个石室中。最后在石室大概中间的位置发现了通往石室下方的石阶，并且他们也下去了。这里就出现问题了，既然他们当时已经下去了，那为什么，他的尸骨会出现在这个通道里？要知道这个通道和那个圆形石室的落差可是好几米。从上面跳下去容易，从下面爬上来可就难了。"

"他们可以用绳子爬上来呀！"听凤伟说到这里，我提出了我的看法。

"这个正是我接下来要说到的问题。首先，先不说他们有没有绳子，即使是有绳子，那最起码也要有个人先爬到通道上来对绳子进行固定才行。除非这个人真的有传说中的轻功，否则几米的落差，他怎么爬上来？"听到凤伟这样的分析，大家纷纷点头。

众人听完凤伟的分析，都纷纷开始猜测，张楚军他们在那个地下通道中看到了什么，或者遇到了什么危险。才让他们返回到了眼前这条通道。并且，从张楚军的信中，我们也得知，他当时也是在这条通道中记录下了他们的经历。但遗憾的是，由于后面的纸张高度潮湿，让我们无法知道后面的情况。

听着大家七嘴八舌的讨论，我心中顿时一亮，刚刚在听完讲述后，我心里一直感觉整件事情似乎某个地方不对，但又说不上来。就在大家七嘴八舌的讨论中，我突然想了起来。如果刚刚那两具白骨是张楚军和队友的尸骨，那按照他们进入黄古洞的时间来看，也不过才几十年时间。我们在尸骨周围只发现了遗留的信件，却没有看到两具尸骨的衣服和其他的东西。这个通道虽然有些地方稍显潮湿，但总体来说还算比较干燥，空气虽然感觉比较稀薄，但也能感到它在流通。在这样的环境下，如果信纸都能保存几十年，那他们的衣服也应该存在才对。这个想法一说出来，大家也都觉得这件事似乎不合情理。而凤伟在听过我的分析后，又说道：

"你分析得很有道理，这是我刚刚没想到的。如果那两具尸骨是张楚军他们的，那即使他们的衣服会腐烂，但至少我们还能看到一些衣服的残留物。但很显然，我们没有看到。如果那两具尸骨不是张楚军他们的，那就更讲不通了，如果不是他们的，那这信为什么又会出现在那里？如果说那两具尸骨也是和我们一样进来探险的后人，那他们的衣服应该保存得更完好才是。"

"好了，好了。我们不谈论这个问题了，我们还是商量一下接下来怎么办吧！"一旁的二娃见这个问题追究下去可能也不会有结果，打断了凤伟的话。

众人听到二娃这样说，这才将话题转移了回来。我们在这个通道已经休息了很久了，本来大家现在都是处于一种恐惧之中，没有那么多的时间和精力来分析这些事情的。但是，在进入黄古洞后我们看见了很多我们平时无法去想象的场景和事情。所以逼得众人不得不在这个危险的环境努力地思考，因为有可能很小的一个发现和细节，对我们来说就是生存的希望。

根据张楚军的信我们得知，在这条通道的后面，将会是一个有很多个门的圆形石室。虽然我们从来没有听说过什么"乾坤八门"，但诸葛亮用八卦阵困住吴国大将陆逊的故事，我们都听说过，当时我们并不相信仅靠一些石头就能困住千军万马，我们都认为只是《三国演义》的作者神化了诸葛亮而已。如果诸葛亮的八卦阵真的是利用"乾坤八门"演化而来的，而"乾坤八门"又确实存在的话，那就真的是凶险万分了。

不过我也确实想不出来，这个听上去异常简单的八门怎么致人于死地。三个女生由此很自然地想到了鬼神方面，而凤伟却比较理智，他分析说，这个乾坤八门肯定是根据某些自然现象的组合来震慑人的，说不定并没有什么实质性的危险。所以我们进洞以来遇到的一些怪事，也许都是属于自然现象。只不过一些我们所不知道的自然现象，会随时置人于死地。

凤伟的这个说法，虽然听上去挺有道理，但并没有得到大家的赞同，众人都沉默不语。二娃在这个时候提出干脆让大家各自写封遗书。听到他这样一说，我狠狠瞪了他一眼，骂道："你妈的，你就这么想死？我们现在还没有到那一步，我们必须要出去。"其他人听到我这样一说，都点了点头。

许燕看到气氛比较尴尬，提出大家干脆继续朝前走，说不定乾坤八门并没有信上说的那么危险。许燕平时是比较胆小和没有主见的，她这个时候提出这个想法，可以看出，她是下了很大的决心。眼下没有其他办法，掉头往回走似乎也不太可能。因为如果回到8形通道里，我们也无法找到出去的路，再加上8形通道下面的石室和8形通道的高度有好几米，就算是我们搭人梯，似乎也不太可能回到上面去。而其他两个神兽石室的房间也并没有任何的洞口。所以，我们现在唯一的路，只能是向前。

商量完毕后，众人又开始采用开火车的方式向前走去。又向前走了大概几十米后，我们明显感到前方传来一股很特别的味道。也在这时，前面的二娃告诉我们通道已经走完了，前面似乎真的和张楚军的信中提到的一样，是个巨大的空间。说完他就蹲下了身去查看。我和凤伟也急步走到通道尽头去看，下面果然是黑漆漆的一片。二娃好不容易找了个拳头大小的石头丢了下去，下面传来了石头落地的声音。听这声音，通道和这个石室的落差果然很大。看来，确实是和张楚军信中所说的一样。由于通道的下方不好立脚，所以我们无法查看到通道的正上方是不是也如张楚军所说的有一个"死"字。

在如何下去的问题上，我们大家又遇到了难题。通道距离地面的深度，我们根本不知道。但从石头落地的声音听来，高度显然不低。好在凤伟比较聪明，他拿出了之前咬过电池的手电筒打亮后丢了下去。但可能高度太高，电筒掉下去在传来一阵难听的碰撞声后便熄灭了。这个办法看来并不可行，大家见此都有点泄气。看来通道的高度，根本不可能直接跳下去。如果要下去的话，就必须要用绳子固定好后再顺着绳子滑下去。但众人却没有在通道的出口处找到任何固定绳子的东西。寻找无果后，众人都显得有些泄气。

不过，天无绝人之路。二娃很快在通道外面的洞壁上找到了个凸出来的石头，这石头看上去似乎是个灯台的样子。我们之前只顾着在通道里面寻找可以拴绳子的地方，却忽视了查看通道外面的石壁。好在二娃发现了，不然我们可真的就无路可走了。汪勇使劲掰了掰那灯台，灯台纹丝不动，似乎比较牢固。

我们把绳子拴在了灯台上，为了测试灯台的牢固性，我、汪勇、凤伟三人使劲地扯绳子，灯台依然纹丝不动。这让我们稍微安心了点。

顺着绳子，我们慢慢滑了下去。由于上面没有留人，所以我们无法收拢绳子。只好用水果刀割断了头顶的绳子，然后把剩余的部分收了起来。也幸亏我们带的绳子足够长，不然的话，如果后面再遇到需要绳子的地方，那可就惨了。

下到底部后，我们开始顺着右手边的墙壁朝前走，我们之所以不直接走中间，是因为我们想证实一下，这个空间是不是和张楚军信里所描述的一样有很多门。我们一段一段地顺着墙壁走过去，发现这个空间确实和张楚军描述的一样，墙壁一直朝前呈现出一种弧度。我们花了很长的时间，围着

石室走了一圈，惊讶地发现，这个石室虽然也是个圆形，但并没有看到张楚军所说的那几个门。为了防止我们有所遗漏，我们又顺着石室的墙壁走了一圈。依然没有看到任何的门，一道门也没有。众人心中无比疑惑：按照张楚军的信所描述，在走完通道后，就是所谓的"乾坤八门"所在的石室。而我们现在所在的石室虽然也是圆形的，但却没有信件中提到的几个门。

为了不耽误时间，众人决定再看看中间的情景。为了扩大搜索范围，我们八个人手挽手站成了一排，排头和排尾分别点上两支蜡烛。众人在走出大概十多步后，在石室中间的地面上看到了一个洞口。这个洞口的长宽看上去大概有一米五左右，洞中有条台阶一直朝下。凤伟拿着蜡烛仔细去看洞口，这才发现，在洞口两边的地面上，分别刻着有字："生门不开，死门不进；亡者无惧，前言无忌；勇者曲曲，紫草相依；分水桥边，悬空求取；黄古洞中，虚无终极。"

这些话感觉有点像小时候念的顺口溜：外公外婆，骑马过河之类的，至于意思，我们依然不懂。凤伟叫二娃给他照着蜡烛，然后把这些文字抄了下来。我没有管他，拿着蜡烛继续去看地洞里面。

地洞下面有一条石梯一直朝下延伸了下去，下面漆黑一片，看不到终点。为了不遗漏掉其他的洞口，我们决定再扫荡一圈。不过众人在反复走了好几次后发现，偌大的空间，居然真的只有那一个地洞。

众人纷纷感叹修建这个地方的人太浪费空间了，修建这么大个空间，居然就只为了在地上开个地洞。虽然这个空间也是圆形的，也有地洞，但给大家的感觉，这个巨大的石室并不是张楚军所描述的那个有"乾坤八门"的石室。但根据他的描述，通道的尽头，又确实就是这个石室。

尽管心里有这样的疑问，但大家没有停留。开始依次朝下走去。石梯很陡，每走一步我们都很小心。

我们总共朝下走了四十多步，终于到达了石阶的终点。此时出现在大家面前的，是一条漆黑的通道。这让我们心里又犯了糊涂：上面的石室到底是不是张楚军所说的"乾坤八门"所在的石室？如果不是的话，那为什么石阶下来后的情景，又似乎和张楚军描述的一样？

这条通道和我们之前走过的通道大致一样，四周依然是人工用石条修建的，高度也能让我们直立行走。虽然大家并不敢肯定，这条通道是不是张楚军所描述的那条有许多尸骨的通道，但依然每一步都走得非常提心吊胆。这条石阶下的通道并不长，众人刚走出十来步，前面的二娃就停住了。借着二娃手里的烛光，我们依稀能看见前方似乎又是个石室。二娃率先走出了通道，我们其他人也紧随他的步子走了出去。与此同时，我心中的疑惑更加强烈，前面如果是石室的话，那这条通道肯定就不是张楚军信中所描述的那条。

进入到石室后，根据二娃手里的烛光，我们隐约看见，正对门的地方似乎有个异常庞大的黑影。二娃显然也发现了这个东西，停住脚步转过头来看着我们。众人被这突然出现的事物震住了，谁都没有动，静静地盯着前方的黑影。矗立良久，黑影没有任何的动静。二娃深吸了口气，没给我们打招呼，拿着蜡烛就走了过去。在他的烛光照映下，我们看到那个黑色的影子似乎是块巨大的石头，众人这才放下心走了过去。

二娃此时拿着蜡烛正在一上一下地查看那东西，我们走近后，也围着这个东西看了起来。在看了一圈以后，我们对这个东西有了个大致的了解。这居然是个矗立在石室中的六边形石塔，但这个石室似乎比较高，所以塔的高度我们也不太清楚。而这个塔的粗细，则需要我们六个人手牵手才能合围住。我从二娃手里拿过蜡烛后努力朝上举，依然看不见这座石塔的顶部。看到这座塔，我脑袋里就想起了我们在8形通道下面石室中看到的刻在墙上的四幅画。想到那画，我又仔细去看石塔的细节，越看越觉得像。我把这个想法告诉大家，其他人由于没有仔细观察过那画的细节，所以都是一种茫然的表情。我没有理会他们，把蜡烛还给了二娃，自己从背包里拿了根蜡烛点燃后又去看塔的细节。

整个塔身看上去很古老，塔身上面刻满了密密麻麻的指甲那么大的字。这些字看上去非常古朴和怪异，我完全认不出来到底写的是什么。甚至在这些字上，连偏旁部首都没有看到。由于烛光的照明范围有限，我们只能看见这个塔的下面两层，而第三层以上的内容，则完全看不见。

这时，塔另一面的凤伟突然叫我们过去。众人依言走了过去，此时凤伟正拿着蜡烛凑近塔身仔细查看着。我们走近以后，才看到他这面的内容和我所看见的是完全不同的。我在塔身上看见的全是一些不认识的小字，而他这一面，则全是图画。这些图画都被框在一个大约十来厘米的框中，我细细数了一下，整面塔身上足足有十八幅，以三排六列的分布方式雕刻在塔身上，看着整面塔身上的画，我感觉就好似小时候看过的连环画一般。再细看那些画，每幅又是不同的内容。这些画上都雕刻着很多稀奇古怪的人，这些人有些被绑在柱子上，有些则被吊了起来。凤伟目不转睛地看着这些画挠了挠头，侧过头看着我们，一副欲言又止的样子。看着他的样子，我急声询问，但他依然是一副欲言又止的样子。最后，看到我们大家似乎真的着急了，这才说出了他的想法："你们觉不觉得，这些画描绘的是传说中的十八层地狱？"说完这句话以后，他又转过头去看塔身。

经他这样一说，我又仔细去看那十八幅画的细节。虽然我对传说中的十八层地狱所知甚少，但刀山和火海这两层我还是知道的。而在塔上的十八幅图画中，似乎有两幅看上去还真的像是刀山和火海。为了看得更仔细，我又去看其他的画，越看我越觉得什么地方不对，但又确实说不上来。

凤伟此时又转过头来很肯定地告诉我们，这些画百分之百描绘的就是十八层地狱。他的理由很简单，一是因为这些画恰好有十八幅；二是他也和我一样，在这些画中看到了类似刀山和火海的描绘。

见他如此肯定，其他人脸色一下就变了。在现在这样的情况下，见到关于地狱的描绘，显然不是什么好事。旁边的小鱼听到凤伟这样说，急忙走过来抓住了我的手臂。我伸手去握她的手，感觉异常冰冷，心里不由得一阵酸楚。在进黄古洞之前，她虽然名义上是我的女朋友，但我们连手都没有牵过。那时候的我无比单纯，很多次鼓起勇气想要去牵她的手，但最终都因为胆怯而放弃了。这次在进到黄古洞以后，我们之间的关系已经不知不觉变得亲密了起来，她把我当成了在这里唯一的寄托和依靠。想到这里，心中不由又感觉到一阵温暖，使劲握了握她的手。她对我笑了一下，虽然看上去笑得很勉强，但我总算是放了点心。正在我准备再仔细去看那些画的时候，突然感觉小鱼在我手心里写字。我仔细去分辨，这才知道她写的是"我爱你"。我愣了一下，心神一下就乱了。从我认识她以来，我一直是处在追求者的位置，这样的话，我在给她的情书中写了很多次，但是她从来没有回应过。想不到在这种情况下，她用这样的方式告诉了我。原本还处于恐惧中的心情一瞬间都被冲淡了，要不怎么说爱情的力量是伟大的呢？我不知道她为什么会突然在我手心里写下这三个字，可能只有在这种情况下，才能真实反映出一个人的内心吧。

我轻轻凑到她的耳边，对她说："我也爱你。"小鱼露出了难得的笑容。我松开了捏着她的手，转而搂住了她的肩。众人此时还在仔细看着塔上的画，并没有注意到我们的小动作。看着柔弱的小鱼，我心里暗暗下定了决心，不管后面的路有多长，不管我们能不能出去，我都要一直把小鱼带在身边，寸步不离。

影子？我脑海里突然灵光一现！对！就是影子！刚刚我看那些画的时候，那种奇怪的感觉，就是因为这些画里描绘的人都有影子。而据我所知，如果真的描绘的是地狱，那这些人肯定就是所谓的"鬼"。如果是"鬼"，又怎么会有影子。这些画上描绘的影子非常淡，如果不仔细去看，很难发现。我之所以能轻易看出来，可能和我从小学习绘画有关。由于我从小学习美术，所以我在看一幅画的时候，和别人有所不同。我一般是先去看整体的构图比例，其次会去观察细节。所以刚刚我在看刀山和火海这两幅图的时候就老是觉得什么地方不对，这些影子虽然被处理得很淡，但从整体构图布局

上来看，显得比较突兀。最开始的时候我以为是自己眼睛花了，但我又去看其他十六幅的时候，才发现每幅画的人物下面，都有淡淡的影子。而由于这些画都是雕刻上去的，所以影子被处理得很淡。但那绝对是影子，既然有影子，就肯定不是所谓的鬼，更不是十八层地狱。那到底是什么呢？难道是满清十大酷刑？但这里明明却有十八幅图画。我把这个发现告诉了大家，大家都一副若有所思的样子。

就在这时，一直被我搂住肩膀的小鱼突然发出了一声低呼。我转过头去看她，发现她的眼神里充满了恐惧。我忙问她怎么了，她只是一个劲地摇头，看上去似乎受到了极大的惊吓。我收回搂住她肩膀的手，在她背上轻轻拍了拍，轻声地询问她。此时大家都用一种疑惑的表情看了看她，又看看了我。我知道他们肯定误会了，就在我准备解释的时候，小鱼开口了："你们有没有发现，我们都没有影子！"

# 第四章　蜈蚣石室

听到小鱼这样说，我急忙朝地上看去。在烛光的映照下，地上除了有塔留下的淡淡的影子，真的就没有我们的影子。再去看其他被烛光照亮的地方，也没有任何的影子。而刚刚我们只顾去看塔上的内容，这件事我们完全没有注意到。看到这个情景，所有的人都懵了。在我们有限的认知中，我们只知道，传说中的鬼魅才是没有影子的，除此以外，就是在医院手术室里的无影灯下会没有影子。但我们很清楚，我们手里拿的都是普通得不能再普通的蜡烛，不是无影灯。那答案就只有一个，我们都是鬼，我们都已经死了?！想到这里，我感觉一股凉气从脚底直达头顶，一种又恐惧又悲伤的感觉油然而生。

就在大家的脑袋还处于一片空白的时候，之前听过很多次的怪叫声又响了起来。这一次，大家都听得非常真切。怪声似乎就在这个石室中。听到这个声音，我们八人不由得靠拢了起来。大家都互相张望着，想要辨别声音的来源。

怪叫声一直在空间中不断地响着。大家很快辨别到了声音的来源，这个声音似乎来自于石塔的上方。旁边的二娃从他的背包里拿出了手电，咬过电池后，打亮着照向了头上的塔顶。借着微弱的电筒光，我们看到石室的顶部离地面有好几米。而这塔也一直从地面直到了石室的顶部，之前由于蜡烛照明范围有限，所以我们一直没有看清楚整个塔的情景。现在通过电筒看清楚后，我们才发现这塔和我们印象中的塔有所不同。众所周知，塔一般都是下面粗上面细。但眼前的这个塔，从底部到顶部都是一样粗细的，在最高处的塔身上，有个看上去大概半人多高的门洞。我们大家并没有在塔上发现任何发声的东西。就在二娃移开电筒的一霎间，我似乎看到那个门洞中似乎有什么东西闪了一下。我转头看了看其他同伴，大家似乎并没有看到。难道这和我在三门时看到的一样，是错觉？

怪声一直不停地在空间中回响着，我们第一次感觉到这声音如此接近我们。二娃拿着电筒四处胡乱照着。我们进入到这个石室后，一直就被眼前的石塔所吸引，还没有顾得上去看石室的其他地方，现在借助二娃的电筒，我们对我们所处的石室才有了个大致的了解。现在这个石室看上去似乎也并不大，连微弱的电筒都能照到四周的墙壁。整个石室除了我们面前的石塔以外，再别无他物，甚至连门都没有！用电筒照了一圈以后，我们依然没有任何的发现，二娃关掉了电筒。旁边的汪勇提出了门的问题，看来他也发现了这个地方没门。一直回响在空间中的怪声，在二娃关掉手电后便停止了。

此时大家也顾不上再去讨论石塔的内容，眼下最要紧的事情，是找到出口。这个是我们的唯一目的，我想就算是现在在我们面前有一座金山，我们也不会心动。对于我们来说，没有什么比生命更加重要。

由于整个石室并不大，所以我们并没有像之前在其他石室一样分成两组进行搜索。而是三两人一起分散开来寻找。众人找了一圈后，没有发现任何通道或者出口。唯一的门洞，似乎就只有我们进来时的那一个。大家见此，心里都有点着急了，围着石室又转了一圈。这一次，我们连地上的石板都认真地去看，生怕地上有个地洞被我们遗漏掉了。

不过由于我心里烦乱，所以搜索得还是比较笼统。其他同伴都唉声叹气的，似乎也并没有任何的收获。就在我走到我们进来时候的通道正对面的墙壁，准备转身再去看看其他地方的时候，我旁边的小鱼拉住我，指了指地面，让我看。

顺着小鱼手指的方向，我依然没有看出什么名堂。但小鱼对我说地上刻有字，叫我蹲下去看。

我依言蹲了下去，果然墙壁下方地面的石板上有两列雕刻的文字，这些文字都不大，而且雕刻得比较浅，所以如果是站立的话，很不容易看到。我用手指量了量，整个石板的长度和宽度大约有六十厘米，和家里常见的地板差不多大小。这些文字呈四列，被工整地雕刻在石板上，每个文字大约有乒乓球般大小。这些文字看上去感觉比较古朴，字体依然是我们之前见到过的繁体字，有些文字我看得不太真切，所以，叫过了正在石室另一边的凤伟，凤伟和二娃闻言走了过来。看了好几次后，凤伟读出了这些文字：

　　紫草塔下镇河妖，万年江山风雨摇；
　　东南山石有先知，亡魂进入无影窖；
　　分水桥上过云霄，九灵两去七生肖；
　　莫忘塔中有灵药，十步回头九步稍。

这些看似简单的打油诗，在我们几个人眼中无疑于天书，我们四人完全摸不到头绪。连公认的"才子"凤伟也是丈二和尚摸不着头脑。其他四个人看到我们围在一起，也走了过来，看来他们也没有找到洞口。八人围着石板坐了下来，此时在大家的心中，都觉得这个石板上的诗句和我们所要寻找的出口有关。尽管这个想法听上去似乎非常的TVB，但当时我们确实不由自主地有了这样的想法。

眼下我们没有看到任何的出口，加上大家都感觉有点疲惫，所以也正好坐下来休息一会儿，吃点东西喝点水。而我和凤伟以及志强、二娃则开始讨论这刻在地上的打油诗的意思。汪勇和其他三个女生则坐在旁边靠着墙休息。

我们几人讨论了一下这首打油诗的意思，但最终还是没有结果。难道这个地方真的没有出口？难道出口就是塔顶的那个门洞？但那塔顶的位置实在太高，凭我们几人的能力，根本就爬不上去。而且，如果塔顶的门洞真的是出口的话，那就说明，塔中会是空洞的，一定会有石梯。想到这里，我叫汪勇找个石头过去敲敲石塔，看看会不会真是空洞的。汪勇依言找了块石头走了过去。很快，空间中响起了他敲击石塔所发出的碰撞声。

从厚重的碰撞声中，我们基本上可以听出，那塔似乎是实心的。为了证实我们的猜测，二娃走到了汪勇的身边，用咬过电池的手电照着门洞，叫汪勇朝门洞里丢石头。在反复丢了很多次以后，汪勇终于将石头丢进了门洞。我们听到门洞里传来了清脆的碰撞声，这个声音能明显让我们感觉到，似乎只有塔顶的门洞后面才有空洞，而这个空洞并没有贯穿整个塔身。看来，塔顶的那个门洞，并不是我们所要寻找的出口。

在得知这个结果后，众人又将心思放在了那几句打油诗上面。反复看了很多次，我依然没有任何的头绪。这个时候凤伟对大家说："我觉得这几段诗的重点，可能是最后一句，莫忘塔中有灵药，十步回头九步稍，会不会是从现在墙角这个石板开始，朝前走上十步的意思？"

听他这样一说，似乎感觉有点道理。我们眼前的石板是个看上去非常规整的正方形，其中有一边靠着墙。另外还有三边分别朝向我们来时的通道以及左右两边的墙壁。如果是朝前走，那哪一边才算是前方？

为了不耽误时间，我们决定死马当成活马医，分别朝刻字石板的三个方向各走十个石板的距离。商量完毕后，我、凤伟、二娃分别朝石板的正面、左边以及右边走了过去。在我走到第十个石板的时候，我用拳头使劲敲了敲地面的石板，回音显得非常沉闷，下面似乎并不是空洞的。我转头询问了其他两人，他们也没有任何的发现。

大家又聚集在了一起，彼此都显得有点灰心。凤伟此时一个人自言自语在说着什么。我疑惑地朝他望了过去，他看到我的表情，说出了他的疑问："难道是我们搞错了？或者，诗里面提到的十步九回稍的起点并不是从这个文字石板？"

听到凤伟这样说，我开始反复琢磨着最后两句话：莫忘塔中有灵药，

十步回头九步稍。脑袋里一边想着这句诗，眼睛不由自主就望向了石塔的方向。

这时我心里突然有了一个想法：会不会是以石塔作为起点，在石塔前方十个石板的地方？

我把这个想法提了出来，大家都说再试试看。

我们又站到了塔的位置那里，这次的情况和之前的文字石板不同。因为文字石板是靠墙的，所以只有三个方向。而塔却有四个方向，不过塔的正前方，也就是面朝我们来时通道方向的地面，明显没有十个石板的距离。所以可以暂时不用管。

我们以石塔作为起点，分别向石塔的正前方和左右两边走了过去。很快，我们都有了发现，三个方向的第十步的石板上，都发现了隐约可见的雕刻，这些雕刻很浅，如果不是因为我们低下身去敲击石板，很难发现。这些雕刻的内容似乎和我们之前看到的龙之九子的石兽形象很相似。发现了这个细节后，我们大家都显得比较兴奋。看来，我们的猜测是正确的。但这些石板上仅仅只有雕刻，敲击所发出的声音依然显得比较低沉，看来下面依然是实心的。不过，这些雕刻都恰好被刻在了三个方向十步以外的石板上，似乎又是有意而为之，但具体的目的却又不得而知。

在凤伟的提议下，我们又以石兽石板为出发点，向不同的方向再走十步，看看还会不会有所发现。

我们就这样，不停在石室中走动着，很快，我们又发现了几个有雕刻的石板。加上最开始发现的石板，我们总共发现了七块雕刻着怪兽的石板。这正好又和诗句中的"九灵两去七生肖"吻合。这些事情似乎真的是被人精心布置的，否则不会如此巧合。为了不遗漏掉一些线索，众人又按照刚刚的方式走了一圈，但除了这几块石板，我们再没有别的发现。看来，答案似乎就在这些石板中。

为了印证石板下面是否是空的，我叫大家分别拿支蜡烛站在七个石板上，然后用各自的电筒去敲击石板。结果这一敲，我们果然听到位于石室中间的石板似乎发出了不一样的声音。如果不是因为几人依次敲击进行比较的话，这种细微的差别很难区分出来。

众人听到中间石板发出异样的声音，纷纷走了过来。

大家围着石板开始仔细看，这才发现这个石板确实好像不一样，虽然这块石板同样是正方形的，但是在它的中间，也就是石兽的外面有一个很浅很浅的圆圈。看到这个浅淡的圆圈，其他几个同伴又走过去看其他刻有石兽的石板，却没有发现圆圈的痕迹。众人这又走了回来继续接着看中间的石板。

众人很快又在中间的石板上发现了其他不同的地方。刚刚在发现这些石板神兽时，大家只是粗略看了一下，在确定中间石板确实不一样后，我们才开始仔细查看中间石板的内容，这块石板上虽然雕刻的也是石兽，但这石兽看上去感觉尤其怪异。

这石兽，居然是一种在笑的表情。

它依然有龙的特征，应该也是属于龙之九子，但凤伟也说不出来它的名字。它的嘴巴和其他石兽不一样，嘴角上翘，分明就是个笑的表情。在这个压抑的空间里看上去格外诡异。而且这个石兽的造型看上去也让人感觉非常别扭，整个身体呈一种蹲卧的姿势，尾巴好像被刻意扭了一下，斜斜地指向了面朝石塔的右面墙壁的方向。难道这个就是暗示？那石板下面怎么又会是空洞的？而且根据石板的面积来看，高度和宽度也只有大约六十厘米，就算下面是空洞的，似乎也并不太可能是地洞。

我和凤伟顺着石兽尾巴所指的方向走了过去，顺着那面墙壁从上到下地查看。在接近地面位置的墙壁上，我们发现了一个长宽均在一米五左右的石板。石板四周和其他石板比起来有很大的缝隙，这块石板看上去和周围的石板似乎没有什么两样，处在墙壁的最下面，如果不蹲下去看，根本发现不了。我使劲地用电筒敲击这个石板，石板后面传来一阵空洞的声音。看来，后面果然是空的。

我们决定先想办法弄开这块石板。

但在如何弄开石板的问题上，我们又遇到了问题。这个石板是砌在墙上的，如果没有工具，很难弄开。于是众人开始手忙脚乱地在背包里找工具，但找了半天也只找到了那把水果刀。没办法，只有试试看。汪勇力气比较大，所以他拿着水果刀先是小心去除掉石板周围的白灰。整个过程持续了很长时间，在这期间，大家都没有休息，一直站在汪勇周围紧张地看着他。终于，在汪勇的努力下，石板有了一点松动，而此时汪勇早已累得满头大汗。不知道又撬了多久，石板总算被我们弄得露出了一条供手掌插入的缝隙。看到这条缝隙，我和汪勇以及志强将手掌插了进去，一鼓作气地扳开了石板。

石板倒在地上，扬起了一阵灰尘。一条只比石板稍窄的"狗洞"出现在了众人眼里。"狗洞"里有一股让人作呕的味道传出来。闻到这个味道，所有人都下意识地捂住了鼻子。二娃用之前那支电筒照进去，整个"狗洞"的四壁全是用石头修砌的，里面幽深黑暗，不知道要通往什么地方。

看到这条通道，大家犹豫不决起来，前方到底是什么，有没有危险，我们都不得而知。但此时，除了这个像狗洞一般的通道以外，我们再没有看到其他的出口。退回去再找其他出路，显然不太可能。

思索再三，大家决定还是先派一个人钻进去看看再说。众人一阵商量，最后汪勇决定由他自己先钻进去看看。

由于不知道前面有多远，所以我们在他的脚上拴上绳子，尽管这样会不太方便，但这根绳子成了我们和汪勇唯一的通讯工具。汪勇拿了根蜡烛，什么话也没多说，就钻了进去。不过，很快他又退了回来。告诉我们说，蜡烛不方便，要烧到头发。

听到他这样说，二娃将刚刚咬过电池的手电交给了他。汪勇拿着电筒，在身上又揣了根蜡烛和一只打火机后，又钻了进去。绳子随着他的脚一点一点向前移动，我们的心此时都紧张到了极点。但我想最紧张的肯定还是汪勇。

很快汪勇就消失在我们的视线中，我们已经看不到电筒所散发的光亮，只能听见汪勇的衣服和石头摩擦的声音，以及沉重的喘息声。我们不知道汪勇进去多久了，总觉得每一秒都过得异常漫长。

虽然我们没有进去，但由于紧张，我们的脸上都爬满了汗水。

突然，一直连接汪勇的绳子绷直了。看到这个情况，大家心跳猛然加速。这是什么情况？众人顿时慌乱了起来。凤伟用手拽着绳子使劲拖，绳子的另一头却传来一股比较大的劲道。我们开始朝"狗洞"里大声叫汪勇，可无论我们怎么喊，"狗洞"里都是死一般的寂静。如果不是因为手里的绳子还在，我们甚至都怀疑汪勇从来没有进去过。二娃看到"狗洞"里没有任何回应，就急着想要钻进去，但被大家拦了下来。事情发生得太突然了，虽然我们之前经历了很多，但是我们都没有受到实质性的伤害，所以大家最多也只是感到恐惧而已。而现在通道里的汪勇突然失去了消息，这让大家慌了神。

我们又开始使劲拽那根绳子，绳子另一头依然传来一股非常大的力，像是也有人在通道的另一端拖拽绳子一样。几个女生不停对着通道叫汪勇，声音中已经明显带有了哭腔。

就在这时，凤伟手中原本紧绷的绳子突然一松，他一下就朝后仰倒在地。再去拿那绳子时，我们发现，绳子那边的力道已经消失了，我们尝试着朝外拖动绳子，结果这一拖，让我们感觉绳子的另一端是空的。难道汪勇已经解开了绳子？又或者是我们刚刚把绳子拖断了？

我们用最快的速度朝外回收绳子，很快，绳子被我们收了回来。在看到绳子的另一头时，我们大家顿时呆住了。原本拴在汪勇脚上的绳子的另一头，此时看上去，并不是被汪勇解开的，而是被人割断的。

我们很清楚，当时我们利用绳子下滑到圆形空间的时候，因为不好回收绳子，所以我们割断了绳索。但为了不让绳索发丝散开，我还特意用打火机烧了一下。而用打火机烧过的那头，刚刚在汪勇进入通道的时候，正好就

拴在他的脚上。此时绳子的断裂处，看上去非常像被人为割断的。这个肯定不是汪勇干的，因为唯一的水果刀还在我们这里。看到这个情况，大家都知道汪勇十有八九遇到了危险。一想到这里，巨大的悲痛笼罩住了众人，我们七人声嘶力竭地哭了起来，边哭边朝通道里大声呼喊汪勇。但不管我们怎么喊，通道中始终不见回音。

这个时候的我们，再也无法互相安慰。因为刚刚活生生的一个人，就这样突然失去了音讯。我们仅仅只有十八九岁，在短短的十多年中，生活都是平淡而快乐的。我们一直以为这样的快乐会陪伴我们，也相信没有任何人或者事情能够把我们的幸福夺走。但是现在，我们才发现，自从进入到黄古洞后，所有的一切都显得那么地苍白无力。一种强烈的不安和逃离感让我们的神经迅速地跳动，每个人都感觉到死亡离自己越来越近。在进入黄古洞之前，我们也曾经想过死亡，但那时的我们总觉得死亡离自己还太遥远，所以很多时候，我们都是以一种事不关己的态度来漠视死亡。但现在，汪勇的突然失踪，让大家感觉到死亡就在面前。

就在大家还沉浸在悲伤中的时候，通道那边响起了一种石头敲击的声音。听到这个声音，大家都止住了哭声。竖着耳朵认真听着。石头敲击的声音很有节奏，似乎是在同我们打招呼一样。我又朝通道里大声呼喊汪勇。谁知，我这一喊，通道里的敲击声停了下来。

我朝通道里大声询问，是不是汪勇，如果是，就敲两声。话音刚落，对面就响起了两声敲击声。大家听到这声音，精神不由得一振，看来对面确实是汪勇。但为什么他不说话？这让我们感到很奇怪。

敲击声在响了两声后，又停了下来。众人一急又开始叫他，他依然是用石头给我们回应。看来他肯定是遇到什么事情了，无法出声，也无法爬回来。思索再三，我决定自己爬过去看看。

就在我准备进去的时候，旁边的小鱼叫住我，把水果刀递给了我，叫我拿来防身。这个是我们现在唯一的武器。我揣好水果刀，心里给自己打了打气，拿上一只咬过电池的手电便爬进了通道。

进入通道以后，我才发现这个洞确实太小了，只能慢慢朝前爬。在爬动的过程中，如果手和脚幅度一大，就会碰到两边的墙壁。虽然手里有电筒，但在爬动的时候，电筒的光根本没办法照到前面。所以，即使我有手电筒，前面对我来说，依然是漆黑一片。在这样的通道里，这种感觉是特别恐怖的，前面漆黑一片什么也看不到，想要看后面，也转不了头。所以心里尤其急躁，喘气的声音也大了起来。而且通道里面空气也非常稀薄，让人有种窒息的难受感。

不知爬了多久，前面似乎有了点微弱的光。我知道那肯定是汪勇点的蜡烛，就开始大声叫汪勇。汪勇依然用石头给我回应。听到越来越近的敲击声，我加大了爬动的幅度，手和脚不停碰到两边的墙壁，非常地疼。前面的烛光越来越近，不多时，我已经看到了通道出口外的蜡烛。我忍住疼痛，手脚并用地加快了速度。就在这时，我感觉到两臂明显一松，感觉空间顿时大了起来，我已经爬出了通道。

顾不得身上的疼痛，我站起身急忙去寻找汪勇，这才看到汪勇此时正靠在通道出口侧边的墙壁上。我从地上拿起蜡烛，走了过去。这才看到，汪勇的脸上似乎有血，而且看上去还非常虚弱。我急声问他发生了什么事。他对我摇了摇头，指了指自己的嘴巴，又指了指不远处的一个小石头。

我给他拿过石头，他拿着石头开始在地上写。尽管他用的力气不大，但从他书写的笔画上，我还是认出了他所写的内容：小心，这里有东西！

看到这行字，我忙转身去看背后。人在一遇到危险警告的时候，第一反应就是身后，我这一转身，蜡烛顿时被转身时带过的风弄得熄灭了。

蜡烛一灭，我顿时就慌了，急忙去摸打火机。这才发现，我身上的打火机之前给了汪勇。于是又赶快去摸他的包，摸了半天没摸到。就在这时他摸索着将打火机递给了我，我打燃打火机后，又点燃了蜡烛。此时我看到汪勇的头上还一直有血流下来，也顾不得再去查看身后的情景。现在为他止血才

075

是最重要的事情。但摸遍了身上，都没有找到适合止血的工具。实在没有办法，我只好脱下身上的T恤让他自己按在头上伤口的位置。

随后我站起身，拿着蜡烛开始打量这个房间。我不确定这个房间到底有多大，所以出于习惯，我还是按照之前的办法，顺着墙走，在我看来，只有这样的办法才是最直接有效的办法。我从出口的位置开始顺时针搜索。走了没两步，就到了一个转角。这个房间似乎并不大。我继续顺着墙壁朝前走，在走出大概四米的时候，墙壁又转了个角。在正对那条"狗洞"通道的墙壁上，我发现了一个和我身高差不多的门。门里依然是个通道，通道的高度和门洞高度一样，人可以直立行走。我转过身去看这个门正对着的"狗洞"通道。赫然发现，视线被一个庞大的东西挡住了，我拿着蜡烛走过去查看，才发现这东西看上去似乎像是电视里常见的那种丹炉，这个炉子的高度甚至比我的身高还高上一头，炉子的模样看上去很古老。

就在我准备再仔细去看这个丹炉的时候，空间中又响起了石头敲击的声音，听到这个声音，我急忙走到汪勇旁边，想要看看他叫我有什么事。

他对我摇摇头，又开始用石头在地上写字：危险，不要靠近那个炉子！看到他写的内容，我突然好像明白了。难道是因为他去摸这个丹炉而受的伤？那绳子呢？我急忙去问绳子是不是他割断的，他对我点了点头。我又奇怪地问他用什么割断的，他用手给我指了指炉子的位置。我走过去，拿着蜡烛仔细地在地上找了好一阵，终于看到在丹炉下方的位置有一个不知道是什么材质的瓦片状的东西。非常地薄，看上去似乎还比较锋利。看到这个瓦片，我心里立即就来了火：好好的，割断绳子干什么？吓死大家了。但话没说出口，我心里又转念一想：他这样做肯定有他的目的，于是也没有再去追究。现在又发现了通道，最要紧的是把其他人叫过来，管他妖魔鬼怪，先去看看再说。

打定了主意后，这才想起，刚刚爬过来后，一直没有给通道另一头的同伴报平安，肯定大家都已经急得不行了。想到这里，我急忙走到"狗洞"通道那里，大声呼喊通道对面的同伴。由于通道很长，我费了很大的力气，总算得到了通道那头的回应，不一会儿，我就听到对面有阵阵摩擦声传来。

我没有再继续朝通道里叫喊，而是坐在了通道的另一侧耐心等待。

过了很久，通道中摩擦的声音越来越近。不一会儿，里面就钻出一个人。从衣服上，我认出是二娃，急忙去拉他起来。在他之后，通道里没有再传出其他人过来的声音。后面没人了？我询问二娃，他告诉我他主要是先把绳子带过来，然后把大家的背包拖过来再说。

用了很长的时间，我们才把几人的背包拖过来。不久，其他人也跟着爬了过来，每个人到达的时候，脸上都全是汗水。大家在得知汪勇受伤后，所有人都走过去看汪勇。

许燕在一旁不停地喂着汪勇食物和水，其他人也一脸焦急地站在旁边问东问西，但由于汪勇不能说话，所以只有靠摇头和点头来回答大家。汪勇头上的血已经止住了，周玲用卫生纸蘸上水给他擦去脸上的血迹。又休息了一会儿，见汪勇精神好了很多了，凤伟从包里拿出了日记本和笔，让他把事情的经过简单写下来。

由于体力得到了恢复，汪勇很快将事情的经过写了下来。在看过他写的经过后，我们也终于知道了他不能说话以及绳子被割断的原因。

原来汪勇进到这个洞以后，最先发现的是那个炉子。出于好奇，他就围着这个香炉看，全然忘记了脚上的绳子。随着他的移动，绳子被慢慢地缠到了炉子的脚上。此时，通道那头的我们，感觉到绳子有变化，便开始拉绳子。被我们这一拉，他差点摔倒，急忙把蜡烛立在一边，然后去解脚踝上的绳结。这才发现，绳头已经成了死结。此时我们在通道的另一头还在不停拉，他心里非常着急，就开始大声叫我们。而我们似乎并没有听到他的呼叫，也没有停下动作。他心里一着急，就准备站起身去摸打火机，结果在起身的时候，不知道碰到了炉子上的什么东西，里面突然就喷出了一股浓烟。接着头上就被什么东西砸了一下，他顿时一阵眩晕，身体不由自主地摔倒在

地。等他挣扎着想要爬起来的时候，我们那边又在拖绳子，他心里一急，就开始大声喊，这时才发现自己发不出任何的声音来。

发现自己失声后，他心里非常焦急，但试了很多次，依然没有办法发出声音。再去摸裤兜里的打火机的时候，却发现打火机不见了。不过好在蜡烛还亮着，所以他就准备去拿蜡烛来烧断绳子。恰好此时，通道那边的我们又开始拖动绳索。慌乱中，他看到旁边有一个非常锋利的瓦片，当下也顾不上那么多了，趁着绳子紧绷的时候，拿着瓦片使劲割了下去。不过由于绳子比较粗，割了好几次才终于将绳子割断。

绳子一断，脚上顿时感到一松。随后，绳子就被我们收了回去。他挣扎着站起身捡起了地上的打火机，然后就坐在通道那边开始用石头敲击给我们报信。也就在这时，他才感觉到自己的头上有血流下来。他自己也想找东西来止血，但摸索了半天，没有发现任何可以用来止血的东西。他又想到了脱衣服止血，但双手去撩衣服的时候，背上传来一阵钻心的疼。所以只好任由头上的血流下来，心里一直不断祈祷着我们能赶快过来。

汪勇在日记本上写得很简洁。关于事情的经过，我们也仅仅是靠他写出来的东西，加上自己的一些猜测得出的结论。

看到他在日记本上写到背上也感觉到疼，所以我撩开了他的衣服去看他的背，结果却发现背上没有任何的伤痕。他头上的伤口也因为有头发而看不到。众人关切地询问他现在伤口的情况，他摇了摇头，又指了指自己的腿。我忙又撩起他的裤筒，结果还是没有看到有伤。我试着去捏他的小腿，结果他疼得抽回了脚。难道是内伤？我叫其他人照顾一下汪勇，顺便大家也吃点东西，穿上自己刚刚用来给汪勇止血的T恤，然后叫上凤伟就去看那炉子。

我们过来后，在石室中点了好几支蜡烛，石室本身不太大，所以整个石室里的情景看得比较清楚。那炉子的位置正好是处在石室靠近中间的位置，整个炉子的外观看上去和我们平时在电视上看的那种丹炉有点相似，不过这个炉子却没有盖子，看上去像是一个敞天炉。而它的体积非常大，看上去需要好几个人才能合围住,而颜色呈现出一种青黑色,显得非常古朴。炉子腰部的位置刻满了云一样的花纹以及一些一脸狰狞的怪兽,这些东西雕刻得非常精细,虽然感觉有点怪异,但总体来说,看上去还算精美。在这些云纹的上方,密密麻麻地刻满了和石塔上一样的未知文字,而在这些密密麻麻的文字之间,又夹杂着两列我们所认识的繁体字:九龙隐炉,亡者引路,生人勿近,祸人髓骨。

我和凤伟看到这行繁体字的时候,心里不免感到很疑惑:在我们所走过的这些石室中,类似的打油诗出现了很多次,看上去像是一种警告,但更多的时候,我们感觉到的是一种启示。

凤伟依然拿出了他的日记本,对这两列文字进行抄写,不管在什么时候,他总是不会遗漏掉这些细节。当然,这是个好习惯,也正是因为他这个习惯,在后面寻找出路的过程中,对我们帮助很大。

我想去看炉子的内部,但由于炉子太高,所以只能踮起脚去看,靠近炉口时我闻到炉子里有股非常奇怪的味道,越是靠近,感觉就越浓重,这味有香,但香中又夹杂着腐烂和霉味,总之感觉非常奇怪。

这炉子的体积让我又想到了一件事情:这个炉子的体积这么庞大,明显要比背后的那道门要宽很多,也要高上许多。那当初这个炉子是通过什么方式搬运到这个石室的?刚开始想到这个问题的时候,我心里还在猜测:会不会是将炉子分解后运到这个石室里然后进行组装的?但我围着炉子转了几圈后发现,这个炉子完全是一个整体,炉子周围没有任何的缝隙。既然没有缝隙,就不可能是通过组装的方式来完成的。

此时凤伟刚刚抄写完炉子上的文字,听到我提出这个疑问,转过头去看了看门洞,又看了看炉子,脸上也是一种非常疑惑的表情。想了一会儿后,他伸手就去摸这炉子。我急忙用手打了他一下,叫他不要乱动,刚刚汪勇似乎就是因为碰了这个炉子而受了伤。我左顾右盼,从地上捡了个石头去敲这炉子,心想我用石头敲总不会有事吧!

"咚！咚！咚！"从石头与炉子的碰撞声来分辨，这个炉子似乎是金属的，但却又带有石头才有的沉闷声，我又反复敲了几下，依然不能确定这个炉子到底是用什么材料做的。就在我又下手敲了两下的时候，之前我们听到过很多次的那种怪声又响了起来。听到这个声音，我停住了手里的动作。其他人此时也停止了小声的交谈，纷纷待在原地仔细辨别着。

　　这次的怪声似乎离我们很近，听上去比前几次都要真切。循着声音，我和凤伟同时看向了身边这巨大的炉子。这声音听上去像是从这个炉子中传出来的！为了证实自己的判断，我们两人都把耳朵凑近到炉身上去听。那声音一直连续不断地发出来，我俩凑近听了一阵后，慌忙朝后边跳了开去。这一次我们听得很清楚，这个一直以来不断跟随我们的怪声，真的来自眼前的这个炉子！其他几个同伴看到我和凤伟的反应后都向我俩望了过来，我对他们指了指炉子，其他人似乎明白了我的意思。二娃和志强站起身走到炉子边上，也把耳朵凑了过去，听了一阵后，也满脸惊恐地走到我和凤伟的身边。

　　第一次听到这个怪声的时候，是在8字形通道，在其后我们前进的过程中，这怪声也是不时响起。一直以来，我们都想找到这个声音的来源。而此时，这怪声就是从眼前的炉子中传出来的。但有一个问题产生了，这声音听上去并不响亮，根本不可能传到8形通道那边去，这炉子石室离8形通道实在太远了。

　　过了好几分钟，我才回过神来，急忙叫众人收拾一下，从我之前发现的那个石门的通道中逃走。大家得知怪声是来自炉子后，也是一个个心惊肉跳，几下收拾后赶紧朝门洞走了过去。汪勇由于受了伤行动不便，所以只能由志强和二娃搀扶着。就在大家刚要走入门洞的时候，一直站在原地没动的凤伟叫住了众人。

　　"妈的，这个声音从一开始就一直这样响，现在好不容易找到这个声音，不管孙悟空，还是猪八戒，老子要看看到底是什么！"凤伟说完转身就走到炉子边，双手搭在炉沿上，作势就要去爬炉子。

"哎，凤伟，算了，还是不要看了，抓紧时间赶快找出口吧！"看到凤伟直接就去爬炉子，一直搀扶着汪勇的志强急忙走到炉子边将正在爬炉子的凤伟拖了下来。

"强娃，不要拉他，我也想看看到底是什么东西一直在作怪。"二娃似乎也想知道怪声的来源。

凤伟听到二娃支持他，顿时又来了劲，又去爬那炉子。但那炉子确实太高，连身高一米八的我踮着脚也不能看到炉子里面的情景，更何况比我还矮一点的凤伟。

此时凤伟正踮着脚，双手扒在炉沿上，两个脚在下面不停地蹬，想靠自己双手的臂力将身体支撑起来去看炉里，但努力了很多次，不但动作极其难看，而且一点用处都没有。我见这样下去实在是浪费时间，几步走过去，叫凤伟踩着我的背上去看。

凤伟也不客气，我刚刚弓起身子他就已经迫不及待地爬到了我背上，别看凤伟比较瘦弱，体重一点都不轻，他刚一踩上我的背，我就感觉身上压了千斤力一般。

凤伟踩到我的背上以后，从二娃手里拿过蜡烛便去看炉子里的情景，过了很久也没有说话，我在下面不停地问他，他没有给我任何的回应。紧接着，他叫二娃递个石头给他，二娃依言照做，很快，我就听见炉膛里响起石头碰撞的声音，与此同时，炉子里又响起了那怪声，这次的怪声听上去和我们之前任何时候听到的都不一样，这一次的怪声中，明显带有一种凄厉的尖锐声。

这凄厉的怪声一响起，我吓得手脚一软，身体不由得一颤，背上的凤伟也站立不稳从我的背上摔落了下来。凤伟从地上爬起来骂了我一句，然后就对我们说，刚刚他在上面只看到炉里有很多像白骨一样的东西，除此外，似乎还有什么东西在不停地动，但由于他本身眼睛近视，正准备细看的时候，就摔了下来。

简单给我们说了几句后，他又叫我弓起背，准备再爬上去看看。不过我这次却不肯了，主要是他爬上去半天，结果只是看到一些无关紧要的东西，所以我决定亲自上去看看。打定主意后，也不管凤伟愿不愿意，我把他的身体朝下按了下去，然后手拿蜡烛颤颤巍巍地爬了上去。由于有了凤伟做垫脚石，我的双臂可以完全搭在炉沿上，这也方便我将手里的蜡烛伸到炉里去查看。炉里的怪味非常浓，这种味道我形容不出来，有点类似于我们在夏天大汗淋漓的时候，还洒上了很浓重的劣质香水一样的综合气味。但炉里的味道比这种味道还要强上很多，让我忍不住想要呕吐。

我尽量减轻自己的呼吸，伸手探头去看炉里的情景，虽然蜡烛的光不太强烈，但相比石室来说，炉子的空间要小很多，所以烛光比较聚集。在烛光下，我看到了让我终身难忘的场景——

由于炉子的外观是呈一种球形的瓶状，所以炉子内部也呈一种瓶胆的圆球形，此时在炉里，有一些零散的白色人骨和枯草，在枯草上有几条颜色奇怪的蛇不停地游动在白骨之间，而在炉里另一边的炉壁边，有一条非常大、无比大的蜈蚣。通常我们看到的蜈蚣不过才半指来长，并且身躯也是呈暗红色的，我长这么大，见过最大的蜈蚣，也不过才巴掌来长。但眼前炉里的蜈蚣，却超过了我的常识，足足有接近一米长，身体宽阔并且呈一种青不青红不红的奇怪颜色，此时正在我的眼皮底下不停地扭动着身躯。看到这个情景我的心里直犯恶心，鸡皮疙瘩立刻就爬了上来，嘴巴里禁不住大喊一声"我的妈呀"，脚下一个趔趄，一下就朝后倒了去。

众人看到我从凤伟背上摔了下来，急忙过来扶我起身，焦急地询问我看到了什么东西。我来不及去抚慰我摔疼的屁股，扶住背后的墙忍不住呕吐起来。小鱼见我这样，忙过来给我拍背，一边的周玲也给我递来了水。折腾了好一会儿，我才算平静下来，拉着众人几步走到门洞的通道里，在靠近门洞的地方找了个干净的位置坐了下来，然后就把炉里的情景告诉了大家，大家听后都吃惊得下巴都要掉下来了，二娃和志强甚至怀疑我在胡说八道，说不可能有那么大的蜈蚣。但怀疑归怀疑，他两人却不敢再上去看。

我们八人中大多数都是比较怕蛇的，但如果是拿一米的蛇和一条一米多长的蜈蚣来比，相比之下，蜈蚣就要恐怖许多。小时候，我外公曾告诉过我，如果是看到比较大的蜈蚣，千万不能去碰，它身上有剧毒。而现在看来，汪勇很有可能就是受了这条巨大蜈蚣的毒，不过他运气比较好，可能中毒并不深，不然早就一命呜呼了。

众人好一会儿才从这种惊吓中回过神来，纷纷叫嚷着赶快离开这个地方，我也同意这个做法，于是站起身拿起背包准备离开。不过还没动身，凤伟再一次把大家拦了下来："我们干脆把它弄死算了，不然等一下我们在前面走，它从炉子里爬出来追我们怎么办？""不会吧，还要追我们，你真以为它是蜈蚣精啊！还是赶快走算了。"周玲听凤伟说想弄死那条大蜈蚣，马上就反驳他，而小鱼、许燕、志强也纷纷同意周玲的意见。

"我同意凤伟的意思，你们是没有看见那个蜈蚣，太恐怖了，如果真的爬出来，跟在我们后面的话，我们才真的要死在这个地方！"我思索再三，觉得凤伟的做法比较稳妥，所以也站在了凤伟的一边。在我说这话的时候，二娃和汪勇也不停点头表示赞同，毕竟谁也不想死在一条蜈蚣的手上。

"那好嘛，你们说怎么弄死它？难道跳两个人到炉子里和它PK？要去你们去，我不去！"志强即便是同意弄死蜈蚣，但以他胆小的性格是不愿意参与的，所以看到我们已经下了决定，马上就站出来表明了他的立场。

不过志强的话倒是提醒了我们，眼下我们没有任何武器，就连石室的地上的碎石都非常有限，根本对那条大蜈蚣造不成任何的伤害。众人皱着眉头思索了一下，凤伟提出用火来烧，不过我们环视了一周，都没有看到可以供燃烧使用的材料。这时小鱼提醒我，让我们把外套拿来烧。在进洞的时候，虽然是炎夏，但为了保险起见，还是有几个人带了薄外套。

听到小鱼这个提议后，大家都从背包里拿出了外套，唯独凤伟抱着外套不肯交出来："要烧烧你们的，我这件NIKE才买几天，我这才第一次穿。"

"嘿！你才有点奇怪哟，弄死蜈蚣是你提出来的，你现在反倒在乎起你的衣服来了，你的命重要还是衣服重要嘛！"看到凤伟的吝啬样，我气不打一处来。

在几个人连拖带劝下，凤伟终于把他的NIKE交了出来，眼神中带着依依不舍。拿过衣服后，我从中选了一件最薄的拿到蜡烛上去点，但点了很多次，每次都只燃一会儿就熄灭了，似乎用衣服做燃烧物并不可行。尽管如此，我并没有因此而放弃，又换了两件来点，但都一样，依然不能持续燃烧。凤伟看到点衣服这个办法不行，慌忙就过来拿他的衣服。我出手挡住了他，把他的NIKE又拿到蜡烛上去点，只有他这一件还没试过。

结果我刚刚把衣服的袖子放在蜡烛上，火一下就燃了起来，我急忙把衣服丢在地上用脚踩熄，心里异常地疑惑：怎么他这件衣服就这么容易点燃，而且从衣服燃烧的情况来看，就好像沾了汽油一般，一点就着，难道就因为它是NIKE的？我捡起衣服仔细端详，这件衣服的面料和前面两件都差不多，应该不可能是面料不同导致的，那到底是什么原因造成的呢？

想到这个地方，我拿过衣服凑近鼻子，虽然我知道不可能沾有汽油，这只是出于本能的反应。

衣服上并没有汽油味，但却有另一种让我感到很熟悉的味道，就是我们之前见过很多次的那种血水的味道，虽然衣服上的味道并不强烈，但对于闻过很多次那味道的我来说，尤其熟悉。我心里有了个大胆的猜测：难道那个类似血水的液体可以助燃？我把这个猜测告诉了大家，大家觉得不太可能。但既然现在衣服能点燃，当下最要紧的是，把衣服点燃后丢进去再说。

踩在凤伟的背上，我点燃了他的NIKE丢进了炉子里，炉子里很快又响起了那种奇怪的叫声，听到这个叫声，我心里异常焦急，急忙叫二娃把其他衣服递给我，此时我心里紧张到了极点，生怕那大蜈蚣被火一烧就爬上来。在把其他几件衣服丢进去以后，我从凤伟背上跳了下来。也不知道是因为几件衣服的原因，还是因为有其他可以燃烧的东西助燃，炉里的火燃烧得非常大，整个石室一下就被照亮了许多，炉里不断有烟冒上来，随之而来的还有一种非常难闻的焦臭味，同时还伴随着极其凄厉和难听的叫声。顾不得再多看，我急心叫众人赶快跑，众人闻到炉子里传来的怪味，纷纷用手捂住鼻子朝黑漆漆的通道前跑去。

由于汪勇行动不便，所以由二娃和志强搀扶着。借着身后炉子燃烧所发出的火光，一行八人开始没头没脑地向前冲，小鱼跑在最前面，我害怕她遇到什么危险，加大步子跑到她身边牵住了她的手。此时我们的队伍不再像之前那么有秩序，我牵着小鱼跑到了最前面。背后的怪叫声越来越大，也越来越激烈和凄厉，听到这声音，就能想象到那大蜈蚣此刻正在火中努力挣扎着。众人被这个声音吓得加大了步子朝前冲，其他人手里的蜡烛都因为跑动而熄灭了，大家都顾不得点燃，此时只希望赶快跑到一个听不到这叫声的地方。

前面的通道仍然是漆黑一片，我们大家只有凭感觉一路朝前跑。

突然"嘭"的一声，我感觉自己撞到了一个坚硬的物体上，顿时疼得我眼冒金星，身体也被反弹得朝后倒了下去。身后的小鱼也被我一下拉得摔倒在地，发出了痛苦的声音。后面的同伴急声询问，我摸着几乎被撞碎的头痛苦地告诉大家可能是撞到墙了。等众人慌手慌脚地点燃蜡烛后，我才看到，我们前方的通道到了这里突然来了个90度的转弯，又朝我们的右手边延伸了过去。我一边揉着被墙撞得起了个很大个包的头，一边安慰着旁边的小鱼。

此时，背后的炉子发出的火光已经成了一个不大的光点，看来我们已经跑了很远了，怪声听上去也越来越弱，通道里已经没有了燃烧所产生的怪味。众人此时也都感觉稍微安全了，安慰了几声我和小鱼后，我们开始拐过弯朝右边的通道走去。

# 第五章 姜维之墓

在行进过程中，大家又问我那条大蜈蚣的事，似乎众人依然不相信世界上存在着这么大的蜈蚣。我给大家详细讲述了一下那条大蜈蚣的样子，虽然我也仅仅只是才看两眼，但它的样子，足以让我永生难忘。

"我们该不会是遇到了《新白娘子传奇》里的那条蜈蚣精了吧！"志强的口气听上去像是开玩笑，但看到大家都没有反应，才发现自己不应该开这样的玩笑，马上又闭上了嘴，尴尬地笑了笑。

众人正走着，已经走到最前面的二娃发出了一声低呼，随之停下了脚步。

在二娃烛光的映照下，我们看见在前方通道的地上，有许许多多零散着的白色骨头，在这些尸骨之间，似乎还夹杂着一些看上去像是衣服之类的东西，众人刚刚才放下的心顿时又提了起来，小鱼将头埋在我的背上不敢去看，我能感觉到她的身体在不停颤抖。

地上尸骨的数量非常之多，零散的尸骨几乎铺满了整个通道，空气中夹杂着一股腐臭的霉味。烛光下二娃的脸一片惨白，看来他也被吓得不轻。众人一时间慌了神，停住脚步不敢向前，大家在这一刻似乎连哭的勇气都没有了，都无语地沉默着。

沉默良久，二娃转过头看了看众人，眼神中带着一种从未有过的坚毅，随后，他便朝前走了去。虽然众人心中惧怕，但待在这个地方也不是办法，

所以也跟了上去。地上到处都是散落的尸骨，众人小心翼翼地选择那些没有尸骨的空地走，但偶尔也会踩到，虽然肌肤并没有直接接触，也让人脚底发麻。除了地上的尸骨，还有一些已经腐烂掉的衣服，尽管有些衣服已经破碎不堪，但依然还是可以从某些没有变色的地方看出这些是军装。通道的两边偶尔有几具比较完整的尸骨，这些尸骨的身上同样有类似军装的破布，在这些尸骨的胸骨位置，都插着一把锈迹斑斑的短刀。凤伟看到这些短刀，想去抽一把来防身，不过被大家阻止了，众人都认为拿死人的东西太晦气，凤伟见大家一致反对，只好放弃。在行进过程中，我们躲避着脚下的尸骨，所以走得比较慢，尽管心里害怕，我依然还是在观察，想看看还会不会有信件一类的东西。旁边的小鱼将我的手抓得很紧，表情也极其紧张。

终于，我们走过了这一段尸骨满地的通道。大家都松了口气，这时我才感觉自己的衣服已经被汗水完全打湿了，双脚异常疲软，而小鱼和我的手心里都满是汗水，转头再看其他人，均是一副大汗淋漓的模样。

朝前走了一会儿，背后的通道又陷入了一片寂静的黑暗中，彷佛从来没有人来过一样。

"刚刚看那些尸骨身上的衣服好像是军装，那些短刀好像也是刺刀一样，你们说这些尸骨会不会就是那个张楚军信里写的当时和他一起进来的人啊？"一直在我前面没有说话的凤伟，此时开口问道。

"如果这些人真的是和张楚军一起进来的，那他们当时应该还带了枪，但我们一路走过来，没看到有枪啊！"针对凤伟的问题，志强提出了他的看法，从志强的言语中可以听得出来，他似乎还有点惊魂未定，说话的时候都感觉在颤抖一般。

"还有一点你们发现没有，张楚军在信里说的是，他们在下了乾坤八门的石室后，有一个满是尸骨的通道，会不会就是这条？"凤伟此时又提出了个疑问。

听到他这个问题，我仔细想了想，觉得不太可能，正要说话的时候，前面的二娃却开口了:"我觉得不可能,我们是在石塔石室撬掉了石板后钻狗洞,然后到了炉子石室后才来到这条通道的,刚刚似乎我们并没有看到其他路能到达这条通道。"

这话刚一说出,我脑袋里马上一个激灵,突然想到了个问题,急声说了出来:"对啊,我们是撬了石板后钻过了狗洞才到达的这个通道,看那个石板的样子,似乎是修好以后就没有人撬开过,而我们从炉子石室过来也确实没有看到其他的岔路。这就说明,刚刚那些尸骨在活着的时候不是从狗洞那边过来的!难道这条通道前面才是张楚军他们下来时候的石梯?"

此话一出,众人一阵低呼,不由自主地停住了脚步。大家心里很清楚,如果我的这个说法成立,我们将面临的是什么。如果我的说法成立,前面是石梯的话,我们会进入到张楚军信里写的那个乾坤八门石室。同时也意味着,我们也许转了个很大圈,又回到原点!

"会不会我们从一开始看张楚军的信的时候,就搞错了,也许,我们到现在为止走的路,张楚军他们当初都走过,并且他也记录了下来,只不过记录这一段路程的信遗失掉了,所以我们只看到了从乾坤八门开始的记录。"志强见大家情绪低沉,说出了他的推测。

听到志强这样说,凤伟又提出了他的看法:"绝对不可能,那封信从一开始写到后面一直是连续的,再说了,就算有遗漏,我们撬开的那个石板也能说明问题了!"

其实我看得出来,志强之所以那样说,完全是想找个理由来安慰大家。结果凤伟却没懂志强的心思,他的一席话顿时将大家用来自我安慰的希望戳破了。我狠狠瞪了一眼凤伟,凤伟似乎也感觉自己说错话了,心虚地低下了头。为了缓和气氛,我马上又故作轻松地安慰大家:"也许前面真的不是石梯,或许志强的推测是真的也说不定,我们还是赶快走吧。"

走在队伍最前面的二娃听到我这样说,没有说话,转过头又朝前面走去。众人跟着他默默地向前走着,每个人似乎都想着心事,刚刚因为我们争

论而显得比较热闹的通道一时间又安静了下来，众人前进的脚步声在这个寂静幽深望不到头的通道中回荡着。

朝前走了大概十几米的时候，二娃又停了下来。其实我挺害怕二娃停下来的，因为他一停下来，无外乎两种结果：要么是发现了出路；要么就是又看到了让我们恐惧的东西。不管是哪种情况，我心里都对二娃这种不说话，直接停住的做法感到非常恼怒，所以这一次二娃停住身后，我心中的火一下就上来了，语气中也带了些许火药味："你能不能每次停下来之前，先打声招呼，你这样一惊一乍的，哪个受得了？"二娃听出了我语气中的火药味，立即不甘示弱地对我回了一句："你以为老子愿意啊，要不你来带头，老子看看你的胆子有多大。"

我又准备回嘴的时候，却看见凤伟面朝前面的空间，头也不回地对我摆手。看到他这个动作，我没有再去和二娃斗嘴，快步走到了凤伟身边，走近后，才知道了他对我摆手的原因：原来脚下的通道已经到头了，尽头垂直的下方又是一个石室。这个石室给我的感觉非常熟悉，一种似曾相识的感觉。我侧过头不确定地询问凤伟，这个地方，我们是不是来过，凤伟对我摇了摇头，说他也不知道，这里感觉似乎非常像我们之前进入的那个周边呈圆形的石室，也就是最开始被我们认为是乾坤八门所在的石室。凤伟这样一说，背后的其他人顿时一阵骚动。如果我们面前的石室真的是已经走过的那个圆形石室，那就意味着，我们转了一大圈又回到了起点。想到这里，我急忙去看通道两边是否有灯台，灯台上是否有之前我们滑下去的时候遗留的那段绳子。

通道两边果然有灯台，但却是一种我们从未见过的古怪形状，这个形状有点类似于家里卫生间里挂毛巾用的那种钩子。看到这灯台，我松了口气。很明显，这个地方虽然感觉上很像那个圆形的石室，但从灯台的形状上来看，我们从未到过这个地方，这个地方不是第一个圆形石室。我把这个发现告诉了大家，大家松了口气，心里稍微轻松了一点。此时众人心中的想法大多都是一样的,都是希望前面不要出现石梯,也不要出现我们走过的圆形石室。不管前方是什么,只要不是这两种情况,只要不是原地转圈,对我们来说,至少就还有希望。

接着又和上次一样,把绳子挂在灯台上,众人顺着绳子开始朝下滑,这个洞的深度似乎要比之前那个圆形空间要浅一点,二娃很快下到了底部。

这时我想起受了伤的汪勇,忙转身去问众人汪勇怎么办?汪勇对我点点头,表示他没什么问题。但为了稳妥起见,我还是决定我先滑下去,再让汪勇滑下来,如果他没抓稳,我们还能在下面接住他。很快,我也滑到了洞底,这个空间的深度果然没有之前那么深,大概只有三米来高。

我和二娃在下面准备妥当后,就招呼汪勇滑下来。尽管汪勇刚刚对我们表示他没有问题,但还是在快要滑到底部的时候发生了意外。也许是因为受了伤,手上力道不够,他还是摔了下来,其他人听到汪勇摔落的声音,发出了一阵小小的惊呼。而原本在下面准备随时接他的我们,也因为事发突然,最终没能接到他。不过好在高度不高,他很快爬了起来,对我和二娃摆了摆手,表示他没事。

其他人在上面听到我们说汪勇没事,松了口气,开始依次顺着绳子滑了下来。不多时,众人都到了下面,我叫小鱼扶汪勇找个靠墙的地方休息会儿,然后招呼大家兵分两路开始查看这个空间。我、志强、周玲从我们的左手边顺着洞壁走,而凤伟、二娃、许燕顺着右手边的洞壁走。走了几步,我发现,眼前这个石室,似乎也是个圆形的,洞壁也是呈一种弧度延伸。又朝前走了几步,我看到一个只有我肩膀高的门洞,门洞上还挂有少许的蜘蛛网。看到这个门洞,我脑袋里一个激灵,拿着蜡烛就去看门上方。暗淡的烛光下,我看到门的上方写了个"伤"字,与此同时,对面的凤伟大声招呼我,说他发现了个门,门上面写着"开"字。听到他这样一说,我心里差不多有了答案:看来,这才是张楚军信里所写的乾坤八门所在的石室。果然,

在我们转到一圈后，又依次发现了其他几个门，和张楚军信中所写的一样，只有六个门，从左到右分别是：伤门、杜门、景门、死门、惊门、开门。

现在看来，这才是张楚军信里提到的乾坤八门，但是，这和我们发现张楚军尸骨的通道相隔也太远了，而且，张楚军的信中也并没有提到过，我们所经历的石塔石室以及炉子石室啊！这个问题让人非常疑惑，众人走到汪勇所在的地方，坐了下来，大家此刻也确实需要休息一下。

坐下后，我和凤伟开始讨论起这件事情来，但讨论了好一会儿也没有结果，这件事情无论从哪个方面来讲都说不通。凤伟又把张楚军的信拿出来给我看了一次，依然没有发现任何疑点。这时，一旁的周玲提出了她的看法："你们有没有发现，除了前两页他们进洞之前的内容，这信每一页都是可以独立阅读的，我们会不会顺序拿错了。我们从张楚军的遗体那里拿到这个信的时候，是原封不动拿起来的，所以我们也理所当然地认为，信的排列方式就应该是那样的，会不会后面的内容其实是被打乱过的？而我们刚刚在上面那段铺满了白骨的通道里看到了许多军服的残片，说不定那些尸骨才是张楚军他们，也许，在我们之前也有人进来过，也发现了张楚军的信，看过以后，就带走了，说不定，我们最开始发现的那两具尸骨并不是张楚军他们的，而是在我们之前看过信的人，不知道什么原因死在了那里，信也遗留在了那里。随后，我们发现了信，看了信上的内容后，就理所应当地认为那两具尸骨就是张楚军他们的。而当时这两个人也许和我们一样，希望通过信来找到线索和出路，所以就胡乱翻看，结果打乱了顺序，恰好将乾坤八门之前的经历压在了最下面，最后腐烂掉了。"

听到周玲这个分析，我和凤伟不禁感到异常惊讶，她的这个假设比较大胆，但却非常符合情理。唯一不符合情理的地方就在于，如果张楚军他们真的也经历了石塔石室和炉子石室的话，那狗洞的那块石板就应该是打开的才对。周玲看到我和凤伟惊奇地看着她，脸一红，又说道："我知道我这个假设比较大胆，但是你们发现没有，白骨通道里都还有衣服的残留物，而最开始发现两具尸骨的地方，除了尸骨，什么都没有。"

"你这个说法就不对了，按照你的假设，如果那两具尸骨不是张楚军他们的，那也必须有衣服的残留才行，如果没有的话，那就只有两种可能，一种可能就是，那两具尸骨是在张楚军进来之前的，衣服早就化成了泥浆。第二种可能就是，他们本身就没穿衣服。如果第一种可能成立的话，你的推测就被全盘否定了。"尽管周玲的猜测听上去比较合理，但仔细想想，似乎又不太对，所以我马上提出了我的意见。

"也许，还有第三种可能，那就是，那两个人确实是看了张楚军信件的人，但可能也是在寻找出路的过程中，遇到了什么东西，不得不脱掉衣服来烧，以至于衣服被烧光了，只好光着屁股！"凤伟听完我和周玲的推测后，也提出了他的想法。

"该不会也是碰到蜈蚣烧了吧？"一旁的二娃看到我们讨论得热闹，也加入了进来。

"碰到蜈蚣，也不至于连内裤全部烧掉吧！"我立刻反驳道。

"说不定人家当时是留了内裤的，只不过时间久了，内裤就腐烂成土了，内裤的布料那么少，非常有这个可能！"二娃似乎开始在钻牛角尖了。

听到二娃这样说，众人都沉默了起来，并不是因为二娃说对了，而是因为这件看似简单的事情，似乎是一个我们永远也解不开的谜，而这个谜似乎和我们接下来寻找出路，有莫大的关系。

沉默了一阵，大家决定还是先看看中间是不是和张楚军所说的一样，有一个地洞。果然，我们很快在类似中间的位置看到了一个漆黑的地洞，大小和第一个圆形石室中的地洞差不多，也是一米五见方。就在二娃准备下去的时候，凤伟却拦住了我们，对我们说道："后面有6个门，前面就只有这一个通道，我们为什么一定要按照信里所指，走这个通道呢，而且这个通道里的情况，张楚军写到了这里就断了，下面危不危险我们也不知道。不过，他们既然是死在上面的通道，就说明，他们下到这个通道后遇到了什么可怕的

事情，最后才逃上来，死在了那里。要不然我们进其他的门里去看看？"

凤伟话音刚落，刚刚一直没说话的小鱼开口了："但是张楚军在信里是写了这些门的名堂的，也说了除了开门、休门和生门，其他门都不能走！""但是你怎么知道这个向下的通道就是生门，万一恰好是最凶险的门呢！不然我们走开门，不也是什么三吉门之一吗？"凤伟不依不饶。看着我们没有休止地争论，二娃索性也不下去了，拿了蜡烛就去看后面其他几个门。不一会儿，他回来告诉我们，那些门里面的通道都是漆黑一片，看不到头，而且看洞口的灰尘都堆满了，似乎已经好久没有人走过了。

"哎呀，既然不相信张楚军说的什么八门的名堂，那何必还要去争呢，与其从后面的六道门里做选择，还不如就选择眼前这个地洞。说不定，张楚军他们并不是在这个地洞里遇到的危险。"二娃见我们依然犹豫不决，说完这话后，率先下了地洞。

凤伟见大家似乎都是这个意思，也只好听从，跟着二娃下了地洞。

这个石梯和之前的一样陡峭，我背后的小鱼将手搭在我肩膀上小心地跟着我，汪勇则在小鱼身后，用手扶着墙壁慢慢朝下走着。一行人小心翼翼地向下走去，我们不知道等待我们的将是什么，是死亡，还是逃离？

这个石梯没有第一次那么长，走了大概二十多阶，我们便到达了底部。一条漆黑的通道毫无悬念地出现在我们面前，朝前走了几步，通道中出现了几具白骨。看来，和张楚军信里说的一样。

所谓经常吃肉就不觉得新鲜，经常看见白骨，众人也不再那么害怕。加上刚刚才经历了白骨通道，所以，眼前这几具白骨对我们已经没有了任何的威慑。

地上除了白骨，没有发现任何的衣物残留物，也没有武器，更没有信件一类的东西。

大家没有停留继续朝前面走去，走了不远，通道突然来了个90度转弯，朝右边延伸了过去。

由于这次有烛光，加上我们走得比较慢，所以没有再出现之前那种撞墙的情况。但转过角后，我们又看到了一个让众人感觉非常恐怖的事情：在转角后的通道的不远处，居然有光！看到这光，大家并没有兴奋，因为那光并不是阳光，而是一种比较微弱，但在黑暗中又特别显眼的黄光。看到这一幕，众人心跳剧烈地加速，喉咙中似乎被卡了鱼刺一般张大嘴巴却发不出半点声音。

在这个不知道被封闭了多少年的死寂空间里，突然毫无征兆地出现了一团光，对于当时的我们来说，其恐怖程度远超过什么白骨，因为我们不知道，前方的灯光仅仅只是灯发出来的，还是前方有人手里正拿着灯在等我们，那光在黑暗中不停闪动着，似乎在嘲笑我们的胆小，又似乎是某种力量在召唤着我们。

看到这个情景，连胆子最大的二娃也待在了原地，不敢上前。众人心里不由自主地又想到那东西"鬼"。我们看过不少的鬼片、恐怖片，但我们都认为那是骗人的，但现在看来，我们开始怀疑，也开始相信，世界上也许真的有我们所不知道的神秘事物存在，也开始觉得，任何事情在你没有亲身经历前，一定不能去断然否认它。

我吞了吞口水，直愣愣地看着那光，手不知不觉地抓紧了小鱼，这一刻我的心里茫然不知所措。所有人和我一样，都待在了原地，不敢前进，不敢出声。

周玲小声说了句："我们回头走吧，从那几个门里走算了。"

"那你就能保证那六个门洞里，没有更恐怖的东西？"二娃头也不回对周玲说了句后，就从地上捡了块碎石向前方扔了过去。

那灯依然那样亮着，没有任何变化。

二娃又朝对面的灯光喊了几声，通道中除了他自己声音的回响声，再没有其他声音。

也许是看到对面没有反应，二娃开始朝前走去，众人看到二娃朝前走，

过了好一会儿才反应过来，提心吊胆地跟在他后面向前方走去，我们离那灯光越来越近，越来越近。

在我们离那个灯光仅仅只有一米多远的时候，提着的心也终于放了下来，我们看清楚了，那只是一盏立在墙壁上的油灯，并不是我们所想象的有人拿着。

灯的样子很普通，一个大约两指粗的支架被固定在墙壁上，支架上放着一个碟形的灯盘，灯盘里有灯芯和灯油，灯芯此时正忽明忽暗地跳动着，即使是离得很近，看上去也甚为吓人。

看到这个油灯，我心里同时又有了个疑问，这个灯怎么会是亮着的？难道在我们之前不久，有人进来过？但根据我们一路走来的情景来看，这里起码有好几十年没人来过了呀。

"这个会不会就是传说中的长明灯，以前很多王公贵族的坟里都要点长明灯，灯油据说是用一种动物来提炼的，可以燃烧几百上千年！"凤伟此时正站在油灯面前头也不回地对我们说道。说完他用卫生纸沾了点灯盘里的灯油拿到鼻子前闻，闻了一会儿后又摆了摆头，对我们说灯油没有味道，说完又把手上的卫生纸拿过来给我们闻。我凑过鼻子去闻了一下，确实没有任何味道。凤伟本想用矿泉水瓶装一点，说以后出去了拿去化验。不过在众人的催促中，他只好放弃了这个想法，依依不舍地跟着大家向前走去。大家都不想在一盏灯上浪费太多的时间。

众人又朝前走了几十米的距离，前面的通道突然宽敞了起来，也不再那么黑了，如果说之前的通道是伸手不见五指，此时的通道呈现的是一种灰蒙蒙的状态，让人心中那种压抑感也减少了许多。越往前走，前面越亮，难道我们快要出去了？

"有光！"二娃言语中带着兴奋，说完这两个字，就朝前跑了去。听到二娃这样一说，大家顿时来了精神，跟着二娃朝前跑去。此时前方散发的光和刚刚看到的油灯发出的光是有区别的，能让人明显感到是自然光。前方的通道越来越明亮，即使蜡烛因为我们的跑动熄灭了，我们依然可以借助这光看清楚同伴的身影，整个通道中的空气也明显清新了很多。我们一口气跑到了通道的尽头，但随之而来的场景让所有人顿时呆住了：

出现在我们眼前的是一个巨大无比的空间，整个空间的高度，至少有好几层楼高，整个空间呈一个巨大的半圆形，我们之所以能清楚地看见这些，是因为在这个空间的顶部，有许许多多大小不一的孔洞，这些孔洞最大的有篮球大小，最小的有拳头大小，孔洞的数量非常多，外面的阳光也正是透过这些孔洞洒向下面的空间，星星点点的光芒洒在下面空间的各个角落，看上去如梦幻般。

在整个空间的正中间，有一个巨大无比的圆形平台，在平台上面，矗立着一个比平台要小一点的拱形建筑，看上去很像蒙古包，又有点像爱斯基摩人住的拱形的冰房子，而连接圆形平台和我们脚下通道的是一座大约有五六米长的石桥，在石桥的另一头，也就是拱形建筑的前方，矗立着一个巨大无比的石碑，上面隐隐约约似乎有字。在石桥的下方几米处，有一条大约两米来宽的小河环绕着圆形平台，河里面的水缓缓流动着，但却没有发出任何的声音。

众人都被眼前的场景镇住了，一动不动地呆呆看着前方，我们看到了久违的阳光，我们也感受到了外面吹进来的夹杂着泥土味道的微风，此时我们的心里是一种死里逃生，想哭又哭不出来的复杂心情，但更多的是被眼前的场景震撼住了。良久，志强对着空间大叫了一声，其他人也因为他这一声，情绪顿时释放了出来，每个人都是又哭又笑，虽然我们还不确定这个空间是否就有出口，但现在看到阳光，对我们来说，无疑是一个莫大的希望。

众人过了好一会儿才平复兴奋的情绪，开始慢慢踏上小桥，走向对面的平台。上桥后，我们发现，石桥的桥面是用许多比较规则的正方形石板铺成的，每一个石板上都刻着很多古怪细小的文字，这些文字和我们在石塔石室看到的文字非常像，同样是一种从未见过的奇怪文字。在桥两边的护栏上，

每隔几步，就有一个长相奇怪的石兽，这些石兽都是以一种仰望的姿势矗立着，石兽雕刻得非常精细，甚至可以说是非常漂亮的工艺品，只是一个个表情显得十分狰狞。

离圆形平台越来越近，我心中突然有了一种说不出来的压抑感，转头看看其他同伴，大家此时都停止了说话，表情异常地严肃。

下了桥，我们走到了那块巨大的石碑面前。刚刚在通道出口的时候，我们就已经看到了石碑，知道石碑比较高大，但等我们真正站在石碑下面的时候，才发现，这个石碑似乎比我们在远处看到的更大。石碑的边缘雕刻着很多花纹，看上去也是非常古朴精美。在这个巨大的石碑上，刻着几个大字，但由于太高，上面的字我们看不真切，只能看见下面的三个字"维之墓"，看到这三个字，我顿时就懵了，眼前这个巨大的拱形建筑，居然是座墓。再看最上面的字，却看不清楚了，虽然这个空间里有阳光射入，但可能是因为角度的问题，阳光并没有照到石碑上来。

为了看清楚上面的字，我叫凤伟骑在我的肩膀上，我颤颤巍巍地勉强稳住了身体，凤伟手里没有拿蜡烛，所以看了几眼后，对我们说还是看不清楚。二娃在下面递给了凤伟蜡烛，拿着蜡烛，凤伟依次读出了上面的字：

"汉——大——将——军——姜——维——之——墓！"

刚念完这些字，凤伟一下就叫出了声，从我肩膀上跳了下来，由于他的动作突然，我猝不及防，一下就坐倒在地。

凤伟下地后手指着石碑连连朝后退，一旁的二娃急忙拉住了他，再退可就掉到下面的河沟里了。其他人都奇怪地看着凤伟，凤伟吞了吞口水，表情异常激动地告诉我们："你们难道不知道姜维？姜维！姜维就是三国里蜀国的大将，诸葛亮死之后，蜀国真正掌握大权的人，姜维啊！姜维啊！"凤伟这样一说，我似乎有了点印象，但由于我看三国，主要是看关羽张飞，所以在关羽张飞死后，后面的剧情，我基本上都没看，关于《三国演义》的最终结局，我一直不清楚，所以，在看到姜维这个名字的时候，我的感觉是既熟悉又陌生。

凤伟见大家依然是似懂非懂的，又接着给我们解释："诸葛亮死的时候，将蜀国的重任交给了姜维，姜维按照诸葛亮的遗愿，多次出岐山伐魏，最后兵败身死，尸骨无存。除此之外，我看过一些关于三国的其他书，很多书都说，诸葛亮在死之前，教会了姜维很多的东西，比如阵法这些。相当于诸葛亮的半个徒弟。"

凤伟告诉我们这些的时候，异常地激动。我不知道他为什么这么激动，如果按照他的说法，姜维尸骨无存，这里即使是姜维墓，顶多也只会是衣冠冢。

几个女生反应很平淡，因为她们很少看三国，别说姜维，估计连关羽张飞赵云都不知道，而志强、二娃、汪勇他们知道的三国，估计和我差不多，所以也没有做出多大的反应。

凤伟见我们表现得很平静，又激动地说："姜维你们知道多牛X吗？我们一直以来不就想找个古墓来看看吗？现在这个就是古墓啊！还是个名人的古墓，哈哈！哈哈！"凤伟此时就和疯了一般，边说边转到石碑后面去了，大家没有理会他，在原地坐了下来，准备休息一会儿后再去看看这个空间周围有没有出口，现在大家对古墓什么的，没有任何的兴趣，看到了久违的阳光，所有的人都有了一种安全温暖的感觉，疲倦也随之而来。

我刚一坐下，石碑后面的凤伟就开始叫我，我懒洋洋地答应了他一声，并没有起身。结果他看我没有过去，又开始叫我，我被他叫得烦了，只好站起身走了过去。

刚绕过石碑，我就看见，原来石碑后面的拱形石墓有一道大约两米多高的门洞，而石碑正好完全挡住了墓门。此时，凤伟正拿着蜡烛，在石碑的背面仔细看着什么，我凑了过去，想看看他叫我干什么。

靠近石碑背面后，我才发现，原来在石碑的背面，也刻有文字，只不过这些文字就小多了，每个文字都只有乒乓球大小，密密麻麻刻在石碑背面，

这些文字，同样是我们所不认识的奇怪文字。凤伟见我过来后，没有再去看那些文字，而是很小声地对我说："我们进墓室去看看，说不定有什么发现！"

"你疯了啊，我们还是赶快找到出路出去算了。"我态度非常坚决，只想赶快离开这个鬼地方，现在任何的东西对我来说，都产生不了兴趣，我只想快点找路出去，然后回家洗个澡，舒舒服服睡上一觉。

凤伟见我不同意，依然不肯罢休："你知道不，姜维墓有很多种说法。有的人说，他被随随便便葬了魏地；有的人说葬在了四川剑阁和甘肃天水；还有人说，是被葬在了成都凤凰山。但这些说法都只是传言，没有什么事实根据，你想，我们如果在这个地方找到了姜维的尸骨，那肯定要引起轰动的，再说了，诸葛亮死后，姜维基本上掌握了蜀国实权，如果这个坟真的是他的坟的话，里面说不定真的有很多古董。"

听他这样说，我依然不同意，立即反驳他："就算这里面有姜维的尸骨，你的意思是，还要把他拖出来，带出去，是你疯了，还是我疯了，挖坟的事我可不干，那是要遭报应的，要去你自己去，我可不去，他们也不会去的，现在我只想出去！这个地方又不会跑，我们以后再来看，不是一样的吗？"

凤伟听我这样说，声音立刻就大了起来，言语中依然带着激动："我们辛辛苦苦地才走到这个地方，不进去看看，我以后会后悔一辈子的，老子不管了，你们不去，我自己进去。"话刚说完，他便拿着蜡烛跑向了石墓的门洞。

由于事发突然，我反应过来想去抓他衣服的时候，他已经跑进了门洞，我来不及多想，也紧随其后跟了进去，想把他拖回来，刚刚才跑出几步，心里又想到，应该跟大家说一声，急忙又折回去，简短告诉了他们一声，并嘱咐他们照顾好汪勇。安排完了后，我又转身向石墓中跑去，二娃在我后面跟了上来，说他也一起进去。

进入到门洞里,只朝前走了两三米的距离,我们就进入到了石墓的内部。依靠手里的蜡烛,我们能大致看见,在石墓的中间,有一个巨大的石台一样的东西,在石台的另一头,有一点微弱的光散发出来,应该是凤伟刚刚拿的蜡烛,放在地上被石台挡住了,所以我们只能看到光。除了蜡烛的光,我们没有看到凤伟,我急声呼喊凤伟,他答应了一声,然后就从石台的另一头站了起来。

"你们快过来,这边有东西。"说完又蹲了下去。我和二娃拿着蜡烛走了过去。走过去以后,这才看见,原来在石台的另一头有一具白色的尸骨正靠在石台上,尸骨上还残存着衣服,从衣服的颜色和样式上可以看出,是一件军服,凤伟蹲在尸骨的面前,手里拿着几张纸一样的东西正在细看。感觉到我们走过来以后,他头也没抬地对我们说:"这个墓室周围有灯台,灯里还有油,你们去把灯点亮,我先把这个信看完。"

"我们还是赶快出去吧,这个地方我总感觉不对头,把信拿出去看嘛。"我没有理会凤伟叫我们点灯的安排,站在原地催促着他。不过我挺佩服他的,他和我前后进来相差不到一分钟,他居然就已经把这个墓室的情景大致地看过了,不然怎么会知道周围有灯。

"怕个屁,既来之则安之,只待一会儿我们就出去。你们两个去把灯点亮,仔细看看。"

见凤伟的态度坚决,我和二娃非常无语,只好顺着他的意思,去把周围的灯点亮,凤伟这个人,优点有很多,比如:细心、爱钻研、爱动脑。但也正因为这些优点,让他遇到事情的时候,爱死犟。

我和二娃顺着墙壁很快看到了一盏立在墙壁上的油灯,这灯的样子和之前我们看到的那盏长明灯一样,同样是从墙壁上伸出来了一个支架,支架上面有个装灯油的油碟,整个灯从上到下,都是漆黑的,看不出是什么材料做的。我和二娃顺着墙壁在墓室里走了一圈,依次点亮了所有的灯。虽然这些灯都不太亮,但数量众多,一起点亮后还是将整个墓室照亮了许多。即使不

用蜡烛也能看清楚整个墓室了。

我和二娃在点灯的时候发现，这个墓室和刚刚在外面时看到的大小几乎无异，整个墓室的直径几乎和一个篮球场的长度相当，而墓室地面到顶部的距离也非常高。在墓室中间，有一个长度约五米，宽度约三米，高度大概齐胸的巨大黑色石台，石台周围刻了很多的花纹和文字，这些花纹和文字与石台一样，同样是黑色的。在正对石台和墓门的墙壁上，还雕刻着许多的文字，相比石台上那些完全不认识的文字来说，墙壁上的文字就要好认很多，至少某些字我们还是认识的。

我和二娃点完灯后就走到了凤伟身边，此时凤伟正抱着手臂站在尸骨面前，眉头皱成了个川字形，似乎在想什么问题，看到我们过来以后，他指着尸骨，莫名其妙地说了句："这个骨头也是张楚军的！"

第六章　无路可退

凤伟说这话的时候，语气显得很平静，同时将刚刚看的那几张信纸递给我。递给我的时候，他连眼皮都没抬一下，依然是目不转睛地盯着那具尸骨。

这次的信纸非常干燥，按理说，就算这个墓室比较干燥，信纸存放久了也会有所变化，但这几张信纸仅仅也只是边缘上有一些黑色的霉点，其他地方完好无损，信只有三页，信纸的款式和我们之前发现的信纸的款式差不多，我和二娃靠在石台的另一边，凑近信纸，看了起来。信纸的内容和之前有所不同，在这封信的最开始有称呼，结尾也有署名。时隔多年，后来信被凤伟拿走了，关于信上的内容，我只能凭着记忆整理：

看到这封信的朋友：

我叫张楚军，是国民革命军驻九龙庙部队的一位机要员，如果你能看到这封信，那就说明，你也被困在了这个地方，我希望你能耐心看完这封信，希望这封信能给你带来帮助，同时，我也想拜托你一件事。

民国三十五年（1946年），抗战刚结束不久，我所在的九龙庙部队收到上峰指示，准备与驻扎在资中的另一个部队进行换防，就在我们准备出发的前一晚，我们的营部受到了九龙庙周边数十股土匪的猛烈进攻，土匪的攻击非常猛烈，营部很快就要失陷。由于我们机要室保存着许多的机要文件,所以团长让特务连掩护我们突围。

在特务连的掩护下,我们突围出了九龙庙镇,准备从小路向资中转移。但那些土匪就好像疯了一样,在我们身后一直穷追不舍,不但如此,在我们队伍的前方也出现了大股的土匪,虽然特务连都是经过严格训练的,但无奈土匪数量非常多。最后,在进退无路的情况下,我们进入到了这个山洞,在我们进来的时候,只剩下了二十多个兄弟,在走到三门洞口的时候,由于不知道哪条才是正确的路,二十多人被分成了三个小队,分别进入到三个门洞中。

我所在的小队,由于我军衔最高,所以理所当然地成了队长。我们一路前行,走了很久,到达了这个墓室所在的空间,当时,我们在外面的空间中寻找了很久后发现,除了石墓的入口,没有其他的洞口,所以我们别无选择地进了这个墓室,把希望寄托在了这个墓室里,期望在这里找到出口,虽然我们知道,这样的希望是很渺茫的。

那时的我们并不知道自己已经踏上了一条死亡之路,

所有的人进入到了这个墓里后,都被石台上摆放的东西所吸引了,众人开始疯抢,无论我怎么样制止都无济于事。我知道我们的厄运来了,因为摆放着东西的这个石台,我曾经见过。

由于我是机要员,所以在平时,会接触到很多其他地方部队提交上来的机要文件,在这些文件中,除了有各种军事机密以外,有些还会有各地发生的种种怪事的记录。而我清晰地记得,曾经在某一个文件中,看到过这个石台的描述,同样是黑色的石台,同样是刻满了花纹和文字,文件里管这样的石台叫镇魂台。根据文件的讲述,凡是有镇魂台的地方,都是九死一生的死地,所以在进入这个墓室,第一眼看到中间的石台的时候,我心里就有了一种强烈的恐

惧和不好的预感。但除了我和特务连的小林以外,其他人都疯了一般,去抢那些东西,甚至有的人为了争一样东西,已经和同伴大打出手了,我朝天鸣枪警告,也无法阻止他们的疯狂,所有的人像着了魔一般。有些人开始朝同伴开枪,子弹在这个墓室里到处乱飞,我和小林因为害怕被他们击中,便躲在石台一边。无意间,小林碰到了石台侧面的一个石板,石板后面露出了漆黑的小洞,由于当时情况紧急,我们也来不及逃出石室,所以我俩想都没想就钻进了那个小洞里面,连随身的公文包以及干粮也没来得及拿。

　　钻进小洞后,我们发现,有一条长长的通道一直朝下延伸,手电照不到通道的尽头,我们怕外面的人杀红了眼也钻进来,所以急忙朝下走了去。顺着通道,我们朝下走了不远,就出了通道,呈现在我们面前的是个庞大的空间,手电照过去,根本看不到头。整个空间的空气异常稀薄,让人感觉喘不过气。我们只有一支手电,出了通道后,只能摸着右边的石壁开始朝前走,石壁非常的潮湿,地面也非常不平,我俩走了很久都没有遇到转角。我和小林都非常害怕,没有了任何的主意,就在这时,我们突然发现前面某处有亮光,我和小林顿时来了精神,我们以为之前在三个洞门那里分手的其他队伍已经在我们前面了!所以我和小林想都没想开始朝前跑去,边跑边朝灯光的方向大声呼喊,但是灯光却离我们越来越远,最后完全看不见了。这时我们才发现,自己到了一条河边,河水看上去很浅很清澈,疲惫的我们捧起河水就开始洗脸,这河水异常地冰冷,洗了脸后,我们的精神好了许多。

　　也就在这时,远处的灯光又亮了起来,我们急忙蹚过河水开始朝光源跑去,这河水虽然看上去很浅,但到达河中心的时候,已经到了齐腰的位置,河中间的水非常冰冷,像有无数的刀在身上割一样。我俩咬牙忍住这刺骨的河水,艰难地上了岸,循着灯光又追了过去，没跑多远，一道巨大的围墙突然挡在了我们面前，这墙很高，我们刚刚是顺着灯光过来的，但是这个墙明明在这里，根本不可能出现灯光。而此时灯光也消失了，我和小林非常害怕，不知道该往哪里走，只好又顺着墙走。

走了没多远的时候，背后的小林突然发出了一声惨叫，我急忙用手电照了过去，看到了让我魂飞魄散的一幕：小林的腿此时正被一个长相丑陋的怪物咬在嘴里！看到这一幕，我脑袋里顿时一片空白，过了好一会儿，才意识到应该救小林，于是我将自己的佩枪拔了出来，想打死怪物，但由于小林不停地挣扎，我怎么都没法瞄准，最后，我找到了机会，向怪物开了枪。那怪物被我打中后，丢下小林，突然朝我扑了过来，我急忙朝后退，但这个怪物的动作太快了，眨眼间，它就咬住了我的左手手臂，剧烈的疼痛让我差点昏厥过去，左手拿的手电也掉到了地上，我开始疯了一般凭着感觉朝怪物开枪，它似乎被我打中了，一用力我的左手手臂被生生扯断了，剧烈的疼痛让我顿时昏死了过去。

不知道过了多久，剧烈的疼痛让我醒了过来，周围一片漆黑，整个空间中没有了任何声音，左手的疼痛告诉我，我的左手已经没有了，想到这里，心里异常地难受。手电被丢在了很远的地方，此时还亮着光，我艰难地爬起来，捡起了手电，照向四周，想要找到小林以及我断掉的手臂，但我环视了一圈后，什么也没有发现，连昏倒的时候，应该在我身边的佩枪都不在了。如果不是我的左手已经没有了，我甚至都怀疑刚刚只是做了一场梦。

我的左臂断裂处还在不停地流血，剧烈的疼痛提醒我，如果我不赶快止血，很快我就会死掉。此时我想到了我的公文包，里面应该还有一些药品，这是我们的队伍在三门分开时，赵主任分配给每个小队的。

于是我开始非常艰难地朝墓室的方向跑去，但由于整个空间非常庞大，加上左手疼痛难忍，我费尽了力气，用了很长时间，才回到了墓室。墓室里，其他人已经不在了，也没有人员伤亡，仿佛这里根本没有发生过械斗。不过石台上的东西被抢光了，我的公文包被丢到了石台的一边，里面的东西散落了一地。

我忍住疼痛，用纱布暂时止住了血，但尽管如此，我感觉我自己的生命正在消失。

不管你是什么人，也不管你的能力有多么地大，不要进入到石台下面的通道，更不要去接触那片神秘的领域。如果你有能力，请另寻出路。其次，我希望，如果你能找到出路，请将我的尸骨带回我的家乡，不要让我做孤魂野鬼。

感激不尽！祝好运！

张楚军民国三十五年

在信的最后，写了一个地址，这个地址就在我们仁寿的邻县威远。

看完信后，凤伟将信放在了包里，而我和二娃心里顿时糊涂了，写这封信的也叫张楚军，那我们之前发现的那个张楚军的信又是怎么回事，如果说那个白骨通道里的尸骨，是因为争抢这个墓室的财物一路追到了那个地方，然后自相残杀所致。那最开始发现的第一封信又是怎么回事？张楚军和小林在下面看到的怪物又会是什么？张楚军说他的公文包遗留在这个地方，那他死的时候，公文包应该也还在，可是刚刚我们点灯的时候已经将这个石室转了一圈了，却没有看到有公文包的影子。那公文包到哪里去了？张楚军说这个石台是什么镇魂台，那镇魂台又是什么东西？一大团的问题不断从我脑袋里涌了出来，就在我准备和凤伟交换意见的时候，墓室的入口传来了志强说话的声音，我站起身，发现大家都已经进来了。

"你们怎么进来了，不是叫你们在外面等吗？"

"刚刚我在外面看了一圈，没有看到有其他的出口，所以就想进来看看你们是不是找到出口了。"志强对我说道。

"那你们也应该在外面等我们的消息才对嘛,都跑进来干什么?"

"还不是担心你们,大家才进来看的。"小鱼抢先回答了我。

此时众人已经走到我身边,也就在这时,墓室周围的油灯全部同时熄灭了,整个墓室顿时暗了下来,只剩下大家手里的三支蜡烛。突如其来的变故让我心里一沉,小鱼循着我旁边二娃的烛光,一下就扑过来抱住了我,而其他两个女生也顾不得矜持了,周玲立即就抱住了身边的志强,许燕则跑过来抱住了二娃,汪勇没人抱,站在原地一脸惊恐。

大家不敢说话,四处张望,这个灯熄灭得非常蹊跷,在这个墓室中没有任何的风,就算有风,也不可能将周围的灯全部吹灭,加上整个石室又是圆形的,任何方向吹来的风都不可能将这么多油灯全部吹灭。再说了,如果灯都被吹灭了,我们手里的蜡烛也应该同样被吹灭,但此时,我们手里的蜡烛正欢快地燃烧着。

墓室墙壁上的油灯熄灭得完全没有征兆,用过油灯的人都知道,如果油灯没油了,熄灭的时候,灯光是会慢慢暗淡下去,直到熄灭。但墓室里的油灯,在熄灭之前,还比较明亮,完全没有快要熄灭的样子。

虽然此时我们还点着蜡烛,但蜡烛的光并没有给我们带来安全感,众人紧张得连呼吸都异常地小心,周围寂静一片,我旁边的小鱼将我的手抓得生疼,我能感受到她的紧张,因为此时我也非常紧张,我想凑到她耳边去安慰她,但又不知道如何开口。

就在众人紧张得不知所措的时候,墓室里响起了一种在我们平时听起来非常熟悉的声音,这个声音若是在平时,我们根本不会去在意,但此时这个声音突然地响起,众人头皮一下就炸开了。

因为这个声音,居然是猫叫!

在这个不知道被尘封了多少年的地下空间里,响起了猫叫的声音,这声音听上去非常地凄厉。相信很多人在春天的时候,都听过猫发情时的声音,

此时,我们听到的就类似这种声音,但仅仅只是类似,实际上,这猫声,听上去比发情时的声音恐怖多了。这么多年过去了,这个声音带给我的感觉到现在还很清晰。猫在我们生活中是最常见的动物,在任何地方都可以看见,但是现在出现在这个地方,无论如何也是让人想不通的。

我竖起耳朵仔细去辨别猫声发出来的位置,身体不停朝后退,很快靠在了石台边上,我用手抱紧了小鱼,努力地让心情平静下来。

就在这时,站在我前面的二娃指着我身后惊恐地叫道:"猫在你后面的石台上!"

听他这样说,我慌忙转头去看身后的石台,果然,一只全身白色的猫不知道什么时候爬上了石台,此时眼睛直勾勾地盯着我们大家。若是在平时遇到猫,我们肯定不会在意。但此刻,我们心里都有一个想法,这个猫绝对不简单!二娃向前一步试图去撵走这猫,但那猫没有害怕,反向前走了两步,嘴巴里发出的声音更加的凄厉,震得人心里直发颤。见这猫没有反应,志强也去撵那只猫,但它依然毫无反应地站在原地死死盯着我们,嘴里也一刻不停地尖叫着。它的声音在这个墓室里显得特别刺耳,小鱼吓得往我怀里一缩。叫了几声后,白猫跳下石台朝墓门跑去,众人的眼睛也跟着猫的步伐移动着,白猫跑到墓门口后,站住了身,又死死地盯着我们,这猫的眼睛非常奇怪,眼球是淡绿色的,在眼球上黑色的瞳孔显得非常小,看上去就好像只有眼球没有瞳孔一般,对视了一眼,我赶紧将目光移开。脑袋里突然想起了一件事,立即就招呼其他同伴:"别看猫的眼睛!"

说这话的同时,我的目光又向墓门处瞄去,猫已经不见了。

大家转过头来疑惑地看着我,我深吸了一口气,简单地对大家说了关于猫的一些事情。

农村总有很多古老神秘的传说,小时候,我总爱听外婆讲这些稀奇古怪的事情。外婆曾经告诉我,如果在坟地里遇见猫,如果是黑猫,那就是阴间的引路神,超度一切亡魂,活人看到了心里一定要念:见到莫怪,见到莫怪。然后迅速离开，让它知道你不是亡魂。如果遇到白猫的话，就要马上跑开，能跑多快跑多快，能跑多远跑多远，千万不能回头看，因为白猫除了要引渡灵魂之外，还要抓取活人的灵魂。所以遇到黑猫不可怕，可怕的是遇到白猫，白猫在民间还有种称呼叫诱师，关于这个名字的来源我并不清楚，而白猫的眼睛，千万不能直视，否则灵魂就要被它抓走。这些乡村传言虽然不能全信，当然也不能不信，传言总是有根据的，更何况这个地方出现了猫，实在是太反常了，这个地下空间除了有众多的通道和石室，再没其他的东西，按理说，这个地方是不适合猫生存的。况且我们一路走来，并没有发现猫留下的任何痕迹，那这猫到底是从哪里来的？

众人听我讲完猫的事情后，面面相觑，脸上的惊恐越来越强烈。

不过好在现在猫已经跑了，这才稍微放下心来。刚刚灯突然熄灭的时候就已经让大家非常紧张了，随后又钻出的白猫更是让大家差点崩溃。

猫跑了后，众人七嘴八舌地又说起了对油灯的看法，刻意地不再去提及猫。

结果众人天马行空的讨论，又加剧了大家的恐惧。就在这时，我们听到了一声轻轻的叹息声，听到这个声音，大家都停止了说话，紧张地东张西望想要找到声音的来源。

"咳咳咳，别看了，是我！"坐在许燕旁边一直不能说话的汪勇此时突然开口了。

"呀！你可以说话了，怎么回事啊？"对于汪勇的恢复，我们大家感到又惊又喜，坐在汪勇旁边的许燕更是用一种看怪物一般的目光看着汪勇。

"我也不知道，刚刚看到那白猫，我吓惨了，刚刚听到你们讨论的时候，我觉得心里闷，结果一叹气，才发现自己能出声音了，老子还以为这辈子都要成哑巴了呢。"汪勇说完，又大叫了一声，看来他确实是憋坏了。

接着汪勇又对我们口述了一下他在炉子石室的经过，基本上和他当时给我们写的没什么区别，而关于他的突然失声，他对我们说，当时他无意间碰

到了炉子的什么地方，就看到有烟雾冒起来，然后头就被敲了一下，后来就发现自己不能说话了。

按照汪勇的说法，我和凤伟都猜测，很有可能那个烟雾有什么麻痹毒素，让他在短期内不能发声，现在能说话，可能是麻痹的效果已经过了。而关于他的伤势，他对我们说，基本上已经不疼了。

由于汪勇的突然恢复，让气氛轻松了许多，我和凤伟拿着蜡烛走到墙壁上其中的一盏油灯前，这才看见，油灯的灯盘里，一点油都没有了，灯芯软软地躺在灯盘里。我俩接着又去看邻近的几个油灯，发现情况都是一样的，都没有油了。

这个发现让我们感到很疑惑，刚刚我和二娃在点灯的时候，灯盘里明明都还有近三分之一的灯油，现在几个灯盘里的灯油全部都没有了，这怎么可能呢？没道理燃烧得这么快呀！而且，就算灯油烧完了，那也不可能同时熄灭啊，油灯不同于电灯，如果没油了，灯光只会先暗淡，然后熄灭。但刚刚所有的油灯分明是同时熄灭的，就好像有开关一样，开关一关，同时就灭掉了。

旁边的凤伟拿着蜡烛凑近油灯仔细看着，左手摸着下巴似乎在思索着什么。

"我知道这些灯为什么同时熄灭了，这些灯是孔明灯！"凤伟突然叫嚷了起来，声音中带着激动。

听到他这样说，我愣了一下，还没等我说话，我身后的二娃叫嚷了起来：

"滚！别以为老子没见过孔明灯，孔明灯是灯笼，下面点了火以后，会飞到天上去。"

"别急，你们听我说，这个灯真正的名字叫做'龙吸自来灯'，传说是诸葛亮发明的，所以也叫孔明灯。这个灯的原理，是在灯后的墙壁或者其他地方，有一个很大的油缸，这个油缸通过墙壁里的油槽连接到了每一盏油灯，当油盘里的灯油不够的时候，油缸会通过油槽给每个灯盘输送灯油，如果油缸里的灯油足够多的话，这个灯能保持千百年不灭。你们过来看，这里就有个输油的小洞。"凤伟说完就招呼我们看。

听到凤伟这样说，众人靠了过去，顺着凤伟手指的位置，我们果然在灯盘内侧的墙壁上、比灯盘稍高的位置看到个吸管般大小的小洞。

"奇怪了，刚刚我和二娃点灯的时候，好像没有看到这个小洞啊，是吧，二娃？"旁边的二娃听后点了点头。

"你们没看到这个洞很正常，这个灯的原理是，在这个灯上有一种重量感应装置，在灯盘里有灯油的时候，这个洞是关闭的，当灯盘里的灯油要用完的时候，整个灯盘的重量就会减轻，此时重量感应装置就会去触动这个输油的小洞的开关，小洞就会打开，里面就会有油输出来，当输出的油的重量达到了规定的重量的时候，输油洞又会关闭。"

听完凤伟对这个油灯的解释，众人都感到非常惊讶，这也太科幻了吧！古人真能达到这么高超的智慧？我把这个疑问向凤伟提了出来。

"哎，平时叫你多看点书，你要去踢足球，多读点关于三国文化和探索方面的书嘛，古人的智慧远远不止这些，在古代的时候就有水平炸弹和定时炸弹了，你信不？"凤伟说这话的时候，对我一脸不屑。我正准备开口反驳他，他又接着说道："这个灯还不止自动输油那么简单，在这个灯盘的下方同样有个小洞，可以同时让所有灯盘里的油全部流回到油缸里，这就能让所有的灯同时熄灭而且还不浪费一丁点油，但这个放油的装置是需要启动机关才行。"

"那你的意思是，刚刚有人启动了放油的开关，所以才会同时熄灭？"二娃一脸不解地望着凤伟问道。

"不啊，刚刚你们都看到了，上面输油的洞是打开的，这就说明刚刚在灯油要用完之前，灯的重量感应装置已经感应到了灯盘里灯油不足，所以就打开了输油孔，但可能是由于时间太久远，油缸里的油已经用完了，没有油

输出来，才会导致所有的灯无油可供，一起熄灭掉的。"

凤伟的这个解释听上去比较符合情理，如果输油槽、灯盘这些都能达到一定的精确度，并且输油孔在输油的时候能达到一致的话，自动输油理论上是能够实现的。不过，自动抽油后，灯会同时熄灭，这个听上去就有点让人不敢相信了，因为油灯即使是同时没油了，那它的熄灭过程也只会是先暗淡，后熄灭才对。凤伟听到大家提出这个疑问，又说道："你说的这个问题，我刚刚也想过，不过我觉得问题可能是在灯芯上，你们看，这个灯芯，不是我们常见的棉线搓成的灯芯，而是其他东西做成的！"听凤伟这样说，众人又仔细去看那灯芯，灯芯看上去除了异常地干燥以外，并没有什么特别的地方。

"虽然我看过的书上有这种'孔明灯'的记载，但并没有提到它的灯芯是什么做的，但《探索》杂志上记录过在以前古代的时候有种棉叫土屯棉，这种棉的吸水性和挥发性非常好，当有水的时候，这个棉能充分吸收水分，而缺少水分的时候，这个棉又能在短短几秒钟立即干燥，就不知道这个'孔明灯'的灯芯是不是就是这种棉制成的。"凤伟看着灯芯继续说道

"你刚刚说，同时灭掉这些灯，需要靠启动机关来同时放掉这些油，但我刚刚和二娃点灯的时候，灯盘里明明就还有灯油。"

"切！这个问题不用凤伟来回答，我都可以回答你，你怎么那么笨啊，人家凤伟都说了，如果是需要让所有的灯一起灭掉，就启动机关，放掉油。在我们点灯之前，那灯里还有油，就说明以前肯定是被人为吹灭的。"志强一脸不屑地对我说道。

听到志强这样说，我拍了拍自己的额头，我确实是糊涂了。

而根据凤伟的分析，我们之前在那个通道看到的那一盏亮着的灯，应该也是这个原理。

解决了灯的疑惑后，大家松了一口气，毕竟谁也不想将这个事情和鬼怪一类的扯上关系，众人准备再休息一下就继续找出路。这个时候我才顾得

上将刚刚发现的第二个张楚军的信的事情告诉大家，大家听了以后，都不太相信。直到众人看过信以后，才露出了一副不可思议的表情。接下来，众人在这个问题上又探讨了一会儿，结果依然和之前一样，毫无头绪。大家都认为，白骨通道里的尸骨肯定是因为抢夺财物自相残杀后死在那里的，在通道里没有看到任何财物的影子，这就说明他们里面最终有人获胜了，带着财物逃了出去，或者死在了某个地方。关于信中提到的公文包，我们在墓室里也没有发现，这似乎成了一个谜。而第一个张楚军和第二个张楚军的关系，众人也是摸不着头绪，从两封信上的笔迹来看，又不像是同一个人写的，难道第一个张楚军和第二个张楚军原本就是两个人？但两个人都在信中提到自己的身份是国名党军队的机要员，如果他们俩真的是同名同姓的两个人，那他们在同一个部队同是机要员的身份，又太巧合了吧！

　　关于张楚军的身份问题让众人完全理不清，但我又隐隐感觉到张楚军的身份似乎很重要。

　　众人见讨论下去也不会有答案，索性不再讨论，开始闭目养神。

　　凤伟却没有停止折腾，拿着蜡烛顺着这个墓室仔细看了起来。我们没有管他，坐在原地没有动。此时小鱼正趴在我的腿上休息，看着她已经有些凌乱的头发，我心里一阵酸楚。小鱼的家境比较优越，家里三个姊妹中，她从小就非常乖巧听话，所以家里人最疼她，我们在黄古洞里所遭遇的一切让这个没吃过苦的女孩看起来更加柔弱。我用手摸了摸她的头发，她没有反应，看来已经睡着了，就在我的视线准备从她身上移开的时候，突然看见她脖子上不知道什么时候突然有个指甲大小的红色印记，这印记在小鱼白皙的脖子上显得非常扎眼。为了不吵醒她，我轻轻用大拇指去搓，结果搓了好几次，都搓不掉。我心里一下就急了，我记得非常清楚，小鱼脖子上是没有这个印记的，至少在我们进黄古洞之前是绝对没有的。因为她皮肤很白，所以夏天她特别喜欢穿短袖的T恤，而以前我曾经送过一条石头记里买的项链，并且亲自给她戴上过，从来就没看到过她脖子上有这样一个胎记一样的红记。想

到这里，我心里有点莫名的紧张，本来想将小鱼叫醒问问，但仔细一想，又放弃了。万一这个印记真的是在进了黄古洞以后才有的，那小鱼肯定接受不了。所以我准备等她醒后，旁敲侧击地问问她。

就在我还在胡思乱想的时候，二娃走到我面前坐了下来，小声对我说，刚刚他检查了一下我们的背包，我们带的干粮已经不多了，估计还能够每人吃三四次的样子，水和蜡烛相对来说，还比较宽裕。

这个消息对我来说无疑是雪上加霜，本来小鱼脖子上的印记就已经让我很烦躁了，现在干粮又不足了，这样下去的话，大家不被困死在黄古洞，也要饿死在这里。想到这里，我决定叫凤伟过来商量一下，刚刚他一直在墓室里不停走动，似乎又发现了什么。

由于我是靠在石台侧面的，所以看不到凤伟，我小心地将腿上的小鱼的头挪开，拿背包垫在了她的头下面，然后站起身去寻凤伟。而他此时正站在石台的另一边，想要爬到石台上去。我急忙走过去想要阻止他，因为这个墓室里太诡异，除了有机关控制的油灯，不知道从哪里钻出来的白猫外，指不定还会有什么幺蛾子。

但凤伟的动作太快了，我还没走到他身边，他已经爬上了石台。我走过去想要把他拖下来，他对我摆了摆手示意我不要动，然后就拿着蜡烛仔细在石台上查看着什么。看了两眼后，他又极为迅速地从石台上跳了下来。

就在他落地的同时，墓门那边传来一阵巨响，像是什么沉重的东西掉到了地上一样。听到这个声音，我心里顿时一沉：完了，这个瓜娃子肯定碰到什么机关了。而原本还在休息的其他人也被惊醒了，纷纷站起身四下张望。我从凤伟手里拿过蜡烛，急匆匆地跑过去看墓门，果然，原本空荡荡的墓门，此时已经被一个巨大的石头封住了，我使劲推了推，没有任何反应，立即转头招呼二娃和志强过来帮我推。三人合力之下，墓门一点反应也没有。

此时我心里沮丧到了极点：完了，现在想出去都出不去了！

其他人此时也走了过来，看到墓室门被封住，都一脸绝望的表情。凤伟也走了过来，看到被封闭的墓门，站在原地愣住了。

"你妈的，你不是多能干的吗！不是什么都懂的吗！不是看三国的吗！不是看探索的吗！现在好了，你把我们都困在这里了！"志强一脚蹬向凤伟，言语中愤怒到了极点，声音已经带了点哭腔。

凤伟被志强蹬得坐在了地上，他没有马上爬起来，而是把头埋在双腿之间不敢看众人。志强还想去打凤伟，被二娃拖住了，此时我也是一肚子火，如果不是因为凤伟不听招呼贸然就进来了，我们也许不会进来。如果他不去碰那个石台，也许门就不会被封住。

虽然根据张楚军的信，我们知道在石台之下，还有个门洞，但里面的凶险，张楚军在信里已经说得很清楚了。原本我们大家是准备到墓室外面的空间再找找出路，虽然志强他们在外面没有发现出口，但毕竟外面已经能看到阳光了，对我们来说，还是有很多希望的，但现在这样的希望又被凤伟亲手摧毁了。我们被厚重的石头关在了这个墓室，甚至能感觉到死亡近在咫尺，我们原本是一群快乐的少男少女，有许许多多的梦想，有情窦初开的喜悦，有无忧无虑的幸福，但在墓门关上的那一瞬间，这所有的一切似乎都被摧毁了。

一时间，悲伤与绝望的气氛弥漫在这个封闭的墓室中。而就在大家还沉浸在这样的气氛中的时候，墓室里又响起了猫叫声，众人循着这叫声转头望去，这才看到，之前已经从墓门跑掉的白猫此刻又站在了石台上，白色的身体加上一双死鱼一般的眼睛，看上去格外恐怖。

看着这猫，我们大家的双脚不由自主地朝墓门退去，很快我们的背已经贴在了墓门上，退无可退。原本就非常脆弱的我们，心里越发恐惧，刚才我们明明就看到它已经从墓门处跑了出去，并且没有见到它回来，怎么现在墓门关上了，又跑了出来。

它是从哪里钻出来的？难道是从石台下面的那个洞？

我不敢去看白猫的眼睛，并招呼其他同伴也不要去看，众人将眼睛侧向

了一旁，只用眼角的余光去瞟。在眼角余光中，我看到那猫跳下了石台，一步步朝我们走来。就在快要靠近我们的时候，它又停了下来，似乎朝着志强和小鱼叫了几声。小鱼似乎感觉到猫正朝她叫唤，止不住地叫出了声，随后转过头，一口咬住了我的肩膀。我任凭小鱼这样咬着我的肩膀，从她咬的力道我能感觉到她此时非常地害怕。因为这猫叫的声音，听上去，真的就好像来自地狱一般。

白猫在朝志强和小鱼叫了几声后，没了动静。我感到眼角余光里一空，再去看白猫，已经不在了。白猫跑了后，大家都松了口气，要说被猫吓成这样，我还是第一次，换做是在外面，肯定是我吓它。对于白猫为什么要朝志强和小鱼叫，大家都非常疑惑，纷纷用看怪物一样的眼光看向志强和小鱼。志强被我们看得浑身不自在，一下就急了。而小鱼嘴里一直在喃喃地念着什么。

此时大家已经顾不得再去责怪凤伟了，凤伟也知道自己错了，一直沉默着没有说话，一时间墓室里又沉默了起来。

"凤伟，你刚刚到底碰到了什么地方？"问这句话的时候，志强的语气里似乎还带着责怪。

"我什么都没动啊，我就只是爬上石台，看到了一些奇怪的东西，然后就跳了下来，结果墓门就关了！"凤伟似乎非常委屈。

"屁，你没动什么，那墓门为什么早不关晚不关，偏偏你下了石台就关了。"志强依然不依不饶。

听到志强这样说，凤伟无言以对，低着头像个做错了事情的孩子，嘴巴里念念叨叨的不知道又在念什么。

"嘿，凤伟，你在念什么呢？"看着凤伟此时一个人在自言自语地念叨着，我忍不住想问问他。

"啊，没，没什么，刚刚我只是想起了张楚军的信里说这个石台是什么镇魂台，所以就想爬上去看看。我一跳下来，墓门就关了，我就在想会不会这个石台也有个重量感应装置。"凤伟说这话的时候，没有看我，而是看着石台。

"你就扯吧,不要把什么东西都和重量感应联系到一起,你怎么不说整个石室也是个重量感应的机关嘛!"

"你听我说嘛,刚刚我上石台的时候,真的什么都没碰,我可以对天发誓,我一跳下来墓门就关上了。你想,如果不是重量感应的机关,怎么可能这么巧?我这样跟你说吧,假设石台是个巨大机关的开关,我跳上去的时候,就激活了机关,我一跳下石台,石台的重量感应,感觉到重量轻了,就启动机关了。这个重量感应的机关并不是什么深奥的东西,地雷不也是这个原理吗?人一旦踩上去,就会激活地雷,人的脚一松开,马上就要爆炸。"凤伟说出了他的理由,而这个理由听上去,还真的有几分道理。

此时,原本心不在焉的众人,又围了上来,凤伟看到大家都有了兴趣,又开始讲了起来:"刚刚你说这个石室也是机关,这也说不定哦,如果按照墙壁上孔明灯的原理,假设这个石室是灯盘的话,外面的河沟是油槽……"说到这里,凤伟突然停住了,但马上又惊恐地叫了起来,"遭了,说不定这个石室真的是这样的,我们现在八个人的体重站在这个石室里,有可能就激活了石室的机关,如果我们人一旦离开,机关就会启动!"

"不会吧!我们没有这么倒霉吧!"说这话的时候,我故意装出了一副非常惊讶的样子,其实我只是想借机嘲讽一下凤伟,他自从到了这个姜维墓后,就越来越不靠谱了。

"好了,凤伟,你别扯淡了,你说石台下有重量感应的机关,我还勉强能信,你要说整个墓室都有机关,我就觉得很玄幻了。"二娃的言语中也带了几分嘲讽。

"对了,按照你对石台的解释,你爬到石台上就激活了机关,那如果你再爬上去,石台会不会再次感觉到你的重量,然后开启墓门?"我望着凤伟提出了刚刚想到的问题。

凤伟摇了摇头,表示他也不知道,然后就转身走到了石台边。

二娃见凤伟又有往上爬的意思，急忙走过去阻止，众人担心凤伟又惹出事，也围了上去。

凤伟见大家都围了上来，以为大家都支持他的做法，所以手撑住石台就要朝上爬，二娃立即拉住了他。

"算了，反正门都被关上了，再有危险也危险不到哪去，总不至于真的整个石室也是机关吧！"我拉回了二娃的手，决定让凤伟试试看。

凤伟手脚熟练地爬上了石台，而我们大家则齐齐地望向墓门，希望凤伟能给大家带来奇迹，但不管凤伟在石台上怎么样地摆姿势、跳跃，墓门也没有任何的反应。难道是重量不够？想到这里，我也爬上了石台，但墓门依然没有任何的反应。

难道重量还不够？我和凤伟连拖带拽地将其他人也一起拉上了石台，但墓门依然纹丝不动。众人一下就泄了气，下了石台后靠在石台边上沉默着。

见墓门没有反应，我也准备下石台，就在这时，我突然注意到石台上刻的文字，似乎看上去有点奇怪。刚刚我和大家一直忙着在石台上跳，都还没仔细去看石台上面刻的文字。之所以我觉得石台上的文字看上去非常奇怪，是因为它们看上去并不能完全称之为文字，除了周围有一些不大的小文字外，在石台的中间，有一个由线条所组成的图案，而这个图案看上去居然是道士驱邪画的那种符，不一样的是这个符不是画在黄表纸上的，而是雕刻在这个巨大的黑色石台上的，这符在收笔的地方非常地苍劲有力，每一根线条都有三指来宽，而在这符的每一根线条上，居然又密密麻麻地雕刻了很多非常细小的文字。除此以外，在这些三指宽的笔画里面，还有一些暗红色的碎渣，我用手指捻了一点凑到鼻子前去闻，这些碎渣有一种淡淡的血腥味，眼前这个符，是个巨大的血符！我心里一惊，站起身，再去看这个符的样子，突然觉得，似乎在哪里见过。

我急忙拉着凤伟跳下了石台，凤伟下来后，用奇怪的眼神看着我。我脑袋里一边仔细想在哪里见过这个符，一边挨着石台边的小鱼坐了下来，凤伟依然不老实，绕着石台又查看了起来。

对于凤伟的不老实，我已经失去了耐心，立即又给他骂了过去："凤伟，你难道就不能老老实实坐着吗？你还嫌自己带来的麻烦不够多啊！"

"我只是想找找看张楚军说的石台下的洞口在哪里！"

听到凤伟这样说，我在心里骂了自己一句，刚刚被一连串的变故搅得头昏脑涨的，怎么把张楚军提到石台下的洞口给忘了，我站起来也和凤伟一样围着石台看了起来。

很快，我俩在石台侧面发现了一个活动的石板，整个石板的大小有一米见方，石板的颜色和石台的颜色没有任何区别，如果不是石板周围有缝隙的话，很难发现。石板是从外朝里推的，我和凤伟用了很大的力才将石板推开，推开以后，发现这个石板并不厚，但为什么推上去这么沉重呢？刚刚白猫第二次出现的时候，我还在怀疑它是从这个石板后面的洞钻上来的，现在看来不太可能，石板如此沉重，那猫肯定是弄不开的。

石板推开了以后，我拿着蜡烛探头进去看，洞里面是空的，在洞口下方一米多深的地方，有一个平台，平台下面有个石梯，朝右边一直延伸了下去。

我和凤伟简单看了一下后，又招呼其他人过来看，众人在看过这个门洞后，都没有说话，谁也拿不定主意，可能最主要的原因是张楚军的信给大家带来了一定的心理阴影。

由于拿不定主意，大家决定坐下来讨论一下，分析一下我们现在的情况，现在墓门被封了，眼前只有石台下的通道这一条路，而这个墓室此时似乎并没有什么危险，所以大家也决定借此机会休息一下。

我们自进入到黄古洞里以来，除了在乌龟石室有过比较长时间的休息以外，在其他地方都只是短暂休息，所以现在大家都感觉到异常地疲惫。我面对着石台，靠着墙刚一坐下，倦意就止不住地袭来。小鱼依然坐在我旁边，将头靠在我的肩膀上，其他人则干脆直接躺在了地上，用背包当枕头，看来大家都已经非常疲倦了。

"你们说，如果这个墓室是姜维墓的话，我们为什么没有看到棺材呢？"众人正昏昏欲睡的时候，可恶的凤伟突然说道。

"哎哟喂，老大，你能不能让我们休息一会儿，再来说这些问题嘛！"二娃抱怨道。

"好，好，好，你们睡，你们睡，我自己想！"凤伟无奈地回了二娃一句后，坐在旁边不说话了。

睡在地上的汪勇已经打起了呼噜，如果是换在平时，我肯定会因为这个呼噜声睡不着，但此时这呼噜声就和催眠曲一样，听着听着我也睡着了。

这一觉睡得我头昏脑涨的，也不知道睡了多久，朦朦胧胧中，我睁开了眼睛。

突然间，我看见，之前出现过两次的白猫，此时又无声无息地站在了石台上，眼睛正盯着我，我急忙闭上眼睛不去看它，也就在这时，我听到了一声非常细微的响动，我惊得一下又张开了眼，那白猫此时已经不在石台上了，而是站在我面前不远的地方，刚刚那细微的声音应该就是它跳下来时落地的声音。看着白猫，我的心不由得又猛跳起来，但白猫似乎并没有要过来的意思，而是转了个弯，走到我们点燃的其中一支蜡烛边，推倒了蜡烛，蜡烛倒在地上一下就熄灭了。这支蜡烛熄灭后，白猫又走向了另一支蜡烛，很快墓室里的三支蜡烛都被它推倒熄灭掉了，墓室里顿时陷入了一片黑暗，我的心里紧张到了极点，不知道这白猫到底要做什么，为什么要去推倒蜡烛？

墓室里顿时陷入了伸手不见五指的黑暗中，白猫在推倒蜡烛后，没有了声息，我静静坐在原地，望着眼前的黑暗，心里茫然不知所措。

时间似乎过去了许久，墓室里依然没有任何的响动，我小心翼翼地将右手伸进裤袋去摸打火机，却没有摸到，这才想起打火机被二娃拿着的。我心里越发地慌乱，但又不敢乱动，心里嘀咕，这白猫到底是从哪里出来的？现在墓室门是被关上了的，而石台下面的门虽然是我们刚刚打开的，但在我们打开之前，白猫就已经出现过，当时墓门已经关闭了，石台下的门也并没有打开，我和凤伟去推过石台下的那个小门，虽然门不大，但仅靠一只猫的力气，肯定是弄不开的。

想着想着，我又睡着了，这一觉又不知道睡了多久，直到二娃叫醒了我，醒来后，脑袋依旧是昏昏沉沉的，小鱼靠在我肩膀上还在沉睡，均匀的呼吸声让我不忍叫醒她。除了小鱼，其他人都已经醒了，此时都坐在地上发着呆。

看着墓室里燃烧着的三支蜡烛，我心里又疑惑了，刚刚猫碰倒蜡烛的那一幕到底是真的还是我在做梦。

问过二娃后，我才知道，第一个醒来的是志强，他醒来的时候蜡烛确实是熄灭了的，看来刚刚的确不是在做梦，我将之前猫故意去碰倒蜡烛的事情告诉了大家，大家也觉得非常疑惑，这猫到底是从哪里出来的？为什么它要弄熄我们的蜡烛？不过这个问题和我们之前遇到的很多个问题一样，最终依然没有任何的答案。

"你们说这个姜维墓里我们为什么没有看到棺材呢？"凤伟不死心，又将睡觉之前的问题提了出来。

"这个可能是个衣冠冢吧！"对于这个墓室里有没有棺材，我并不感兴趣，我脑袋里还在想着猫的问题，所以顺口回了一句。

"我觉得不可能，谁耗费这么大的精力和物力来为一个衣冠冢修建这么大的地宫啊。"凤伟继续说道。

听到凤伟这样说，二娃在旁边懒洋洋地说道："这个墓怎么可能是姜维死后才修的呢？古代的帝王将相，不是在活着的时候就要大兴土木修建自己的坟墓了吗？这个姜维墓肯定也是姜维生前修好的，后来因为很多因素，所以没有葬在这里。而本来棺材是准备放在石台上面的，由于姜维死在了异地，所以最终这个墓里面没有放棺材，成了一个空墓。"

二娃的分析不无道理，听上去也比较符合情理，但凤伟却又有了另一套说辞。

"我觉得不是这样的，我觉得这个石台就是棺材，你们看，这个石台差

不多有三米宽，虽然石台下面的石板后面的洞里面是空洞的，但宽度只有一米多，仅仅只能容纳一个人站立，而石台剩下的部分，会不会就是棺？而且我们看到的第二封张楚军的信里也说到，他和小林之所以要逃到下面去，是因为当时其他队员在争抢陪葬品。如果按照二娃的说法，这个墓是个空墓的话，那为什么会有陪葬品？"

"算了吧！就算这个石台是棺材，也不要去动了，我们还是想想接下来该怎么办吧！"我害怕凤伟等一下又疯癫起来，所以急忙岔开话题。

我还没说完，二娃也附和道：

"就是，还是不要动那个石台了，而且石台上刻的，明明就是个巨大的符，看到就怕！万一里面不是姜维，是妖怪那可就惨了！"

"说到符，我突然想起个事情来，这个符，我好像看到过！"大家醒来后，汪勇一直没说话，此时突然接了一句。

"你们还记不记得前两年的时候，五皇乡出的那件事情。"汪勇说完这一句，我就感觉到气氛不对，他不说还好，他一说五皇乡，大家都想了起来。

五皇乡位于富家镇西边，属富家镇管辖，在前两年，当地在修乡村公路的时候，在一个长满了杂草的平地上挖出了一具棺材，在棺材的四周还贴满了黄色的符，这些符似乎全是用血贴在棺材上面的，挖土机挖到棺材的时候，没有一张掉落。本来修路挖山挖出棺材也是属于正常的，但当时那具棺材挖出来的时候，却引起了轰动。

由于当时挖土机在挖到棺材的时候，已经将棺材的盖子挖坏了，所以，棺材里的尸身也暴露了出来。棺材里装的是个女人，穿着鲜艳的大红色旗袍，面朝棺材底扑在棺材里，双手被人用铁丝绑在身后，在尸身膝盖的弯曲处，还被人用很长的铁钉固定在棺材底部。而在棺材的内部，同样被人贴了很多黄色的符。

当时围观的人吓得脸无人色，七嘴八舌地议论说，这个女人肯定是被人害死的，害她的人是想让她永不超生。

　　当时这件事情闹得很大，传得很远，除了小鱼她们三个女生，我们其他几人都去看了热闹的，尽管当时是大热天，但看到那一幕的时候，我们几个人都感觉脚底有股凉气冒上来。在后面的很长一段时间里，我经常做梦会梦到那具贴满了黄符的棺材以及棺材里身穿红色旗袍的女人。

　　刚刚我在石台上，看到上面雕刻的符的时候，我就有一种非常熟悉的感觉，汪勇一说到五皇乡的事，我突然记了起来，刻在石台上那巨大的符，似乎真的和当年挖出来的棺材上的黄符很像。

　　"你们说，会不会，姜维也穿着红色衣服，被人反绑着丢在这个石棺里面？"汪勇说这话的时候表情非常地认真，但我却忍不住笑了，因为他在说这话的时候，我的脑海里不由得浮现出满脸大胡子的姜维身穿女人的衣服被人反绑着丢在石台里的情景。

　　其他人也笑了起来，刚刚还诡异无比的气氛，顿时轻松了许多，见大家都在笑话他，汪勇搓了搓手，显得很不好意思。

　　"不一定棺材里有符，里面的人就是被反绑着的，但石台上的那个符真的很像五皇乡那个棺材上的符，二娃你记不记得，当时我们从五皇乡回来后，我们靠记忆用黄纸画过几张来贴在女生的桌子上吓她们。"凤伟看着二娃说道。

　　二娃皱着眉头想了一会儿，不确定地摇摇头，说道："好像是有点像，但又不是很像，我记不清楚了。"

　　"哎呀，别管符了，我们还是商量下怎么找出路吧！"许燕说道。

　　凤伟似乎还想继续说说石台和符，话还没说出来，被我瞪了一眼，又闭了嘴。

　　听许燕这样说，大家才回归正题，此时的大事应该是找到出路。所以众人又将话题说回到了出路的问题上。

　　"现在墓门都被关上了，只有从石台下面的洞口走，但张楚军不是说下

125

面有什么怪物吗？"说话的是小鱼，在我们说五皇乡的故事的时候就已经醒了，之前靠在我肩膀上没有说话。

"我觉得，当时那个年代的人对事物的认知度有限，再加上以前这周围都是穷乡僻壤的，很多东西没有看到过，所以把一些他们不认识的东西当成是怪物，说不定张楚军看到的怪物也许只是猴子之类的？"凤伟说道。

"你现在神经越来越不正常了，你见过猴子一口咬掉人手臂的吗？你家猴子才有这么强大吧！"在凤伟不小心触动机关，导致墓门关掉以后，凤伟很多时候说的话，都会受到二娃针锋相对的反驳。

二娃说完后，很少说话的周玲也提出了自己的看法。

"凤伟说的前半句还有点道理，说不定那怪物，真的是我们现代人比较常见的怪物，也许并没有张楚军说的那么可怕，而且，张楚军说的当时他朝怪物开了很多枪，说不定，那怪物当年就已经死了，就算没有死，有些动物生命时间并不长，这么多年过去了，估计老都已经老死了。"

大家你一言我一语地讨论了好一会儿，最终的结果，依然还是决定进石台下面的通道去看看。其实这是毫无选择的，由于墓门关闭了，留给大家的路只有两条，一是留在墓室里弹尽粮绝最终被饿死，一是进入石台下的通道，也许运气好，能找到出路。

大家稍做收拾便开始出发，我问了问汪勇的伤势，他对我说，休息了这么久，已经没什么大碍了，但如果动作太大，还是会疼，只有慢慢地走。

由于石台下面的洞非常狭小黑暗，我们又点亮了一支蜡烛。依然由二娃带头，我们开始准备进入到石台下面的通道，我看了一眼墓室，在看到张楚军尸骨所在的石台的另一边的时候，突然想起了张楚军在信里托付我们将他尸骨带出去的事情，急忙问大家怎么处置。二娃很干脆，对我们说，干脆清空一个背包，专门用来装。但这个提议遭到了周玲的反对，周玲说这个尸骨现在是完整的，没有散开，如果要装在背包里，就需要把尸骨拆了才行，而且背个白骨在身上，想想都害怕。最后没有办法，我们只有违背张楚军的遗愿，继续让他的尸骨留在这个墓室中。

为了表示我们的歉意，每个人都走到张楚军的尸骨面前，深深鞠了一躬。

做完这一切后，我们开始依次进入石板后面的门洞，由于门洞不大，而门洞里面的地面又离门洞有一米多的落差，所以在进入的时候，必须面朝门洞里面先坐下来，然后再转过身顺着门洞里面的墙壁滑下去，二娃和凤伟很快滑了下去，门洞下面的平台很小，只能供一个人站立，所以他们两人在下去后，就朝石梯下面走了几步，拿着蜡烛帮我们后面的人照着。

我担心小鱼下来的时候摔倒，下到地面后，我只朝台阶走了两小步，等小鱼要落地的时候，立刻扶住了她。

很快，后面的人都下来了。众人开始一步步朝通道下面走去，这个通道和刚刚的门洞下面的平台一样，都只有一人来宽，石梯虽然不陡，但是却有点湿滑。整个通道让人感觉非常压抑，呼吸很不顺畅。通道一直朝下延伸着，也不知道还要走多远，我心里暗自数着自己的步伐，大家也都没有说话。

在朝下走了四十来步的时候，我们来到了石梯的尽头，前方是一个通道，通道的宽度和石梯一样，我们没做停留，继续朝前走着，又走了十来步，整个空气的气温突然变低了，我身上感觉到了一阵寒冷，也就在这个时候，前面的二娃告诉大家，到了。

众人依次走出了通道，在通道外面似乎又是个异常庞大的空间，整个空间的温度让人感觉有点阴冷，我不由打了个冷战。就在众人准备朝前走去的时候，凤伟又一惊一乍起来："哎呀，我们刚刚忽视了一个问题！"众人都已经习惯了他这样的一惊一乍，没人去搭腔。

"杨杨，你记不记得，我们最开始去推开石台侧面的石板门的时候，那门是关着的，而且石板门是从外朝里推开的，对不对？"我不知道他到底要表达什么，但还是点了点头，疑惑地看着他。

"你们想，张楚军信里说的，当时他被那怪物咬了一口昏迷后，自己醒

来时一个人逃到了上面墓室里,他逃到墓室里后,那石板门就应该没有关上才对,因为要关上那石板门,必须要很大的力气,从里面才能关上,石板外面并没有拉手一类的东西,但我们第一眼看到石板门的时候,石板门是被关上的,问题就在这里,是谁从里面关上了石板门?"

凤伟一口气说完了他的看法,本来此时的空间给我们的感觉就很阴冷,他这样一说,我们更觉有股寒气从脚上冒起来。

"哎哟喂,你不要再说这些了嘛,说不定是在我们之前,有人已经进来过了,然后也进了石板门,把门从里面关上了呢?"二娃说道。

"不可能,如果在我们之前还有人进来,那张楚军的信为什么他们不带走?如果有人进来,他们肯定也会对石台产生兴趣,说不定也会去爬,那墓门就应该是被关上的。"

"那你现在说这个,有什么意义呢?反正我们现在也找不到答案,你这不是故意给大家添堵吗?"许燕不满地说道。

凤伟听到许燕这样说,没有再说话。二娃招呼大家继续朝前走。

这个空间非常地大,我们无法辨别方向,而通过张楚军的信我们得知,顺着墙壁走,是行不通的,所以只能凭着感觉朝前走。

这个空间的地面到处都是坑坑洼洼的,没有经过任何的人工处理,有些地面上还有一些积水,凤伟拿出一支咬过电池的电筒出来照向头顶和四周,电筒光亮得不到任何的反射,我们看到后,顿时吸了口凉气,这个空间到底有多大啊!

众人的脚步没有停下来,脚下偶尔有比较湿滑的地方,大家都走得异常小心,就在这时候,周玲突然发出一声惊呼,指着前方让我们看。

顺着她指的方向,我们看到前方不知道多远的地方,突然出现了一个白色的灯笼。

# 第七章 白色灯笼

那白色的灯笼一直在我们不远的空中，一动不动，在黑暗中惨白惨白地格外刺激人的神经，如果说我们第一次在白骨通道前面看到那盏油灯让我们当时感到恐惧，现在这个白色的灯笼，让我们更是感到异常恐惧。两者的区别就在于，我们第一次看到油灯的时候，油灯已经是亮着的了。而我们现在看到的灯笼，在我们从通道下来的时候，根本就没有看见，此时突然亮了起来，难道前面有人？是他点亮的灯笼？

我们站在原地伫立了许久，灯笼没有任何的变化，二娃从地上捡起了块石头，照着灯笼的方向扔了过去，但是没有打到灯笼，反而听到了石头落水的声音。难道这就是张楚军提到的那条河？那灯笼在河里？不管怎么说，也只有大家过去看了才能知道。为了更方便照顾女生，我们又大概分了一下组，二娃负责照顾许燕，志强负责周玲，凤伟和汪勇一起，而小鱼跟着我，大家互相保持的距离必须要在视线范围之内。每个小组都拿着一支蜡烛。虽然食物和水不多了，但是蜡烛相对来说还算充足，不过四根蜡烛的光亮并没有让我们的视线清楚多少，我们能看见的范围也仅仅只有眼前一两米左右，整个空间的空气稀薄得让大家都感觉喘不过气，每走一步都感觉非常困难。

我们离灯笼的距离越来越近，众人都感到无比紧张，而我甚至都有了一种无法控制的眩晕感。突然，走在前面的二娃身体一个踉跄差点摔倒，身边的许燕急忙拉住他，他稳住了身子，拿着蜡烛弯腰就去照，前面出现了很多的水坑。我们跨过这些水坑，又朝前走了两步，前面出现了一条河，河水流动很平缓，没有任何一点声音，就如一潭死水一样。

此时，白色的灯笼离我们只有大概两米远的样子，看不清楚到底是在对岸，还是在河中，更看不清到底为什么会在空中。二娃胆子很大，没有脱鞋子，蹲下身一只脚在岸上，一只脚小心翼翼地去探河水的深度，捣鼓了一阵，他转头告诉我们说河水不深，说完就准备下水去。为了预防万一，我们从背包里找出了之前的绳子绑在他的腰上，这才让他下去。大家心里都非常忐忑，站在河边，将手上的蜡烛尽量向前伸，希望能给他增加点光亮。

河水确实不深，二娃下去的时候还没有淹没到他的膝盖，尽管如此，二娃每一步都走得非常小心。很快，我们看到二娃走到了灯笼的位置，然后就没有了动静，他似乎在看什么，不一会儿，我们就听到前面传来了剧烈的水声，与此同时，灯笼里的亮光，突然向外散开成了无数个小点，向周围的黑暗飘了去，很快，这些亮点就被黑暗吞噬掉了，没有了任何的痕迹。

随后，我们又看到二娃手里的烛光向左边移动了几步，由于距离太远，我们根本看不到他在做什么。在朝左走了几步以后，他又迅速朝右边退了回来，回到了刚刚白灯笼的位置停了一下，接着又朝左边走了去，然后又停了下来，随后，我们就看见他手里的烛光不停地在照看着什么。不过，只照了两下，我们就看到烛光快速朝我们的方向移动了过来，同时，我们也听到二娃急速的蹚水声。

二娃在接近岸边的时候，我们通过他手里的蜡烛，看到了他一脸惊恐的表情。刚一到岸，他便瘫倒在地上，嘴里大口喘着气，似乎是受了极大的惊吓一般，我急忙将他扶起来，然后将矿泉水递给他。

二娃喝水喝得很急，一不小心就呛到了，许燕不停地为他抚背，好一会儿，他才恢复了过来，心有余悸地为我们讲述他刚刚在河中看到的情景。

刚下河的时候，河水并不深，谁知越往前走，水越深，并且越来越凉，感觉就好像有无数把刀不停在身上割一样。忍住剧痛，他很快走到了灯笼所

131

在的位置，这才发现，河中居然有一条木船，灯笼正是挂在木船上的一根桅杆上，而灯笼里的灯光，居然是由无数屁股上发着白光的奇怪萤火虫聚集在一起发出来的，由于数量非常多，所以发出的光也非常的强，以至于我们从远处看的时候，还以为灯笼里是点的蜡烛。他摇动木船，灯笼里的萤火虫受到了惊吓，四散而去，灯笼也熄灭掉了。

驱赶走了萤火虫后，他就准备去看看前面还要多远才能到对岸，但走了几步后，河水已经冰凉得让他无法前进，所以又急忙退回到了船的位置。刚刚在摇动船的时候，他发现船身异常沉重，所以就决定去看看船身另一头，走到船中间的位置时候，他发现船上居然立着个石碑，石碑看上去不是很厚，但感觉似乎异常沉重。看到这个情景，他感到非常疑惑，船上面立着的石碑简直是前所未闻，除此以外，石碑上似乎还刻有字，但由于烛光光亮范围有限，始终看不真切。

在船的一头，堆着许多的白骨，在这些白骨之间，还夹杂着几具尸体。这些尸体没有完全腐烂，上面爬满了蛆虫，发出阵阵的恶臭，在这些尸体和骷髅上，插有长刀，刀上面有很多颜色非常深的物质，也不知道是血凝固后的，还是刀生的锈。看到这个场景，二娃脑袋里顿时空白一片，就在他转身准备朝回跑的那一瞬间，尸骨堆里突然动了一下，二娃头皮跟着就炸开了，逃命似的朝岸上跑。

虽然我们大家没有亲眼看见，虽然二娃的讲述也是断断续续的，但众人听后，无一不是感到头皮发麻，脚底发冷。本来大家原本是打算按照张楚军信里所描述的一样，渡河过去，但听二娃说河水冰冷刺骨，大家便打消了这个想法。河水为什么会冰冷呢？虽然整个空间的温度比较低，但也没有达到让人感觉非常寒冷的地步啊，而且在我们的常识中，冰冷刺骨的水，一般是从冰山上融化而来的，但我们仁寿绝对没有冰山，这个水如此冰冷，又是哪里来的呢？

想到这里，我蹲在河边，将头和蜡烛尽量凑近河面想看得更清楚，河水流动很缓慢,蜡烛照过去,我突然发现这河水居然是红色的,我以为是自己眼花了,急忙叫凤伟腾个矿泉水瓶过来装了半瓶水,然后拿着蜡烛去看。这一看,我才确定刚刚并不是我眼花,这水的的确确是红色的,一种非常深的红色。

这水看上去非常像我们之前遇到过很多次的那种红色液体,为了证实自己的猜测,我凑近瓶口闻了闻,似乎味道也非常像。这个发现更加坚定了众人不渡河的决心,每个人都觉得这红色的水,看上去非常诡异和恐怖,而二娃在听说水是红色的后,脸一下就白了。

就在大家犹豫不决的时候,周玲说话了:"怎么张楚军的信里没有提到河里的船?"

"这个很正常嘛,张楚军当时是跟着灯光的方向走的,也许他经过的河,恰好就是没有船的那一截。而我们也是顺着灯笼的方向走的,这灯笼是在船上面,所以我们才能看到船。"凤伟给周玲解释道。

"那现在怎么办,二娃说河水冰冷得根本没办法前进。"志强道。

"你们说,这条河上面,会不会有桥呢?"凤伟问道。

"河里的船,离我们现在的位置有好几米,而船到对岸的距离,好像也有几米,这么宽的河,应该有桥吧?"二娃说道。

众人中只有二娃下过河,所以他说的话,参考价值比较高。众人踌躇了一阵,决定还是顺着河找找看,看看能不能找到桥。

有了目标后,大家不再停留,顺着河水流动的方向,开始朝下走去,由于河边非常湿滑,众人都摔了好几次,身上沾了很多的泥水,非常狼狈。走出了大概几十步的时候,果然出现了一座桥,众人看到后小小兴奋了一下,但很快,情绪又降到了谷底。这座桥的桥面大概有三米来宽,从桥的斜坡来看,是座拱形桥横跨在河面上,连接着河的两岸。这座桥和我们在姜维墓外面看到的那桥一样,有半人高的护栏,护栏上雕刻着花纹,看上去也是非常古朴精美。除此以外,在第一个桥墩的侧面,立着一块一人高的石碑,在石

碑的顶部，雕刻着一个长相狰狞的怪物，石碑上刻着文字，这些文字和姜维墓墙壁上的文字一样，虽然看上去非常古朴，但字体还勉强能认，我们拿着蜡烛，一字一字地看了下去，只见石碑上刻的是：

奈何桥下过忘川，今生来世无了牵。渡魂舟载三生石，撒尽轮回无往事。

奈何桥上过亡魂，前世罪孽无来生。一碗孟婆汤做酒，黄泉路上莫停留。

看到石碑上的这些文字，我心里猛的一跳，急忙拿着蜡烛去看桥墩，通常，在桥的第一个桥墩上，都会刻有桥的名字，这桥也不例外，上面也刻着桥的名字：奈——何——桥！

看到这桥的名字，我心里的震惊无法言语，双脚不由自主地朝后猛退，一不留神，绊到了石头，一屁股就坐在了地上。众人看到我的反应，也拿蜡烛去看桥墩，看清楚后，三个女生忍不住叫出了声。

我坐在地上，脑袋里完全混乱了，对于经常看电视的我们来说，奈何桥并不陌生，相传人死后，便要走上黄泉路，黄泉路的尽头便是奈何桥，在奈何桥的另一头，有个叫孟婆的，会让人喝下她手中的孟婆汤，用来忘记今生所犯的罪孽以及情缘。很多言情小说，很多浪漫的爱情故事，总是以走过奈何桥、喝下孟婆汤、此生永相忘这样的句子来打动少男少女。而我以前在追求小鱼的时候，也曾在情书中写过"任凭那九尺断肠的孟婆汤，即使是来生，我也无法与你相忘"这样的语句，奈何桥这个词在当时我们的生活中出现的次数太频繁了，我们不可能不知道它是什么，走上奈何桥的都是亡魂，走过奈何桥，接着就要喝下孟婆汤，忘记前世今生，然后开始下一世的轮回。奈何桥代表死亡，也代表终结。难道我们已经死了？之前所过的路都是黄泉路？

我不敢去确定我的这个想法，但心里已经有了一种无法抑制的悲伤。再看众人，大家都沉默了，每个人脸上都是一种绝望的表情，巨大的悲伤沉沉压在我们每一个人心中，让人喘不过气，也哭不出声，所有的一切似乎对我们来说突然失去了意义。小鱼站在我旁边低着头一动不动，离我最近的凤伟眼中似乎已经失去了神采，士气在此时似乎降到了最低。在这之前，我们一直以为我们是无神论者，我们坚信所谓的鬼神之事都不能将我们击垮，但是此刻我知道，大家心中的希望正在慢慢消失，存在于传说和神话中的东西，真真实实地出现在了我们的眼前，如何能叫人不绝望。

"我们真的已经死了吗？"志强嘴里一直念叨着这句话，众人听到他这样说，都互相望着同伴。

为了安慰众人，我只好故作轻松地安慰大家，也许这个桥只是仿造建筑，并不是我们想象的那样，如果这里真的是阴曹地府的话，我们就应该看到鬼差才对，但我们没有看到。

"那我们到底上不上桥？"二娃小声地询问大家，众人听到二娃这样问，都你看我，我看你的，拿不定主意。二娃见大家没说话，以为大家都同意上桥，便准备上桥。就在此时，凤伟叫住了二娃："等等，二娃，我们还是再顺着河走走看，看看有没有其他的桥。"

我也同意凤伟的意见，对二娃点了点头，二娃收回了步子，什么也没说，顺着河流又开始朝下走，众人默默跟在二娃后面，一行人开始继续朝前方的黑暗走去。一路上，小鱼一直挽着我的手，依偎在我身旁，看着小鱼的样子，我想都没想便吻了一下她的额头，小鱼转过头来对我笑了一下，她笑得很勉强，眼神里也没有了往日的光芒，我抽出被她挽着的手，搂住了她的肩。

众人走出了几十步，眼前又出现了一座桥，众人心中一颤，忙拿着蜡烛去看桥墩，居然又是一座奈何桥，和我们看见的第一座奈何桥没有任何区别，难道我们又转回到了第一座奈何桥的地方？没道理啊，我们一直沿着河边在走。难道我们又遇到了鬼打墙？众人都感到异常疑惑和害怕，为了确认我们是不是又遇到了鬼打墙，二娃用石头在桥墩上画了个数字"2"，做完

记号后,二娃带头又顺着河走去。

在几十步外,我们又发现了一座"奈何桥",二娃拿着蜡烛去照桥墩,没有发现他画的记号,大家这才稍微放心了一点,但接着又犹豫了起来。上不上桥?这个问题再次摆在了大家的面前。

"我不想上桥,我宁愿回姜维墓里去等死,万一桥对面真的是阴间怎么办?"许燕道。

听到许燕这样说,凤伟当即反驳道:"什么死不死的,现在还没到那个时候,我们从进洞以来,不是遇到了很多稀奇古怪的事吗?哪一次不是虚惊一场的。依我看,我们还是去桥那边看看。再说了,张楚军当时虽然没从桥上渡河,但同样去了河对岸,也没有听说对岸就是阴间。"

听凤伟说完后,大家都没有说话,低着头思考着。其实许燕说的也不是没有道理,世界上有些东西,或许真的比死亡更加让人感到恐惧。

思索良久,大家下定了决心,准备过桥去河对岸看看。

刚踏上桥,我的心便提到了嗓子眼,每一根神经都紧绷得感觉随时要断裂一般,步伐也变得更加沉重,前面的二娃走得非常缓慢,桥的上坡幅度并不大,但每个人都走得异常艰难,就好像我们走的并不是桥,而是在爬一座陡峭的山峰一般。

在我们即将要到桥中间最高处的时候,通过最前面的二娃的烛光,我们隐隐约约看见在桥两边的护栏上分别立着两个白色的影子,那白色的影子,有一人多高,矗立在护栏上,一动也不动。看到这个情景,众人心里恐惧到了极点,脚步纷纷朝后退,眼睛也一直盯着两个白影不敢移开,生怕一移开,白影就到了面前。

难道这白影就是来自阴间的黑白无常?

白影一直矗立在护栏上,一动也不动。二娃在退了两步后,又犹犹豫豫地朝前走了过去,我担心他一个人遇到危险,也壮着胆子跟了上去。

离白影越来越近,我的心里也越来越紧张,每走一步,对我来说,都是一种煎熬。就在这紧要关头，我们的耳朵里突然又传来了猫叫的声音，听到这声音，我的脚止不住发软。猫叫声听上去依旧非常凄厉，并且此起彼伏，好像不止一只猫一样。果然，伴着这难听的猫叫声，从前方的黑暗中，突然跑来了三只白猫。

三只白猫跑到离我俩只有一米远的地方便停了下来，冲着我和二娃不停叫唤，这声音听上去比之前更加凄厉，似乎是在警告我们不要过桥。

三只猫在对我们叫唤了几声后，又掉头消失在对面的黑暗中。看到猫跑掉后，我和二娃松了一口气，又慢慢朝白影走去。很快，在烛光照映下，我们看清楚了白影的模样，那白影并不是人，而是一个和人一般高的白色旗子，说是旗子，其实并不恰当，准确点说，更像是农村丧事中常见的"招魂幡"，材质也是白布的，只不过这"招魂幡"比平常的大了许多，除此以外，在这"招魂幡"上，还写着一些奇怪的暗红色符号和文字，也许是由于年代太过久远，"招魂幡"已经有些破败，文字也显得有点暗淡。

在这种情况下，看到"招魂幡"让人心里非常地不舒服，但比起之前来说，心中的恐惧稍微减弱了一点，后面的同伴见我们两个在前面长久没有说话，便急切地询问我们。得知是"招魂幡"不是人影后，众人也跟了上来，在观察了一阵"招魂幡"后，大家开始准备下桥。相比刚刚上桥时的心情，此时，下桥的时候，大家更加地紧张，前面真的会有手端孟婆汤的孟婆吗？

最前面的二娃看来也很害怕，拿着蜡烛的手不停地颤抖，烛光不停地摇晃起来。我们离桥尽头越来越近，众人大气也不敢出，死死地盯着前方。

突然，最前面的二娃发出了一声惊叫，这个声音听上去尤其怪异，如果不是因为他在惊叫的同时，接连朝后退，我很难想象这个声音是从他嘴里发出来的。二娃退了两步后，转身就朝后面跑，结果因为跑得太急，一下就撞到了我身上，我们不明白二娃看到了什么东西，让他这么恐惧。凤伟拦住了二娃，招呼大家一起上前去看看。

在黑暗中，其实有些东西本身并不可怕，但正因为黑暗中看不真切，所

以，任何的东西都能给我们造成恐惧。随着凤伟的走动，烛光的范围也不断扩散到前方，黑暗中，一个灰色的人影，出现在大家面前。

这次绝对是个人的形状没错！三个女生看到这一幕，也惊叫了起来，小鱼更是牢牢抓住了我的手。所有人几乎是在同时，齐齐转过身跌跌撞撞地朝桥头跑去，跑动过程中，小鱼一不留神摔倒了，我急忙拉起她，又朝桥头跑去。

很快，大家回到了桥头，纷纷转头去看后面，后面一片漆黑，那灰色的人影，并没有跟在大家后面，大家稍微放心了一点。那灰色的人影，难道真的是孟婆？这里难道真的是阴间？大家都没了主意，这些事情，放在平均年龄只有18岁的我们身上，真的太沉重了。

由于我们的手表都停了，所以我们并不知道我们进来到底有多长时间，只觉得我们似乎已经进来了好多年一样，加上现在所处的环境，更是让我们有了一种已经不在人世的感觉。

"黄泉路上莫回头，黄泉路上莫回头。"凤伟嘴里反复念叨着这两句话，眼神呆滞地望着桥的前方，突然，他转过身语速极快地对众人说道：

"不是都说黄泉路上不能回头的吗？可我们现在已经回头了，而且那个灰色的东西也没有跟上来，这里绝对不是阴间！这里很有可能只是按照传说中的阴间格局来修建的而已。"

看着众人没有任何的反应，凤伟又接着说道："所以我觉得我们还是应该过去看看，说不定那个灰色的东西，只是个石头或者是雕像，也说不定前面就要到出口，而且现在我们也回不去了，总不至于我们回到墓室去等死吧！再说了，与其回到墓室去等死，还不如壮起胆子过桥去看看，哪怕就算是死，也要死个明白！"

凤伟说这话的时候，眼神异常地坚定，不管他的猜测是不是正确的，但至少在这个关键的时刻，他的这一番话，无疑是给大家打了一剂强心针。

凤伟说完后，拿着蜡烛便上了桥，众人反应过来后，立即跟了上去。由于桥上的情景大家之前已经看到过，所以再次上桥时，心中的恐惧已经大不如前了。尽管如此，在快接近灰影的时候，还是犹豫了，刚刚看上去还大义凛然的凤伟此时也畏缩着站到了二娃身后。

那灰影依然还在那个位置，没有任何变化。

当我们还在愣神的时候，二娃毫无征兆地将手里蜡烛丢向了灰影，蜡烛碰到灰影后，马上就掉到地上熄灭了，仅仅是蜡烛打在灰影的一瞬间，让我感觉到那灰影似乎并不是个人。二娃转过头来看了看大家，从许燕手里又拿了根蜡烛，径直走向了灰影。小鱼看到二娃走向了灰影，立即将头埋在了我肩膀后面，不敢去看，而我自己后背也异常地发凉，感觉汗水早已打湿了后背。说实话，当时我非常佩服二娃的勇气，换做是我，我肯定是不敢上前的。

二娃走到灰影面前后，通过他手里的烛光，我们终于看了个大概，正如凤伟所猜测的，那灰影并不是传说中的孟婆，而是看上去像个石像的东西。

大家终于松了口气，开始慢慢走了过去。等我们走近后，才看清楚了这尊石像的模样，它和我们在远处时看到的一样，确实呈人形，至少上半身是人形。从雕像头顶的发髻来看，是个女人，雕像一只手拿着一把剑，一只手端着一只碗，脸上有一种似笑非笑的奇怪表情，看得人头皮发麻，除此以外，雕像的下半身也非常奇怪，雕像的下身居然是一条似蛇非蛇的巨大尾巴，说它像蛇，它却有龙一样的脚，而且不是两只，是八只；说它像龙，却又没有龙鳞，以至于整尊雕塑看上去非常地诡异。

"这到底是什么东西啊？看上去怎么那么像妖怪？"许燕小声地在旁边说道。

"我怎么感觉这个东西上半身像葫芦娃中的蛇精，下半身又像蜈蚣精。"尽管志强这句话听上去似乎是自言自语，说得很小声，但还是被我和周玲听到了，周玲在志强背后掐了一下，被周玲这一掐，志强忍不住叫出了声。

"这座桥叫奈何桥，这个雕像会不会就是孟婆？"周玲在掐过志强后，提出了她的疑问。

"她手里端着一个碗，确实和传说中的孟婆很像，但她为什么还要拿把剑呢？难不成，不喝孟婆汤的，就杀掉？"凤伟说道。

"如果这个是孟婆，抛开她的下半身不谈，光看她的样子，还挺年轻漂亮的，这简直就和我心中想象的孟婆相差简直十万八千里。"汪勇此时也加入了讨论。

"我觉得这个就是孟婆的石像！"一直没有说话的凤伟此时突然说道。

听到凤伟这样说，大家都疑惑地看着他，不知道他为什么会这样肯定。

"刚刚在上桥的时候，我已经说过，这个地方是被人为地按照阴间的格局来修建的，奈何桥下面的河叫忘川河，河里面飘着的船叫荡魂船，这些都和传说中的阴间的布局一摸一样，所以，我敢肯定，这个雕像肯定就是孟婆。"

"你又没有去过阴间，你怎么知道就是这个样子的？"我不解地问道。

"我确实没去过，但书上确实是这么说的。"凤伟答道。

"哎呀，不说这些了，管她是孟婆还是鬼婆，老子弄倒她，看她还出来吓人不？"二娃说完，一脚就踢向了雕像，这个动作毫无征兆，让我连阻止他的机会都没有。

二娃这一脚踢得很重，雕像被他这一踢，朝另一边歪了下去，但并没有倒在地上。

由于凤伟在墓室里碰到过机关，所以我们担心这次二娃也闯出祸来，在他踢完雕像后，众人都竖起耳朵仔细去听，看看有没有机关响动的声音。二娃见大家不说话，也感觉到自己刚刚冲动了，站到一旁四处张望起来。

过了良久，我们所担心的事情并没有发生，空间中依然一片寂静，没有发出任何的声音，众人这才放下心来，纷纷责怪二娃太冲动，二娃自知理亏，摸了摸后脑勺，尴尬地笑了笑。

整个空间中的气温似乎变得越来越低,为了尽快找到出口,众人不再继续停留,选择了正对奈何桥的方向,开始向前继续走去。由于没有外套,大家都冷得牙齿打架,加上地面坑洼不平,行进起来非常艰难。其实在这种四周一片漆黑的空间中行走,周围又没有任何参照物的情况下,非常容易让人迷路。本来我们是打算在雕像处放置一支蜡烛,用来作为标记物的,但考虑到后面不知道还有多远,为了避免蜡烛不够,所以放弃了这个想法。现在大家的前进路线,完全是靠感觉来走的,能不能走到这个巨大空间的尽头,完全得靠运气。

不过,我们的运气还算不错,很快,我们便走到了一面墙壁面前,看来,这就是张楚军信里说到的墙壁。二娃拿过之前凤伟咬过电池的那支手电,照向墙壁的上方,居然照不到顶端。这个墙壁非常高,再看墙壁的材料,均是黑青色的巨大石砖,难道这是堵城墙?伸手摸了摸眼前这堵城墙,一股冰冷的感觉传来,我急忙收回了手。

根据凤伟的理论,我们在从通道下来的时候,是顺着河走的,一般情况下,这堵城墙如果有城门的话,一定会是正对着我们出来的通道,所以接下来,我们应该反方向朝河的上流方向走,也就是逆流而上。当然,城门正对着通道,只是凤伟自己的猜测,没有任何根据。但大家还是听取了意见,沿着墙根开始朝上走去。

这一路,我们又不知道朝前走了多久,我心里越来越急躁,心中开始猜测我们是不是走反了方向。由于空间一直比较阴冷,我身上又开始感觉到疲倦,我只想快点找个干燥的地方再休息一下,不求舒适,只求不要再这么冷。

此时,众人都没有说话,闷着头默默走着,没有时间的参考,这条路让众人觉得格外漫长。

又不知道走了多长距离,队伍最前面的二娃终于停住了脚步,我心里一阵欣喜,急步走到他前面去看。此时,在我们的前方,有一尊半人高的黑色

石兽蹲在地上，头部微昂，面朝向我们下来的通道的方向，这石兽的长相非常奇怪，整个头部看上去非常像银行门外蹲的石狮，但在它的头上却有两只尖角，嘴巴也有点类似鹰的嘴巴，最奇怪的还是它拳头般大小的眼睛，看上去光滑透明，在烛光的照明下，透明发亮。我和二娃拿着蜡烛仔细去看时才发现，在这个玻璃球一样的眼睛里，居然还有类似瞳孔一样的东西，看上去非常生动逼真。

在看完石兽后，我们很快又发现，在离这尊石兽十多步远的地方，还蹲着一尊石兽，而在这两尊石兽之间的城墙上，有一扇巨大的城门，说是城门，并不准确，准确点说应该是门洞，朝门洞走进去几米，一扇黑色的城门挡在了众人面前。

在黑色城门的一角，我们发现了一具没有头颅的白骨，白骨上挂着一些残碎的衣服，而白骨旁，还有一把已经被折断的老式步枪，看到这个情景，我突然想到了张楚军信里所说的小林，我把这个想法对大家一说，大家也有同感。从尸骨的完整度来看，小林当时死得一定很惨，但此时我们大家都自身难保，已经没有心情去感叹他的命运。

就在大家还在恍惚的时候，城门里传来了一阵熟悉的声音。听到这个声音，大家顿时呆住了，这声音太熟悉了，分明就是我们在进入黄古洞后一直听到的那种怪声，这种声音我们之前听了很多次，我们一直以为是蜈蚣发出的声音，在焚烧蜈蚣的时候，大家都以为这样的声音再也不会出现了，但是现在这样的声音又响了起来，难道那个蜈蚣又活了？又或者前面还有蜈蚣？

就在大家还没有从困惑中回过神来的时候，黑暗中这种声音突然大了起来，超过了刚刚的几倍，夹杂在这声音里的还有一种轰隆隆的声音，听上去就好像是什么巨大的东西倒向地上一样。巨大的声音在这个空旷的空间中又被放大了很多倍，听上去非常恐怖刺耳。众人急忙捂住耳朵，但是那声音却好像能穿透一切一样，尖锐刺耳，就好像有无数的厉鬼在周围惊声尖叫，大家都痛苦地捂住耳朵蹲下身来。

这巨大的声音在响过一阵后，突然一下就停了，整个空间又陷入了一片寂静，就好像什么都没有发生过一样。大家松开耳朵后感觉耳朵里还在嗡嗡作响，小鱼扑到我身上，抱着我哭了起来，她把我抱得很紧，我拍着她的背使劲安慰她。小鱼平时在任何人面前都是非常坚强，但是自从进了这个神秘的山洞以来，所有的坚强在恐惧面前都变得不值一提，任何用于伪装坚强的东西在真实的恐惧面前瞬间崩塌，而我们的感情，也在这样的情况下越来越亲密，现在我已经成了她全部的依靠。

　　其他两个女生也分别抱着二娃和凤伟，虽然他们之间并不像我和小鱼一样是属于情侣关系，但这些现在并不重要，她们说到底也只是需要安慰和保护的小女生，无论平时多么地强势，多么地优秀，多么地高傲，在这一刻都化为乌有。

　　过了好一会儿，大家才恢复过来，惊魂未定地看着城门的方向，刚刚那声音，刚开始的时候听上去很像蜈蚣的声音，但后来的声音却完全不像了，因为我们无法想象从那只一米多长的蜈蚣嘴里会发出如此巨大的声音，如果这巨大的声音不是蜈蚣所发出的，而是另外的什么怪物发出的，那这个怪物得有多大？难道真如张楚军说的，这个空间里真的有我们无法想象的危险？想到这里，原本打算进城门的众人又开始犹豫了起来，生怕进去后，真的遇到我们见所未见闻所未闻的神秘生物。

　　由于惧怕城门里有什么恐怖的事物，大家在城门的门洞边靠墙坐了下来，此时众人都已经沮丧到了极点，每个人似乎都感觉到死亡已经逼近了我们。黑暗的空间，寒冷的空气，看不见的死亡气息包围着大家，其实这样的气息在我们深入到这个洞的时候大家都已经感觉到了，但当时大家都单纯地以为只是因为黑暗而造成了错觉。现在不一样了，这样的感觉越来越真实。这种感觉就好比有人拿了把锋利无比的刀架在你的脖子上，你却不知道刀什么时候才会割断你的脖子一样，这种恐惧是我们大家无法互相安慰和自我安慰的。

凤伟这个时候见大家都非常沮丧，索性提出，让大家写遗书。众人听到他这个提议后，纷纷看向了凤伟，他的表情很认真，似乎并不是开玩笑，见所有人都用奇怪的眼神看着自己，他对大家解释道："也许我们这次真的回不去了。你们想想看，我们之前所走的路似乎都是环环相套的，只是运气好才走到了这里。在姜维墓里面，我们已经见识到了古人高超的智慧和机关，后面的路，说不定会更加地危险。这个地方现在看来并不是我们所认为的古墓，似乎好像是古人用来做其他事情的，也许我们走进了古人的一个圈套，这个圈套随时都可能会要了我们的命。如果我们遇到不测，没准也会像张楚军一样，永远地留在这里。现在写下遗书，万一以后有人进来，即使不能把我们的尸骨带出去，也能将我们的信带出去，让家人知道我们的下落。"凤伟说到最后几个字的时候，声音明显带着哭腔。

听到凤伟这样说，刚刚才止住哭声的女生，又小声哭了起来，凤伟的话，提到了大家一直以来不想提起，但又一直支撑着大家的东西，那就是，家人。

凤伟没有在意众人的情绪变化，自顾自地拿出了日记本和笔，将蜡烛放在地上，借着微弱的烛光写了起来，不过没写几下，他停了下来，将写过的那篇纸从日记本上撕下来后放进了背包里，做完这些后，他将日记本递给了身旁的二娃，叫二娃也写，二娃摇了摇头，转手又递给了许燕。

很快，日记本和笔在我们之间转了一圈，大家都是拿着纸和笔沉默了一阵，最终又递给了旁边的人，传到我的手中的时候，日记本依然是空白一片。

其实我知道，大家并不是不想写，而是每个人都有很多的话想写给自己的亲人，很多很多，又岂是几张薄纸所能写完的？对家人的思念，让我的眼睛渐渐模糊起来，眼泪不停地在眼眶中晃动，我伸手揉了揉眼睛，不想让大家感觉到我的悲伤，虽然现在大家无法互相传递希望，但至少也不能去传递悲伤。

我努力调整了一下自己的情绪，尽量让自己的声音平稳点对大家说："大家也不要丧失信心，城门里面我们还没有去看过，怎么知道一定要死呢？在这之前我们遇到了很多危险和困难，不是都没事吗？我相信，只要大家团结努力，我们就一定能找到出口。"

"就是，别听凤伟那个神经病的，写个屁的遗书，我们大家一定要回去，家里人现在指不定多着急呢！"志强附和道。志强其实一直是众人中比较胆小的，此时却表现出了一种前所未有的勇气。

"你们快看！"就在我准备继续安慰大家的时候，坐在靠近门洞位置的汪勇突然惊恐地指着我们过来的方向叫我们看。

我们大家慌忙地站起来，走到他身边，顺着他指的方向看了过去。才看一眼，大家顿时呆住了，原本就还没有从恐惧中恢复过来的众人，心里的恐惧越来越盛。

之前我们看到过的白色灯笼，此时无声无息地又亮了起来，我们已经知道白色灯笼是因为萤火虫的聚集而发出的光芒，所以，白色灯笼再次亮起，不足以让我们感到恐惧。但让我们感到恐惧的是，此时的白色灯笼已经不止一个，而是有十几个，这些灯笼每隔几米就有一个，呈一条直线，延伸到河流的下方。我们知道，这些白色灯笼都是挂在河里的船上的，现在如此多的白灯笼，那就意味着白灯笼下面也有相同数量的船。

就在我们惊魂未定的时候，这些白灯笼同时闪着忽明忽暗的光向河流的下方飘去，这真是让人匪夷所思的一幕，白灯笼在动，也就意味着它下面的船在动。我们在河边的时候就已经看到过，那河水流得非常缓慢，船是不可能因为河水而流动的，还有就是，我们虽然知道这些灯笼是因为萤火虫聚集形成的光，但怎么可能十多个灯笼在同一时间都亮了起来，这样的巧合，让人感觉根本就是人为在操控。

就在大家正看着前方出神的时候，那巨大的声音再次响了起来，同样是尖锐声中伴着轰隆隆的声音，我们急忙捂住耳朵，这声音响起得非常突然，

让人毫无防备，我感觉我快要承受不住的时候，它又突然停了。

这声音刚一停下，我们的面前突然就亮了一点，似乎头顶有光传来。众人抬头望去，这才看到，背后城墙几米高的地方，同样是每隔几米便亮起了一个白色的灯笼，这白色的灯笼和河里面的灯笼比起来，要亮上许多，因为我们能借着它的光看见下面的东西。

黑色的墙砖，在白色的灯笼照映下显得更加古老，在每一个幽幽的白光下，都吊着个身穿白色衣服的人。

无论你多么地强大，无论心理素质多么地过硬，见到这一幕，都恨不得立即挖掉自己的眼睛，就好比你正在阅读这段文字时，面前突然出现一张惨白的人脸一样让你崩溃。

大家感觉自己的心脏快要爆掉了，想叫，叫不出声音，都踉踉跄跄地朝后退，退了几步，想起背后河面上的灯笼，又止住了脚步，此时大家前进不得，也后退不得，我想如果地上有洞，大家一定会毫不犹豫地钻进去，哪怕那个洞里有猛禽怪兽，大家宁愿被吃了，也不愿意去承受这样接二连三的恐惧。

人在遇到危险的时候，通常的第一反应就是跑，但当时我们的脑袋里都是混乱的，完全失去了方向感，好在二娃还算清醒，他将我们带回到了城门洞下面，我们总算暂时看不到那些可怕的玩意儿了。

过了好一会儿大家才缓过气来，刚才的事情太突然，让人毫无心理准备，我感觉自己的心脏已经达到了所能承受的极限了。三个女生这次反而没有哭，虽然还是沉默着，但表情都非常地平静，让我感到很奇怪。

就在我还在疑惑的时候，周玲对众人说道："我怎么觉得那些白灯笼是听到刚刚那个怪声后才亮起来的。"见大家都疑惑地看着她，她又继续说道："你们想，第一次怪声响起来的时候，河面上的灯笼过了不久就亮了，然后第二次怪声响起来的时候，城墙上的灯笼也亮了，这不仅仅只是简单的巧合吧！"

周玲话音一落，就遭到了二娃的反驳："你的意思是说，这些灯笼是声控的，听到声音，这些萤火虫就聚集起来了？这太扯了吧，难不成，这些萤火虫还受过特殊的训练，听到特定的声音，就会聚集到灯笼里去？"

"也许，周玲说的是对的！"凤伟摸着鼻梁，一字一句道。

听到凤伟赞同周玲的观点，大家又望向了凤伟，结果他却装起了深沉，迟迟不说下面的话，低着头皱着眉似乎还在想着什么。良久，他又继续说道："我们听到那个怪声，很有可能不是什么动物发出来的，而是机关启动的声音，周玲说得没错，灯笼确实是在声音响起来后才亮起的，只不过，不是因为听到这些声音才亮的，而是因为机关启动了，所以才会亮。也许，这些灯笼周围有什么特殊的装置，能让这些萤火虫在很短的时间里大量聚集起来。"

"就算是机关启动，但我记得我们从姜维墓下来以后，就没有碰到过什么机关啊？"在我的印象中，我们似乎没有再碰什么东西，所以不解地说道。

众人听我这样说，也低着头仔细回想着。

几乎是同时，周玲和志强同时说道："是那个雕像！"他俩这一说，我才想起来，在我们下桥后二娃踢过那雕像，不但踢过，还把雕像踢歪了。二娃见大家都看着他，心虚地缩了缩脖子。

"但是，如果那个雕像是机关的话，就太奇怪了，为什么会将机关放在那个地方？"凤伟说道。

凤伟说完，我接着他的话茬，说出了我的看法：

"你刚刚不是说了吗？这个地方看上去不太像是古墓，像是古人用来做什么用的特殊场所，这些白灯笼可能只是起到照明的作用而已，所以这种不重要的机关，放在哪里都是一样的。"

"哎呀，不管怎么说，我总觉得，这些白灯笼不像是只作为照明那么简单，如果只是照明，为什么刚刚又要顺着河飘走呢？不管怎么样，我们还是

赶快走吧，不要在这个地方多待了。"说这话的是汪勇，他边说边拿着背包站了起来。

众人见状，也拿起背包站了起来，就在我去拿地上的蜡烛的时候，突然发现，这个门洞墙壁的墙砖上刻有字，只不过这些字刻得非常浅，和前面我们遇到过的很多次一样，不拿蜡烛凑近看，几乎看不见，这些字和姜维石台以及石塔石室里的一样，依然还是那些完全不认识的奇怪文字。

众人见我还待在原地，纷纷催促我快走，我没再去管这些文字，跟着大家来到了城门前。

城门是木制的，上面均匀排布着很多拳头一样大小的球形铆钉，虽然已经锈迹斑斑，但上面精致的暗纹让人感觉非常地古朴精致。

尽管这城门是木制的，但却异常沉重，众人费了很大的力气，终于推开了一条巴掌宽的缝隙，从缝隙中居然传出了黯淡的光，看到这光，众人又是一惊。

## 第八章　幽冥之城

过了许久，门洞里没有任何的动静，大家壮起胆，开始继续推门。

　　沉重的城门，在众人的合力之下，随着难听的吱吱呀呀声被慢慢推开了半边。出现在众人面前的是一条和门洞一样宽阔的石板路，一直延伸到前方的黑暗里，看不到尽头。在我们前方两三米的石板路的两侧，分别站立着一尊看上去有几米高的雕像，雕像的手上，端着一盏油灯，油灯光芒虽不强烈，但燃烧得却很稳定，火苗没有一点晃动，刚刚门缝里透出来的光，应该就是这些油灯所散发出来的。

　　众人胆战心惊地朝前走去，很快便到了两尊雕像的位置。这两尊雕像非常高大，站在下面，必须要仰望才能看到雕像的头部，从雕像的服饰上来看，是两个表情严肃的将军，一手握剑，一手举灯。

　　一路向前，我们逐渐发现，这个石板路的两边，每隔几米便有两尊将军雕像，它们的手上都有油灯，只不过有些油灯已经熄灭了，有些则半死不活地亮着。凤伟想要仔细去看这些雕像，却被我们制止了，现在我们大家都不想再横生枝节。

　　凤伟见大家态度坚决，也只好放弃，依依不舍地继续朝前走去。

　　众人朝前又走出了几十步的时候，迎面突然吹来了一股热风，众人感觉到这热风后，精神一振。前面难道有出口了？虽然这个猜测并不一定准确，但这无疑给大家带来了希望，众人心中一喜，顾不得再去观察两边的石像，加快了步伐朝前方走去。

　　大家就这样不知疲倦地一直往前，很快便到达了路的尽头。此刻，出现在我们面前的是一个巨大的石梯，石梯的宽度和我们脚下的石板路的宽度没有什么区别，让我们吃惊的是每一阶石梯的高度，看上去至少有半米。这个石梯怎么这么高，难道是给巨人走的？凤伟拿着蜡烛走到石梯的左右两边分别看了看，然后站起身对我们说，这个石梯的每一阶，居然是一个整块的石头，没有任何拼接的痕迹。

　　听凤伟这样说，我也拿着蜡烛仔细去看，果然在石阶上没有看到任何的拼接痕迹。这个工程看来还不小，是谁有这么大能力修建如此庞大的工程？石梯上面又会是什么东西？

　　此时，刚刚我们感受到的那股热风已经没了踪迹，大家没做停留，开始朝石梯上爬去，由于每一级石梯都非常高，每个人爬石梯的时候，都必须要用手撑住膝盖，手脚并用，特别辛苦。才爬几级，几个人已经累得气喘吁吁了。就在大家刚停下来，准备休息一下的时候，上面的石梯突然传来了一阵东西滚地的咕噜声，伴随着这咕噜声，一个白色的东西滚落到我们跟前，我拿脚一挡，众人一看，这白色的东西居然是个头骨，头顶上还有个很大的窟窿。

　　就在大家还未回过神的时候，石梯上方又传来了的咕噜声，这次的滚落声非常多，也非常杂乱，众人盯着头顶，眼睛都不敢眨。杂乱的滚动声越来越近，伴着这声音，非常多的头骨跳落到了众人的面前，众人慌忙抬脚，不愿被头骨撞到。

　　好一会儿，上面终于安静了下来，大家都被这些莫名其妙的骷髅头吓得脸无人色，站在原地不敢再继续攀爬。

　　"这些骷髅头哪里来的？怎么会自己滚下来？"凤伟自顾自地说着，虽然声音非常小，但在这安静的环境中，还是被众人听到了。

　　我听到凤伟这话后，心中一个激灵，难道上面有活着的东西？环视众

151

人，估计他们的想法也和我一样。

就在此时，台阶上面又传来了猫叫的声音，听到这声音，刚刚的疑惑顿时有了答案，原来又是这猫在捣鬼！

"狗日的，又是那些猫，它们到底想干什么？"二娃看着头顶的台阶，嘴巴里嘟哝道。

"不就是几只猫吗？难道我们几个大活人还斗不过那些猫？走，上去看看它们到底想干什么。"汪勇说完，朝上爬了一级，尽管他的伤还没有完全恢复，但爬石梯的动作倒是挺利索。

见此情景，大家也跟着继续朝上爬去。在接下来的攀爬中，我们发现，此时的石梯和下面爬过的石梯有了明显的区别，首先是宽度上，开始越来越窄，其次，在这些石梯上，散落着很多的人骨，原本攀爬起来就挺费劲，加上大家又怕踩到脚下的尸骨，要小心地寻找落脚的地方，所以变得更加恼火。

好在继续朝上爬了几级后，我们终于到了一个平台，众人来不及细看，纷纷躺倒在地上，一动也不想动，这巨大的石梯耗费了我们很大的力气。

休息了一阵后，大家才起身开始朝前走去。

朝前走了十多步，在烛光的照映下，我们看到，前方是个平台，在平台上，目光所到之处，全是累累白骨，这些白骨杂乱散在地上，看上去非常骇人。

我们小心寻找着没有白骨的空地，一步一步朝前走，为了走得更加顺利，我们又点燃了几支蜡烛，周围的情景也被照得更加真切。就在大家聚精会神地躲闪着脚下的尸骨的时候，二娃叫大家看旁边，众人停下脚步，将蜡烛照了过去。

一具穿着军装的骷髅此时正躺在我们的左手边，身上的军装虽然已经有些破损，但颜色看上去还比较新鲜。我看到这军装，心里有种特别奇怪的感觉，但又说不上来，因为这件军装和张楚军他们所穿的，颜色看上去很接近，但在款式上又有所不同。在这具身穿军装的骷髅旁，还躺着一把已经断掉的锈刀，看到这刀，我一下就呆住了，因为这刀的样式，一看就是把日本刀。我侧过头去看凤伟，发现他也是一脸疑惑的表情，我正准备对他使眼色，叫他先不要说的时候，他的话已经说出口了：

"这里怎么有把日本刀！"

二娃听到凤伟这句话后，也不管地上的尸骨了，径直就去捡起了那把断刀。拿到断刀后，二娃便拿到我们跟前来给大家看，关于刀的细节，我们没有兴趣，吸引我们目光的是接近刀柄位置的刀身上刻着的那几个日文。

"果然是日本刀！"众人几乎是异口同声地说道。

"但是，我听我外婆那一辈说，我们这个地方，好像从来没有来过日本人的嘛。"许燕说道，语气中尽是疑惑。

"会不会是张楚军那一队人中，曾经有人在外打仗的时候，缴获过日本刀。"二娃也充满了疑惑。

"不可能，你们看，这个明明就是日本军服。"凤伟指着地上的尸骨对众人说道。

听到凤伟这样说，我恍然大悟，刚刚看到这个军服的时候，我就有种说不上来的感觉，凤伟此时说到这个是日本军服，我才对上号，这军服果然和我们在电视上看到的日本军服的样式非常相似。

二娃拿着断刀，小心地将穿着日本军服的骷髅翻了个身，才又看到，在骷髅的身下赫然躺着顶帽子，帽子上有许多黑色的杂质，二娃用两只手拈起帽子使劲地在地上拍了拍，等上面的杂质拍干净了，众人这才看清，这帽子分明就是日本军人所戴的那种军帽，看到这军帽，大家已经基本上确定了这个骷髅是日本人的身份。

二娃将断刀和帽子重重摔在骷髅身上，嘴里连骂："妈的，这个地方怎么可能有日本人呢？他们到这黄古洞里来干什么？"

二娃说出的这个问题同样也是我们大家心中疑惑的。这个地方到底有什

么东西，连日本人都来了？

"算了，别想这个问题了，还是赶快走吧！"志强在旁边不停催促道，我知道胆小的志强此时又开始害怕了，索性也招呼大家继续前进。

自从我们上到这个平台后，一直是顺着中间在走，因为中间的尸骨似乎要少一些，在这些尸骨中，有人的，好像还有些动物的，这些尸骨都有一个共同点，就是都比较散碎，很少有完整的。在随后的前进过程中，我们又发现了几具穿日本军装的尸骨，这些尸骨和我们发现的第一具日本兵尸骨有所区别，他们的衣服虽然有些已经破了，但布料看上去却很新，看到这些，众人对他们的身份和来黄古洞的目的越来越疑惑，但并没有像发现第一具尸骨那样停下来细看。

又朝前走了一会儿，一个巨大的东西挡在了我们面前，由于距离还稍远，微弱的烛光下众人看得并不真切。等到大家都走近才看到，居然是我们在乌龟石室里的那种背上有石碑的乌龟。但这乌龟看上去却比乌龟石室里的大上了许多，背上所负的石碑也高大了许多，我努力高高举起手中的蜡烛去照看石碑上的文字。

石碑上刻的文字，不再是那种完全不认识的文字，而是和乌龟石室里一样的文字，这些文字虽然古朴，但并不难认，我拿着蜡烛一个字一个字地认了起来："奈何忘川，城岳飞仙。"

"这个奈何忘川还好理解，这个城岳飞仙是什么意思？"听到我念的内容，志强看着凤伟问道。

凤伟摇了摇头，表示自己也不知道，此时众人的肚子响了起来，大家这才想起来，已经好久没有吃东西了，于是不再理会石碑上的文字，绕过乌龟，继续朝前走去。

谁知没走几步，又有只乌龟挡在了大家面前，和前面那只相比，这只乌龟的眼睛非常奇怪，一只眼睛张开，一只眼睛闭着，背上同样背了块高大的石碑，上面同样写着两列古朴的文字：无量神台，亡者归天。

由于肚中饥饿，众人依然没做停留，绕过石台，继续朝前走去。

谁知，在后面的行进中，我们又陆续发现了六只背负着石碑的乌龟，每只乌龟背上的石碑都刻有两列文字，大家越来越奇怪，这些负碑的石龟怎么这么多？而凤伟似乎觉得这些石龟立在这里肯定有用处，所以将刚刚看到的所有碑文写了下来，连起来像是一首完整的诗：

奈何忘川，城岳飞仙；无量神台，亡者归天；千年神兵，镇守其间；生者勿近，沌入无间；

大将姜维，九伐魏奸；九九归一，混沌使然；大河山川，分水桥边；乾坤只在，莫于人间。

看到这些字，我突然想到了一件事情，急忙问凤伟，三国时期，使用的是石碑上的那种文字吗？凤伟摇摇头，不确定地对我说，那些字体看上去像是隶书，但又有点不像，他也不太确定，他看过很多三国方面的书和资料，好像确实看到过类似的字体。

听到凤伟这样说，我不免犯起了嘀咕，难道这个地方真的是三国时期建造的？但此时肚子饥饿难忍，容不得我再多想，而且现在空气中还有股让人难忍的气味，让我想吐却吐不出来，异常地难受。

就在我准备叫大家继续走的时候，突然感觉脖子一凉，急忙伸手去摸，手上摸到了一股湿湿的东西，我将手凑到烛光前去看，这才看到，手上又是那种淡红色的液体，众人见状，都围了上来，我习惯性抬头向头顶看去。

在我头顶的黑暗中，有一个灰蒙蒙的影子，我揉了揉眼睛想看清楚点，但看上去依然还是灰蒙蒙的，为了看得更清楚，我从二娃手里拿过蜡烛向头顶照去，这一照，我忍不住大叫了起来。

一个干瘪的人脸，正和我对望着，从他的姿势来看，是被倒吊在空中，身上穿着白色的殓服。

看到这一幕，我脑袋里轰的一声炸开了，其他人也忍不住惊叫起来，众

人慌慌张张地朝后退，结果不知道什么东西绊了我一下，我一下就失去了平衡，朝后仰了去，这一摔，把我摔得差点晕死过去。二娃见我摔倒了，急忙把我扶起来。

很快，我们退到了最后一个石龟的位置，四处张望，茫然不知所措。借着手里的烛光，我们再次看到在我们现在所在位置的头顶，有很多的脚。我忍住恐惧，颤颤巍巍地举着蜡烛照上去，又看到，许许多多身穿白色殓服的死尸，被头朝上脚朝下地吊在空中，虽然烛光微弱，我们看不清楚他们的脸，但这足以让我们更加恐惧了。

"快！朝边上跑！"我不知道这是谁喊的，声音听上去完全变了腔调。

我脑袋一片空白地跟着众人磕磕绊绊跑到了平台边上，这才看到这个平台两边是根据天然开凿的洞壁，墙边凌乱地堆放着许多骷髅，刚才的场景，让大家非常害怕，整个头皮全是紧绷着的，我不知道其他人是不是差点尿了，反正我是差点尿了。退到边上后，大家强忍恐惧死死盯着前方。生怕那些东西从头顶跳下来，我靠在背后的墙壁上，用手抠住墙，紧张得恨不得直接转身去刨个洞，喉咙中嘟囔着一种含糊得连自己都分不清的声音。

这时，我脑袋里猛地一闪，小鱼呢？刚刚怎么没有听到她的声音！

想到这里，我急忙转头去找小鱼，果然没看到她的身影，我又急声询问其他人，其他人听说小鱼不见了，都着急了，大家哭喊着小鱼的名字四处找寻，再也顾不上那个灰色的人影。

我心里异常着急，从志强包里摸出一支蜡烛，沿着刚刚退回来的路去找小鱼，很快，我看到了躺在一堆尸骨中的小鱼，

看样子，已经昏过去了。我忙叫许燕帮我拿着蜡烛，双手抱起小鱼又急忙退回到平台的洞壁边上。

汪勇和二娃将墙边的尸骨清理了一下后，我坐了下去，将小鱼的头枕在我的大腿上，然后就去掐她的人中，掐了好几次，小鱼没有醒过来，我心里一下就急了，急忙转身问其他人怎么办？周玲给我递过一瓶水，叫我喂她点

水，我用手捏住她的嘴，用瓶盖一点点地喂她，喂了一会儿后，小鱼依然没有反应。

看着小鱼的模样，我的眼泪止不住地往下掉，转过头去又问大家该怎么办，大家也非常着急，凤伟想都没想就说，赶快人工呼吸试试，听到这话，我顿时懵了，说实话，亲嘴这样的事情，我练习过很多次，甚至还对着镜子自己亲过自己，但真刀真枪地亲，我还从来没有过。

在众人的催促下，我一口便亲了下去，谁知刚一亲到小鱼的嘴，许燕一把就把我抓了起来：

"是喊你人工呼吸，不是叫你亲，你捏住她的嘴巴，先吸口空气，然后再吐到她嘴巴里。"

照着许燕的办法，我反复进行了几次，终于，小鱼在咳嗽了几声后，慢慢醒了过来，见小鱼醒了，我急忙又去喂她喝水，结果适得其反，小鱼连呛几声，我心里连骂自己，急忙给她拍背。

过了好一会儿，她总算好了点，休息了会儿，才告诉我们，刚才她和大家一样，看到那干瘪的脸，非常害怕，急忙来抓我的手，结果这个时候我的蜡烛掉了，她面前一下就黑了，朝后退了几步，就被地上的东西绊得摔晕过去了。听到小鱼这样说，我连连对小鱼道歉，小鱼对我笑了笑，握了握我的手。

尽管小鱼并没有说什么，但我心里却非常愧疚，小鱼在最危难的时刻，想到的是依靠我，而我在最危难的时候，却只顾着自己。

小鱼似乎感觉到了我此时的情绪，轻轻拍了拍我的脸，反过来安慰我，告诉我她没事，但是我分明在她的眼睛中看到了失望和伤心。此时我心里下定了决心，不管后面还要走多久，一定要片刻不离地守护着她。

其实这个想法，只是我当时的一相情愿，因为后面所发生的事情，根本是我们无法控制的。

因为小鱼刚刚的失踪，让我们暂时忘记了头顶吊着的那些尸体，可就

在小鱼刚刚才恢复不久的时候，二娃小心翼翼地说："我怎么觉得刚刚吊起的，好像是干尸啊！"

听到二娃这样说，我心中一下就怒火中烧，对着他骂了过去："你是神经病啊，你不提这个事情，又没人把你当哑巴！"

虽然我嘴上在骂二娃，但心里也不由得想起了刚刚的情景。其实二娃说的没错，那干瘪的脸看上去确实非常像干尸，虽然在这之前，我并没有看到过干尸，但从那皮包骨头褐色的皮肤来看，我确实找不到比干尸更合适的称呼了。

受到二娃那句话的引导，此时其他人又看向了前方的黑暗中，虽然前方一片黑暗，但可能因为心理因素，众人总觉得，能隐隐约约看见那些悬挂在前方的干尸。虽然刚刚只看了几眼，但那恐怖的场景，已经深深烙印在了众人的心中，挥之不去。

大家在上到这个平台后，就只顾着去注意脚下，却没有去看头顶，如果不是有水滴在我的脖子上，大家也就不会看到这些让人心生恐惧的干尸。

所有人盯着前方的黑暗许久许久，前面依然没有任何声响，此时的我们肚子已经非常饿了，加上疲惫，大家脑袋里一团乱麻。但是巨大的恐惧又不得不让我们提起精神来，只想等小鱼再恢复一会儿，便起身离开这个地方。

就在这时，在我们的前方突然传来了一阵窸窸窣窣声，听上去像什么东西在地上爬动发出的。听到这声音，众人一阵慌乱，不停朝身后靠，但后面已经是冰冷的墙壁，再无路可退，我用手蒙住小鱼的眼睛，使劲咬住自己的嘴唇，不敢出声，此时的我恨不得自己就这样死去，再也不愿意承受这样未知的恐惧，哪怕只一秒。

那声音离我们越来越近，在烛光映照下，三只巴掌大的黑白相间的蜘蛛，爬到了我们的面前。两位女生看到这毛茸茸的生物，立即尖叫着跳了起来，看着三只蜘蛛不停朝我们面前的蜡烛靠了过来，我突然反应过来，会不会是我们的烛光吸引了它们，想到这里，我想去熄灭掉蜡烛，但为时已晚，

158

蜘蛛已经爬到我们脚下，我急忙扶起小鱼，朝左边跳了开去。妈的，这什么蜘蛛啊，这么大！要知道，我们平时见过的蜘蛛都是很小的，即使大一点的蜘蛛，也不过拳头大小，而且身上也只是黑色的，但现在看到的蜘蛛不知道是什么品种，不但有成人巴掌大，而且花纹还是黑白交错的，看上去极其恐怖，我们想去踩死它，但没人敢下脚，几个人在那里原地不停跳，生怕这些蜘蛛爬到自己身上来。

就在大家手忙脚乱的时候，意想不到的事情发生了，空中突然又响起了猫叫的声音，我们还没回过神来时，眼前白光一闪，奈何桥上看到的那三只猫跳到了众人面前，我心里不由得骂了一句，本来面对这几只蜘蛛，大家都已经不知道怎么办了，现在白猫又跑了出来。

但就在大家这一愣神的时间，事情发生了戏剧性的变化，白猫并没有向我们扑来，而是一口咬起那巨大的蜘蛛，转身消失在了黑暗中。这事情变化太快了，众人看得一愣一愣的，完全搞不清楚状况。没听说过猫要吃蜘蛛的呀！

白猫叼走蜘蛛后，整个空间又陷入了死一般的寂静。大家紧张了好一会儿，看到再没了动静，这才松了口气，脚一软瘫坐在地上。坐下来后，我的双脚控制不住地使劲发抖。小鱼抱着我也是抖个不停，喉咙中发出含糊不清的声音。我非常担心她，所以尽量让自己平静下来，努力去安慰她。但刚刚所发生的一切太突然了，从头顶的干尸，再到莫名其妙跑出来的大蜘蛛，再到叼走蜘蛛的白猫，这一系列的事情，让我根本控制不住自己，再看其他人也是一样，坐在地上，抱着膝盖，瑟瑟发抖。

就在大家正不知如何是好的时候，我们又听到了一种很熟悉的声音，这声音就是之前我们推开半边城门时所发出的那种难听的吱吱呀呀声，由于我们现在离城门已经有了一定距离，所以这声音听上去不太大。但此时空间里一片寂静，所以这原本不大的声音，我们也听得很清楚。听到这声音，众人

都愣了，这次，是有人在开门，还是关门？

远处城门传过来的声音，让惊魂未定的众人又搞不清状况了，纷纷朝城门方向看去，但前方一片黑暗，并且我们身处巨大的石梯之上，所以根本就看不见。城门在响了两声后，停了下来，风伟站起身，催促大家赶快走，原本准备补充点食物的众人只能强忍饥饿站起身。

由于害怕墙壁上有什么毒物，所以我们决定还是壮胆从中间走，在我们有限的认知里，我们总是认为蜘蛛、蛇一类的都是从墙上爬下来。众人又走到了最后一个石龟的位置，都刻意不去看上面的那个东西，但始终觉得非常不自在，总觉得那个东西好像在看我们，但我们始终不敢再去看，赶紧以石龟为出发点，向前行进。

前方的路越来越干净，地上已经没有多少尸骨和杂物，这让我们前进得不再那么艰难。但很快，我们又发现在我们前方的空中，似乎都挂有身穿白色殓服的干尸，有些干尸被吊得很低，所以不管我们的视线如何躲避，依然还是能看到这些东西，这样的场景真的给人一种到了阴间的感觉。

就在此时，前面突然吹来了一股风，这风和我们进城门时的风明显不一样，这风不但非常阴冷，而且还带着一股霉味和臭味。一旁的小鱼冷得瑟瑟发抖，我努力抱紧她，心中无比懊悔，在烧蜈蚣的时候，不应该烧掉所有外套的。

风虽然阴冷，却给我们又带来了希望：有风的地方，也许就有通往外面的洞！

这风来得突然，去得也突然，在众人朝前又走了几步后突然又消失了。而此时，我们又走到了一个巨大的石碑面前，这石碑下面没有石龟，只是在石碑的上方两角，分别有两个狰狞的怪兽口含着石碑，在整个石碑上，写有两个大字：

无间

与前面八只乌龟上的字有所不同的是，这两个字，是血红色的。这字的颜色在这青黑色的石碑上，显得非常突兀，看得人非常不自在。凤伟在看到这两个字后，嘴巴里一直念念叨叨的，我伸手碰了碰他，叫他快走，结果他依然没动，转过头来问我们："你们记不记得第四个石龟上的文字，写的是'生者勿近，沌入无间'。这句话里说的无间，是不是就是前面？"听他这样说，我摇了摇头，说实话，自从进到黄古洞后，基本上是凤伟在记录和分析，我一直没有重视，所以也从来没有认真仔细去分析过。

凤伟见大家都在摇头，又继续说道："你们仔细理解下'生者勿近，沌入无间'的意思，我感觉这是句警告的话！"说这话的时候，他将自己背后的背包取下来，想要去拿日记本。我怕他拿出日记本后，又要啰唆半天，急忙用手拦住他，叫他不要再想这个了，眼下我们赶快找出口要紧，现在都什么时候了。

但凤伟这次很坚决，并且说他觉得这几话对我们找到出路有很大的意义。听到他这样说，我们大家也只好忍着性子听他说完，并嘱咐他，拣重点说，不要说口水话。凤伟点点头，说了起来："刚刚在洞壁边上的时候，我就一直在反复推敲前面八个乌龟石碑上诗的意思，我觉得'奈何忘川，城岳飞仙'是描述外面的情景的，奈何就是我们所看到的奈何桥，那条红色的河叫忘川河，城岳是指外面巨大的城墙，飞仙我估计就是城墙上的那些白色人影。"见凤伟说得这么啰唆，我打断了他："哎呀，都跟你说了，不要说口水话，你说的这两句，这么明显的，肯定就是描述外面场景的嘛，说重点！"

凤伟尴尬地笑了笑，又继续说道："那好，前面的我就不说了，主要说说'生者勿近，沌入无间'的意思。在很多的传说里面，十八层地狱还有一个叫法，叫无间地狱，而无间地狱在传说中，是用来关押和惩处恶鬼亡灵的，是活人绝对不会，也不能进入的地方。在这个空间里，有奈何桥，有忘川河，这就足以证明，这个地方肯定是按照阴曹地府的格局来修建的，虽然说，我们没有看到城门上是否写着字，但我估计现在我们所在的位置，很

有可能也是按照'鬼城'来修建的。所以，生者勿进的意思就是，活人不能进！进去了以后就会永远留在无间地狱！"

凤伟这几句话，讲得不是特别有条理，但我们还是听明白了。本来我刚刚还信心满满地觉得可能要找到出口了，他这样一说，反而让我又感觉毫无希望了，我不知道大家是不是有和我一样的想法，不过看大家的表情，估计八九不离十。二娃问凤伟，按照你的意思，难道我们要回头？回哪里去？回姜维墓里去静静等死？

凤伟摇了摇头，没有说话，二娃一看他的表情，就急了，骂道："你妈的，你又没有办法，现在又回不去，那你说这些干什么？不是纯粹吓唬大家吗？"

说真的，有时候，凤伟确实有点惹人烦。自从我们在8形通道被困住以后，除了他以外的其他人，就只有一个目的，那就是赶快离开这鬼地方，而凤伟却不一样，不管在任何时候，他都要去观察周围的诗句和古物，我真不知他这算优点，还是算缺点。而他一直强调的，那些文字里很有可能有帮助我们逃出去的话，至少在现在看来，除了每次都能吓到大家以外，还没有得到半点的验证。

"不说这些了，你刚刚都说了，这个地方只是按照阴间的格局来修建的，并不是阴间，那就说明，这个地方并没有阴间那些恐怖和凶险，大家就当是在丰都鬼城里旅游好了。"汪勇这话，说得很轻松，但并没有卸掉众人心中的那块巨石。

汪勇说完拉着二娃，又继续向前走去，凤伟摇摇头，轻轻叹了口气，也跟了上去。

绕过石碑后，朝前走了几步，一个朝下延伸的石梯出现在众人面前，这石梯和我们上来的石梯一样，每一级都非常地高，不过下石梯可比上石梯的时候要轻松许多，尽管如此，众人还是走得小心翼翼。石梯上依然到处散落着许多白骨，特别是在石梯靠近两侧的位置，数量尤其多。除此以外，我们还看到了之前的那种黑白花纹的蜘蛛，不过这些蜘蛛的个头明显小得多，只有矿泉水瓶盖一般大小。它们虽然个头不大，但数量众多，看得众人头皮发紧，不过还好，这些小蜘蛛感觉到我们的脚步后，纷纷向石梯两边散了开去。

一路朝下我们走了很多级石梯，忽然，只听得嘎吱一声响，前方的头顶上突然掉了个东西下来，不偏不倚，正好砸中二娃，被砸中的二娃痛苦地叫了一声，朝石梯下滚了去，这突然掉落的东西，居然是我们非常忌讳的穿着白色殓服的干尸！

事发突然，众人大步朝下面石梯走去。下了才两级石梯，我们发现，下面的石梯变得非常窄，每一级石梯的纵向宽度仅仅只能容纳一只脚站立。不过这狭窄的石梯只下了几级，就到了地面。二娃此时正躺在地上一动也不动，看样子，已经昏过去了。刚刚头顶上砸下来的干尸虽然从声音上听上去并不沉重，但二娃失足滚落下去的时候，肯定磕碰到台阶了。

此时，二娃额头上的伤口一直不停地在流血，许燕从背包里拿出卫生纸按在二娃的伤口上，帮助他止血。而我则背上二娃招呼大家赶快跑。

由于担心蜡烛会熄灭，我们跑得并不快，在跑动过程中，我们发现，在我们前方是一个通道，通道并不宽，借着两旁同伴的烛光，我甚至都能隐约看到两边的墙壁，而我们脚下的地面，依然是巨大的石板铺成的。

我背着二娃跟着大家跑出了很长的距离，虽然二娃不重，但已经把我累得够呛，加上饥饿，我的头越来越昏。

我急忙叫住众人，说休息一下，自己撑不下去了，而且二娃现在昏迷着也不是办法。凤伟听后，看了看后面，又环视了一下现在众人所处的环境，便征求大家的意见，要不要就在这里休息，其他人也看了看后面，见没什么动静，于是点了点头，走到墙壁边，坐了下来。

我小心将二娃放了下来，让他靠在墙边上，放好后，我便去掐他的人中，掐了两次，都没有反应，我心里顿时就慌了，不会吧！不会要我也给他

做人工呼吸吧！想到这里，心一狠，加大力道掐了下去。

二娃被我这使劲一掐，终于醒了过来。在喝了几口水后，精神总算是好了一点，他告诉大家，只是头还比较昏，其他地方都无大碍。大家听后，稍微放心了点，开始抓紧时间吃点东西，由于食物不多了，所以，每个人此时只能分到半个面包和半根火腿肠。我将我的半根火腿肠给了小鱼，小鱼不肯要，我强塞给了她。

众人很快吃完了手里的食物，喝了些水后，饥饿的感觉稍微减轻了一点。众人由于对刚刚砸中二娃的那具干尸心有余悸，所以不准备在此长时间停留，简单收拾后，朝前走去，希望能在前面找到个适合休息的地方。

我们在下石梯之前，在那"无间石碑"处感受到的阴风，此时又迎面吹了过来，这风非常奇怪，你感觉不到它在你脸上拂动，但却又知道这阴冷的感觉是风吹来的，而不是气温下降所致。之前这风中所带有的那种霉味和腐臭味没有了，取而代之的是一股非常奇怪的味道，这味道和我们在丹炉石室闻到的气味很像，让人窒息。

除此以外，我们的头顶也没有了干尸带给我们的那种灰蒙蒙的感觉，尽管如此，众人依旧不敢懈怠，每走一步，都小心地向四处张望，生怕又有什么东西突然出现。

虽然我们如此小心翼翼，但要来的东西，始终还是逃不过的。

我们朝前行进了大约几十来步的时候，最前面的凤伟停了下来，双肩不停抖动，像是受了极大的惊吓。我急声询问，他伸手对我指了指前方，我不解地顺着他所指的方向看了过去，前方一片黑暗，似乎什么都没有。

"你看前面头顶的位置。"凤伟说这话的时候，语气中带着恐惧，我一直认为，虽然凤伟不像二娃那么胆大，但很多时候都非常冷静，几乎在前面我们所经过的情景中，也只是偶尔受到惊吓，但很快又会平静下来。这一次却不同，我从他说话的语气中听出来，他的声音都已经变了，到底是什么东西让他都这么害怕？

蜡烛光照范围不大，在我们前方的头顶中，我能看见一些很模糊的事物，但始终看不真切，于是我走到了凤伟前面，这次总算是看清了。

在我们前方不远的头顶上，蜡烛光照范围内，有很多的脚，不用想都知道，这些脚的主人，肯定也是身穿白色殓服的干尸，此时正被头朝上脚朝下地吊在我们前方的头顶，密密麻麻的不知道有多少。

看到这个情景，我连连后退，虽然之前我们已经看到过这些干尸，但并不代表我们就习惯了这样的恐惧。

这里分明就是个吊尸通道！

"快，大家牵起手，蹲着跑过去！"我脑袋里此时只有这一个想法，脱口而出。

众人听到我的话后，才从震惊中反应过来，慌慌张张地拉起同伴的手，而我拉起小鱼的手，带头朝前冲了过去。

头顶的干尸非常多，有些被吊得很低，稍微不注意就会碰到，我不停地躲闪，也招呼后面的同伴注意躲闪，但从后面的惊叫声中可以听出，依然还是有人碰到了。我们跑得很急，手中的蜡烛也被跑动所带来的风吹灭了，但此时大家都顾不上去点燃蜡烛，只想赶快逃出这段吊着干尸的通道。

由于没有了光亮，我们仅仅只能靠嗅觉来判断是否已经跑完这段通道，我们跑过吊尸下面的时候，那种非常奇怪的味道非常浓，想来一定是那些干尸散发的。等到鼻子里这样的味道非常淡的时候，我招呼众人停了下来，点燃蜡烛，小心翼翼地去看头顶。果然，在我们头顶的位置，已经没有了那些看上去灰蒙蒙的吊尸，上面一片黑暗，不知道有多高。看到这个情况，大家又点亮了两支蜡烛。

很快，大家又发现，现在我们所处的通道，似乎变宽了，两边一片漆黑，已经看不到墙壁。看到这个情况，我招呼凤伟，我俩分别拿着蜡烛去看看两边到底有多宽。

我俩分别向左右两边测量过后，才发现，现在的通道居然有一百多步

165

宽,如果还是以两步为一米为标准的话,整个通道,差不多有近五十多米宽。这条通道同样是除了地面,其他地方没有人工开凿的痕迹。但给我们的感觉却又和刚刚石梯下来时的那条通道有所不同。难道我们刚刚在黑暗中走岔了?又跑到另一条通道来了?

为了证实我的这个猜测,我叫上了二娃和凤伟掉头朝来时的方向走去,走了大概有二十来步,头顶上又有了那种灰蒙蒙的感觉,而此时,通道也是呈喇叭状从大逐渐变小。

此进我们才知道,我们并没有走到其他通道。确定了我们没有走岔道后,三人又回到了大家身旁,开始继续朝前方走去。

谁知我们刚走出几米远,脚下的通道突然没有了,前方一片黑暗,没有了通道。看到这里,我心中一阵庆幸,好险!

幸好刚刚我及时停住了,要不然,我们一直闷头朝前跑的话,肯定会失足掉下去,不管下面有多深,在那种情况下掉下去的话,估计是没有什么好结果的。

"妈的,难道又是像乾坤八门那个石室一样啊,需要挂上绳子滑下去?"二娃看着前面的黑暗说道。

"我怎么感觉,下面不像是石室呢,现在这个通道这么宽,如果下面是石室的话,那不是更宽?而且下面还有冷风吹上来。"凤伟说道。

"那还是丢个手电下去看看深度?"二娃问道。

"还丢手电啊?那万一丢下去又摔坏了咋办。"凤伟觉得丢手电的办法不妥。

"怕个屁,我们不是还有几支吗?"二娃说完,也不顾凤伟的反对,从自己包里拿出了他自己的手电,咬了电池打亮后,丢了下去。

不过,这一次我们听到的不再是电筒落地的碰撞声,而是"扑通"的落水声。

听到这个声音,大家非常吃惊,下面居然有水?是河?还是只是有积水的坑?为了证实我们的猜测,我们从通道的墙脚边找了几块石头,朝黑暗里的不同方向扔了去。几块石头下去后,都传来了落水的声音。看来,眼前是一个不知道有多深的深涧。

我正准备叫凤伟再拿个电筒的电池出来咬,看看这个断裂的地方有多宽的时候,在我们背后又响起了猫叫的声音。听到这声音,我们急忙转头,烛光下,站着一只白猫,在我们还没有反应过来的时候,那只猫突然叫着向志强冲了过去,志强没有任何防备,猫一下扑到了他的身上,志强拼命去打它,但白猫一只爪子抓着志强的衣服不放,一只爪子使劲挠志强。凤伟见状,嘴里骂了句脏话就去帮志强,那猫似乎感觉到了,一个跳跃又转到了志强的后背,仍然是一只爪子抓着志强,一只爪子去挠他。志强反手去抓,始终抓不到。凤伟转到志强身后,两只手使劲就抓住了猫的身体朝后拖,拖了好几次,终于将猫拖离了志强的身体,猫在凤伟手上不停挣扎,凤伟大叫一声,用力将猫摔在地上,就在猫落地的一瞬间,凤伟一脚将猫踢到了前方的黑暗中,猫掉了下去。凤伟这个动作非常像足球守门员开球的动作,一气呵成。

这是我们长期以来,第一次遇上的真真实实的身体上最直接的威胁,虽然仅仅只是一只猫,但整个过程足以称得上惊心动魄了。

猫掉入深涧后,志强一屁股坐在地上,头顶不停冒汗,在大家安慰志强的同时,我心里也暗自嘀咕:我们这么多人,为什么白猫单单就去攻击志强?

大家来不及再去想这个问题,急忙朝通道边上靠,在众人心里,还是觉得背后靠着墙要踏实点。再说了,万一等一下那猫又钻出两只来个突然袭击,搏斗的时候,一不小心掉到深涧里,那可就完了。

等大家靠到墙壁后,心里总算稍微踏实了点。

休息了一小会儿,我拿着一只咬过电池的手电,走到通道的断裂处,想去看看对面到底是什么情况,还有没有可能想办法过去。

很快，我绝望了，手电照向对面，完全看不到任何的东西，前方一片黑暗，根本没有路。

我一脸沮丧地走到大家旁边，摇了摇头。原本众人见我走过来的时候，眼睛里都是充满期待，但看到我摇头，大家的眼神迅速暗淡下去。我挨着小鱼坐下，看着前方的黑暗，看着身旁的小鱼，一时间思绪万千。难道我们真的走错了？难道前方的深涧，就是传说中的"无间"？

凤伟似乎并不死心，拿着蜡烛和手电又走了过去，我知道这是徒劳的，所以没有看他，和小鱼小声说着话，小鱼这时的情绪低落到了极点，不管我在旁边怎么安慰，她始终低着头一言不发。她低着头的时候，我又看到了她脖子上的红记，脑袋里顿时一片迷糊，也就在这个时候，凤伟突然叫我们，说发现了路。

众人听到他这样说，站了起来，照着凤伟蜡烛的方向跑了过去。

等大家跑近后，却没有看到凤伟所说的"路"，凤伟指了指墙壁说道："你们看看这个墙壁上的是不是就是路？"

顺着他手指的位置，我们这才看到，在通道靠近深涧的墙壁一米高的地方，有一个很深的槽子，从槽子的边缘的痕迹上可以看出，这槽子是人工特意开凿的，整个槽子的垂直高度大约有一米，我将手伸进槽子里面，想看看它的深度，结果发现，我将整只手臂都伸进槽子，也摸不到这槽子的槽壁。

这条槽子，是从距离深涧大约两米的位置开始的，一直从深涧的上方的岩壁延伸了过去，看不到头，也看不到延伸到哪里去。

"你的意思是说这是路？"志强非常吃惊。

"我也不知道，不过我刚刚就在想，这条槽子出现在这里，肯定是有原因的。"

其实凤伟这样说，也不是没有道理，这条槽子被凿在这里，确实显得非常奇怪，我从凤伟手里拿过蜡烛，走到通道的另一边墙壁去看，也看到了一条洞槽，但这条洞槽的深度很浅，而且长度也只延伸到了深涧上方大约一米就没有了。

在往回走的过程中，我仔细看了看通道的边缘，想看看曾经在这条深涧上是不是有桥，以此来判断对面到底是不是还有路可走。还别说，在靠近中间的位置，真让我发现了点端倪。

此时在我脚下位置上，有一个不长的厚石板凸出来，石板的边缘凹凸不平，看上去像是断掉的。有了这个发现，我急忙招呼大家过来，众人在看过这个石板后，也一致认为，这个厚石板很有可能就是以前的桥，后来肯定是由于什么原因断裂掉了，这个发现让我们觉得很欣喜，众人似乎又看到了希望，但很快众人又沮丧了起来，就算对面有路，但现在桥断了，也还是没办法过去。

看到没有希望从断桥这里过去，大家只好朝墙壁边走过去，每个人都垂头丧气的，打不起精神。

众人刚刚准备靠着墙壁坐下，凤伟却对我们说道："我觉得大家现在不要灰心，不是还有石槽吗？我们应该爬爬看，说不定石槽真能通到对面去呢？"停顿了一下后，凤伟又恍然大悟般接着说道："我估计这个地方原先有桥，后来不知道什么原因断掉了，这个石槽会不会就是因为这个原因才开凿的？你们想啊，如果这条深涧很宽的话，那在墙上凿条通道是不是要比修座桥简单。"

"那谁去爬，你去啊！"二娃对凤伟说道。

大家听到二娃这样说，都环视起其他人来，最后，大家的目光落在了我和凤伟的身上。

我知道大家为什么要看我们两人，汪勇和二娃之前都受过伤，志强天生胆子非常小，现在看上去正常的，就只有我和凤伟。

凤伟见大家都看着他和我，也明白了过来，急忙说了一堆诸如他有近视眼，他恐高，他没有我灵活这样的借口。他说这话的时候，脸上有了一种我从来没看到过的恐慌，我知道他这次是真的怕了。

众人听凤伟这样说，又都朝我看了过来，每个人的眼神中都带着强烈的期望，我被大家这样的眼神看得心中发毛，低下头不敢去直视，脚不停地在地上磨。

此时我心里非常矛盾和慌张，一方面，我确实非常想为大家找到出路；一方面，我又非常惧怕这个石槽。毕竟石槽下面就是完全见不到底的深洞，一不小心，就会落得个死无全尸的下场，而且石槽到底是不是通往对面的，还说不清楚，万一在前面不远就断掉了，到时候我想退回来，估计也不那么容易了。

沉默良久，我依然不敢抬头看大家，我能感觉到他们的目光还聚焦在我的身上，虽然我很慌张，虽然我心里非常地紧张，但我很明白，我必须要做出选择，要么选择逃避，大家找个地方慢慢等死；要么去爬石槽，一不小心就粉身碎骨。这个选择也是我人生中第一个事关生死的决定。

我听到了同伴们轻声的叹息，我不知道这样的叹息，是失望，还是什么。

"还是我去吧！"二娃说这话的时候，语气中充满了无奈。

我抬头去看二娃，正好遭遇到了他的目光，我急忙将眼睛移开，不敢去直视。

"算了，还是我去吧！"尽管心中的惧怕没有减少半分，但我不忍让大家失望，思索再三，终于还是做出了决定。

听我这样说，大家抬起头又朝我看了过来，这一次，我能看出来，此时大家的眼神和刚才已经有了明显的变化。大家站起身，走过来抱了抱我，轮到小鱼的时候，她将我抱得特别紧，我在她耳朵边不停安慰她，分开的时候，她的眼圈已经红了。

"要不，我们还是想想其他办法吧！说不定还有其他地方可以走！"看得出来小鱼很担心我，所以又用商量的口气对大家说道。

听到小鱼这样说，我心里感到很温暖，捏了捏她的手，对她摇了摇头：

"算了，我不会有事的，现在我们吃的东西不多了，不能再耽误时间了！"

我深呼吸了几次，让自己的心情稍稍平静了一点后，开始朝石槽走去，准备爬上去。众人不停叮嘱我小心一点，凤伟更是拿出绳子捆在我的腰上，并且表示，有绳子拴着，大家放心一点。我拒绝了他，因为这个绳子，在爬动的时候，会影响我的动作，而且就算我真的不小心掉下去，这个绳子也起不到任何作用。

站在石槽面前，刚刚才稍微平静一点的我，又开始紧张了起来，由于爬动的时候蜡烛很不方便，所以我拿上了一支咬过电池的手电，但为了预防手电突然没电，我还是在裤兜里揣上了蜡烛和打火机。

准备好了后，在众人的叮嘱声中，我爬上了石槽，我拿电筒照了照前方，看不到任何东西，试着爬动了几步，发现比我想象的要难很多，在爬动的时候，头不能完全抬起来，屁股也不能撅起来，只能一点一点地靠手臂的移动来匍匐前进。在石槽下面，有许多细小的石子，硌得我非常难受。

在这样的龟速行进中，我慢慢爬到了深涧上面，在我的右边不再是地面，而是看不见底的深涧。看着旁边的黑暗，我心里越来越紧张，身体不停发抖。同伴们在后面平台上，不停鼓励着我。随着我的动作，石槽里的细小石子不断滚落到深涧里。我不知道是不是因为紧张我产生了幻觉，我总感觉耳边有一种听上去非常奇怪的声音。但现在的我，无法去分辨这到底是什么声音，这种声音对于我来说，是一种折磨，此时我心中所有的信念和勇气，都来自于身后同伴们的鼓励，因为这并不是我个人的生死问题，我身上还肩负着七个生死相依的同伴的全部希望！

我感觉自己已经爬了很久，头上不停冒汗，背上也全部被打湿了，贴在石槽上前进的身体也传来火辣辣的疼痛。前方依然还是一片黑暗，我不敢转过头去看背后的同伴，因为这个动作，随时都可能让我滚落到深涧里去。

我一点一点地继续艰难向前爬，突然，在电筒的光照下，我看到在我前方两米远的地方，有一个灰不溜秋的东西，那颜色看上去和石头很像，看到

这个情景，我心中一动，难道已经到了石槽的尽头了？想到这里，我用电筒照了照它旁边的地方，依然是看不见底的黑暗，吸了口凉气，如果那是尽头的话，那代表着，这是死路一条！

为了证实我的猜测，我低着头，加快了爬行的速度。

就在我离灰色石头只有一米左右的时候，我突然发现，那根本不是什么灰色的石头，而是两具灰色的干尸，此时正和我一样以匍匐姿势堵在石槽中，这干尸的颜色和石槽的颜色非常相似，由于我电筒的光亮不强，加上它们又是头朝着我的，所以在两米远的地方，看着它们，真的非常像石头。猛然间和这两位仁兄正面相对，把我吓得一哆嗦，差点就滚落到深涧里去。我想大声呼喊背后平台上的同伴，但发出的声音带着哭腔，极其地难听，如果不是因为这声音在我脑袋里产生了共鸣，我甚至都不敢相信是自己发出来的。

同伴们听到了我的声音，大声问我怎么了，我结结巴巴地把我看到的东西告诉了他们。志强和汪勇叫我退回来，我朝后退了两步，发现后退起来，比向前爬行要艰难很多。

我把这个情况告诉了大家，众人在后面议论了一阵后，没有能给我提出任何有效的办法，小鱼急得在后面哭了起来。听到小鱼的哭声，我心里更加烦躁和焦急，但我现在根本没有任何办法安慰她。只能趴在原地一动不动地看着干尸，唯恐出现恐怖片中的场景，干尸趁我不注意，偷偷爬过来，然后张开黑洞洞的大嘴……

众人见我没朝回爬，都有些着急，只有凤伟相对比较冷静，他叫我不要怕，把干尸往深涧里推。

如果换做是其他时候，我肯定不会照着他的意思去做，但现在我退无可退，只能自己在心里不断给自己打气、鼓劲。

调整了好一会儿，我的心里总算是平静了一点，壮起胆子，又开始朝前慢慢爬去，随着我的爬动，干尸已经触手可及，我不敢用手电筒去照它们，只好将手电照向内侧的槽壁，努力用余光去瞟。

虽然现在我鼓起勇气靠近了这两具干尸，但要我伸手去碰它们，依然没有勇气，伸手试了好几次，每次在感觉要碰到的时候，手指就传来一阵酥麻感。如此反复了好几次，我下定了决心，牙一咬，手向前一递，终于摸到了。

我不知道自己摸到的是它哪个地方的皮肤，给我的感觉非常干枯、坚硬，手指传来的酥麻感越来越强烈，这种感觉可以称得上刻骨铭心，即使时隔多年，我回忆起这种感觉，依然能让我手指一阵发麻。

摸到干尸后，我努力地将它们朝深涧推，但是由于我现在离它们刚好是一条手臂的距离，所以很难用力，如果强制用力，我肯定会跟着干尸一起摔落到深涧下面去。为了更好用力，我又向前蹭动了两下，这次感觉手能够用上力了，又开始使劲去朝外刨，但干尸似乎被卡在洞槽里，无论我怎么推，都一动不动。我想在洞壁内侧找到个可以抓住的东西，这样我的身体就会有支撑点，右手也能更好用力。但我摸索了半天，洞壁里根本就没有可以让我抓住的东西。我急得头上直冒冷汗，和这个东西多待上一秒，我都有种快要崩溃的感觉。

我又朝前挪动了几步，身体很快就到了干尸跟前，眼前的干尸看得更加真切了，鼻子中还闻到一股浓烈的怪味。

我不敢直视干尸，但不经意间还是瞟了两眼，那干尸的皮肤呈灰褐色，没有一点水分，很多地方已经发皱，像浸过水再风干的报纸一样。我忍住恐惧和恶心，将手插入到两具干尸中间的空隙里，然后使劲将外侧的干尸向深涧下面推。终于，这次我推动了，干尸朝着深涧滚落了下去，随即传来了落水的声音。由于这次动作过大，我的身体也随之朝外移动了一点，吓得我差点肝胆破裂。

后面的同伴听到这声音，以为是我掉下了深涧，都大叫起来，我急忙侧头告诉他们我没事，大家这才放下心来，叮嘱我小心。

第一具干尸落水后，我开始去翻动里面的干尸，这具干尸脸朝槽壁，我用右手使劲去扳，很不容易才将干尸翻过来脸朝天。出乎我意料的是，这个干尸居然戴了个面具！我忍不住低呼了一声，后面的同伴急忙问我怎么了，我告诉了他们我所看到的情况。这个面具很诡异，颜色是和干尸身上殓服的颜色一样，不过可能因为年代久远，颜色已经有些发灰，通常我们所看到的面具，都有眼洞、鼻洞以及嘴洞，但这个面具上却没有，不知道大家有没有看过周星驰的《大内密探零零发》，里面有个让人一看就毛骨悚然的无面人，这具干尸就和那个无面人感觉很像。而且干尸的面具上写满了模糊的细小文字，看上去格外诡异，我不敢再多看一眼，赶紧将手伸向干尸内侧，将第二具干尸刨下了洞槽。

听到第二具干尸落水的声音，我总算是松了口气，但已经是浑身的冷汗。由于刚刚的惊吓，加上之前只吃了一点东西，我感到非常疲惫，趴在石槽里一动也不想动。大家在后面没听见我的动静，又着急起来，我非常虚弱地回答了一声，众人这才放下心来。

休息了一阵后，我开始继续朝前爬。手上电筒的光越来越弱，但前方依然看不到任何东西，我心里感到一阵绝望，甚至忽然生出了一头扎下深涧死了算了的想法，但理智支撑着我浑浑噩噩地朝前挪动着。

洞壁狭窄低矮，稍不注意，就能让我摔个粉身碎骨。就在我感觉自己的力气即将要耗尽的时候，在电筒的光亮中，我看到前方大概一米多远的地方，似乎洞槽已经到头了。我急忙将手电照向右手边的下方，果然，下面已经不再是漆黑的深涧，而是平整的地面，看到这里，我连滚带爬地下了洞槽，重重地摔在了地面上。

躺了好一会儿，我艰难地爬起身，再回头去看对面的同伴，通过他们手里的烛光，这才看到对面离得并不远，大概只有七八米远的样子。但刚刚由于行动艰难，加上恐惧，让我感觉就像爬了一万米一样，现在落地了，有一种劫后余生的感觉。

我大声告诉对面的同伴这边的情况，并且将兜里的蜡烛点燃后放在洞槽的尽头，让他们在爬过来的时候有比较明确的距离感，随后叮嘱他们在爬动时候需要注意什么。

　　做完这一切后，我靠在墙壁上开始休息。此时我感觉自己的双手似乎已经失去了知觉，刚刚摸到干尸时的那种强烈的麻木感彷佛还没有消失。洞槽传来了摩挲声，同伴们已经朝这边爬了过来，我不知道第一个爬过来的人是谁，此时我只想好好睡上一觉，但由于担心大家，我又不得不强打精神，努力支撑着自己。

　　用了很久的时间，大家总算都爬了过来，每个人过来后，都瘫倒在地，不肯起来，比起刚刚我爬过来时的过程，虽然他们没有遇到令人恐惧的干尸，但却并不轻松，因为我们有背包，所以在过来的时候，每个人不得不把背包全部放在前面，然后艰难地推着背包，靠身体的一点点挪动来前进。

　　众人横七竖八地躺在地上休息了好一会儿，才拿出水和一点点面包来分吃。现在我们的食物和水已经所剩无几，比起之前来说，我们现在将要面临的除了恐惧还有最起码的生存问题。我是最先抵达的，所以体力恢复相对来说要快一点，等休息够了，我才急忙去看小鱼，小声安慰了她一阵后，这才拿着蜡烛开始去看周围的环境。

　　朝前走了几步后，我突然发现，现在这个地方有种似曾相识的感觉。

# 第九章　黑暗之渊

我们从石槽下来的地方，墙壁虽然不大平整，但还是看得出来有一些人工处理的痕迹，在朝前走了几步后，整个墙壁突然就变成了完全人工修建的石板墙。墙壁的有些地方非常潮湿，头顶不断有水滴落下来，我用手接了一点，凑到蜡烛前去看，发现依然是有点带红的颜色。墙壁上也很潮湿，在前面的墙壁上刻着一些文字：九尺红罗三尺刀，胡人依旧胡人毒。这些文字念上去我感觉非常熟悉，但又不确定是在哪个石室看到过，所以急忙招呼还在休息的凤伟过来看。

凤伟听到我招呼他后，走了过来，看到墙上的字，也觉得非常熟悉，但他和我一样，在这黄古洞里见过了太多的文字，一时也想不起来，于是他从背包里拿出他的日记本翻了起来。

很快，我们在他的日记本上看到了相同的文字记录，这才确定，这些文字确实出现过，而它们第一次出现的地方，也就是8形通道下来的那个石室里。而在这些文字的旁边，我们同样也发现了几幅雕刻在墙壁上的画，这些画和8形通道下面的石室的画几乎没有任何的区别。

看到这里，我突然有了一种强烈的错觉，难道我们转了一圈又回到了最初从8形通道下来的那个洞？

刚刚在看到三幅画的时候，我心里非常矛盾：一方面，我希望这就是8形通道下方的石室，那样我们大家就还有机会回到8形石室，也就说不定还

能找到来时的路；一方面，我又不希望这是那个石室，因为这里如果是8形通道下方的石室，那就说明，我们转了一圈，结果还是回到了原地，如果能在8形通道找到出口倒还好，如果找不到出口，那所有的人都只有困死在这里。

不过在转过一圈后，我才确定，这个地方并不是8形石室下面的那个石室，因为在这个石室的上方，并没有从8形石室通下来的洞口，反而是正对深涧的地方又出现了三个拱形的石门。

虽然我和凤伟已经确定这里不是8形通道下面的石室，但看到这三个石门，我和凤伟心里还是发怵，这三个门无论是宽度还是整体形状来看，都和我们在最初进黄古洞时看到的那三个门极其相似，如果不是因为这三个门上被非常多的蜘蛛网遮住了，我肯定会产生错觉。

在这三门之上，同样刻有文字，和我们第一次看到的三门一样，两边侧门上方的文字同样看不清，在中间门的上方写的文字，依稀也像是个"生"字。

我和凤伟越看越觉得疑惑，中门上的这个"生"字，不管是从字形还是残损情况来看，都和我们刚刚进入黄古洞时的那个三门太相似了。

二娃见我们迟迟没有过去，便朝我们走了过来，在看到三个门的时候，他也感到非常吃惊，不过很快他就平静了下来，拿着蜡烛四处查看。

"快来看，这里有字！"二娃招呼我们。

此时二娃正蹲在中间的门的正前方，拿着蜡烛仔细在看地面。我和凤伟听到他招呼后，走了过去，这才看到，在地面的石板上果然刻着字。为了让我们看得更清楚，二娃一边用手去抹掉上面的灰尘，一边用嘴巴吹，在他的努力下，我们看清楚了石板上的文字，这些字呈两列被雕刻在石板上：

"洞葬悬棺，亡魂飞仙。生者勿近，沌入无间。"

看到最后两句话，我们心里又有了疑惑，难道这也和我们在平台上看到的最后一只石龟一样，这句话是在警告我们？

其他人听见我们三人的动静,都拖着疲惫的身体走了过来。看到三个门和石板上的字,众人也感到非常地吃惊,这个三门里会不会又是什么恐怖的地方?前面会不会又是白骨满地、干尸遍顶?

就在大家犹豫不决的时候,周玲说道:

"现在走都走到这里了,不可能再朝回走了,就算回去也是等死,还不如一路向前!"

周玲这样说也不是没有道理,先不说我们能不能再次从那个洞槽上回去,就算能回去,我们也只有两条路,一是回到姜维墓里去慢慢等死,一是回到奈何桥那个庞大的空间里去另寻出路。以现在大家的状态和我们剩余的食物,根本不足以支撑我们再回去重新寻找出路。

我正想赞同周玲的时候,突然看到我侧面的小鱼一直不停地反手在抓后背。我急忙走过去,轻声问她怎么了,她告诉我,后背靠近脖子的那个地方非常痒。听她这样说,我心里一紧,难道是她脖子上的红印?

想到这里,我急忙从凤伟手中拿过蜡烛去照,这一看,我的心顿时凉了半截,之前小鱼脖子上出现的红斑,现在已经扩散了很大一片,整个脖子后面现在都是红印,虽然我不好意思去扯她的衣服看脖子下面的后背,但从那红印延伸的痕迹来看,百分之百已经扩散到后背。

凤伟好奇地凑过来看,才看了一眼,差点就叫了出来,幸好在他刚刚才发半个音的时候,我用手肘顶了他一下,后面的话被他生生憋回了肚子里。

小鱼听到凤伟发出的声音,转过头来问我发生了什么事情,我慌忙摇头告诉她没什么,可能只是什么东西过敏而已。说完,我便用手轻轻给她挠,挠了一会儿她告诉我不太痒了。

其他人还在小声说着话,见我们在这边鼓捣了半天,都走过来问我们怎么了。为了不让大家看见小鱼脖子上的红印,我急忙将手从小鱼肩膀上搭过去抱住她,告诉他们没事。关于小鱼身上莫名其妙出现的红印,我不想让大家知道,更不想让小鱼知道,此时大家需要的是勇气和希望,而不是将恐惧

179

放大。

大家讨论了一阵后，决定还是继续向前，但在选择三门的时候，又拿不定主意了。凤伟对大家说，既然我们在第一个三门的时候选择了中间的门，那我们现在还是走中间。

因为有了洞槽上和干尸面对面的经验，加上二娃现在还属于半个伤员，所以我理所当然地成为了探路的不二人选。

我用手拨开洞门上的蜘蛛网，蜘蛛网粘在手上感觉很不爽，黏糊糊的有点恶心，在蜘蛛网后是一条通道，不过这条通道并不长，大家才走几步，就出了门洞。门洞里面，似乎又是一个四周漆黑的空间，我们手里的蜡烛依然看不见周围的墙壁，但从空间中回声的反射情况来看，这个空间似乎并不太大。

为了测量这个空间到底有多大，我们八人又像之前一样，分成四人一组，各走一边。

刚走两步，我就看到了和我们出来的那个门一样的门，回头询问另一边的同伴，他们也同样发现了个门，这时大家才恍然大悟，原来外面的三个门，都通到这里。

我们没有再管它，继续朝前走去，很快我看到墙壁上有和姜维墓里一模一样的灯，灯盘里面还有不少的油。由于在姜维墓的时候，凤伟曾告诉我们说这灯叫孔明灯，所以我特意去观察这灯周围有没有注油孔，果然，在灯的上方也有一个非常浅的小洞，由于灯盘里有油，所以此时这个注油洞是关闭着的。

看到这里，我急忙招呼另一边的同伴，如果看到有灯，灯里有油的话，就全部点起来。

我们顺着墙壁重复着点灯——走路——点灯——走路的动作，期间转了两次角，这让我们认识到这里应该是个方形的房间，果然，在第二次转角后，我们遇到了另外四个同伴。

此时，整个房间里也因为我们点亮了墙壁上的灯而变得明亮起来。在我们相遇的地方的墙上有扇一人高的门，门上面有一扇黑色门板，此时是关闭着的，门板上面刻满了浮雕，用手摸上去感觉相当光滑。这扇门的颜色不知道是人为做上去的，还是本身的颜色，没有一点脱漆，也没有任何破损。

大家还在仔细观察这门的时候，旁边的志强使劲拍我，叫我看后面，说这话的时候，他的语调非常奇怪，含糊不清，带着颤音，似乎看到了什么可怕的东西一样。

大家听到志强的声音，这才转过身去看。

此时虽然周围已经点上了灯，但由于这个房间很大，所以大家依然看不清志强叫我们看的是什么，顺着他手指的方向，在整个房间的正中间的位置隐约能看见一个巨大的椭圆形。那椭圆形的东西此时像是悬在空中，一动也不动。

我们不知道志强为什么惧怕这椭圆形的东西，所以决定上前去看看，大家手拉着手一步步朝前走去，在走了几步后，那椭圆形的物事越来越清晰，在那椭圆形的下面，似乎还有一个东西，而椭圆形的东西正好是放在它上面的，整个看上去就像是一个巨大的鸡蛋被放在一个很小的桌子上立着一样。

椭圆形的东西一直矗立在那里，没有任何动静。大家在走了几步后，不由自主地停住了脚步，因为越是靠近这个东西，不知来由的恐慌感就越强烈。

大家目不转睛地盯着那椭圆形的东西，不敢再朝前走，二娃在旁边像是自言自语，又像是对我们说道："这不会是个蛋吧！"

听他这样说，大家并没有笑，因为他说的并不是玩笑，那椭圆形的东西，看上去确实像个巨大无比的蛋。

我深呼吸了一下，揉了揉已经有些疲惫的眼睛，准备走过去看看，这时旁边的凤伟拉住了我，问我想干什么。我指了指前方，对他说，与其在这里站着，还不如过去看看。凤伟听我这样说，就对我说，我们还是走后面的木

181

门吧。

听他这样说，我感到很奇怪，我们之中好奇心最重的他此时怎么会放弃去看那椭圆形物品的机会，反而叫我们走？

凤伟见我侧着头看着他，就说："我总有种说不出来的感觉，越是靠近这个椭圆形的东西，我心里越发慌，这种感觉，之前从来没有过。"

凤伟这话引起了大家的共鸣，其他人也对我点了点头。见大家都是这个反应，我心里很疑惑，虽然我也觉得有点呼吸困难，但却没有他们所说的心里发慌的感觉。

见大家都不愿意去靠近那椭圆形物体，我也只好跟着大家，回到了那扇黑色的木门面前。

黑色的门关闭得很严实，大家折腾了半天，不管是推还是踹，那黑色的门始终都纹丝不动。我从小学五年级开始，就一直在足球队担任后卫和守门员，而且平时因为最喜欢开大脚球，所以被队友起了个"蛮子"的绰号，但我即使用尽了全身所有的力气去踹那门，依然没有任何的动静。

我茫然地看着大家，结果他们的表情比我更茫然，众人看着门沉默着。

"这个门会不会是靠机关来启动的，就像姜维墓的墓门一样？"隔了半响，凤伟突然说道。

"会不会是朝里拉开的，而不是朝外推开的？"周玲在一旁说道。

听她这样一说，我拿着蜡烛便去找手可以拉的地方，但找了半天，门板上除了浮雕，什么都没有。如果门上没有拉手，即使是朝里开的，没有落手的地方，也根本打不开。

难道真的是需要机关才能打开？想到这里，我便叫大家在这门附近仔细找找看，看看会不会真的有什么机关之类的。

很快，大家都失望了，我们将整个石室周围的墙壁都仔细看过，除了墙面上的石板外，什么东西都没有，甚至连文字和图画也没有。我擦了擦头上的汗水，感觉空气越来越压抑，石室里闷热得让人极不舒服。

"难道机关真的在那里？"凤伟指着石室中间的椭圆形说道。

众人在经历了前面很多事情后，都刻意去避开一些东西，能不碰的都尽量不去碰，但现在已经没有了办法，黑色的门打不开，开启门的机关也找不到，现在大家的希望就只有那椭圆形的东西。

大家互相鼓励了一下，又开始抬脚朝中间走去，希望能在它上面找到"机关"。

越靠近那椭圆形的东西，我们的脚步越沉重，心里的压抑感越来越强烈，一种强烈的窒息感压得大家喘不过气。此时，我的脑袋里轰隆隆的，感觉头痛欲裂，每走近一步，大腿里都像灌了铅一样沉重。感觉整个人就和机器人一样，任何一个动作都要停顿一下。动作生硬得都感觉不像是自己的身体。这时我旁边的小鱼，突然抓住了我的手，对我摇摇头说她非常难受，小鱼说这话的时候，语调非常无力。再看看周围的其他同伴，都是一副特别痛苦的样子，所有的人似乎都被一种魔咒控制住了一样，非常痛苦和难受。

最后，众人经过简单商量，决定我、二娃、凤伟继续朝前走，因为我们三人的反应比他们几人的要轻一些，其他人则退回到木门那里继续休息。我们三个人忍住身体的不适，开始慢慢朝中间移动，随着我们前进的脚步，离那椭圆形的东西只有大概两米远了，但即便如此，我们依然看不清楚那东西，只能大概看见那椭圆形的东西确实是放在一个台子上面的。此时，我脑袋里那种压迫感明显轻了很多，感觉不再那么难受，再看凤伟和二娃，似乎也是一样，脸色看上去好了很多。

为了看得更清楚，我们又朝前走了几步，离椭圆形仅仅只有一米远了，这时我们才终于看到，那椭圆形的物体看上去比我们在远处看到的还要庞大，它的高度估计至少有两米，两侧最宽的地方目测也至少有一米五左右，此时正蠹立在一个石台边缘上，一动也不动。而它下面石台的宽度和高度大概都是一米五的样子，由于我们此时正站在椭圆形的正前方，所以看不见石台的长度。

在石台下面的地面上，有一条宽度在一米左右的石槽围绕着石台，石槽里有水，不知道什么原因，不停地有水雾升上来，这水雾看上去非常淡，带着一种奇怪的紫色。看到这雾气，因为担心有毒，我急忙叫他俩捂住鼻子。

捂住鼻子观察了一会儿，我们并没有出现任何的异常。凤伟放下手，叫我和二娃不要再捂了，如果这雾气有毒，估计我们进入这房间的时候就已经中毒了。

凤伟说完，就直接走到了椭圆形物体的面前，我和二娃怕他出事，也跟着走了过去。

当我走到椭圆形物体的跟前时，突然发现，之前脑袋里那种沉重的压迫感没有了，完全消失了，取而代之的反而是一种神清气爽的感觉，我甚至感觉到自己身上的疲劳感和饥饿感都减轻了许多。这个发现让我感到很诧异，凤伟和二娃似乎也是同样的感觉，因为他们此时也和我一样用一种充满疑惑的眼神在看着对方。难道这个紫气有醒脑提神的作用？

我们没有在这个问题上浪费时间，拿着蜡烛便开始去看那椭圆形的东西。

在远处的时候，我们看到这椭圆形的东西是一种类似蛋形的形状，但现在凑近了才发现，它虽然也是呈椭圆形的，但不是我们所想象的蛋形，而是呈椭圆形的饼状物体，这椭圆形的饼状物体，整体厚度大概有五十厘米，也就是半米左右。正对我们的这一面，通体呈黑色，上面密密麻麻地雕刻着东西。由于石台周围有水槽，为了看得更清楚，我只好将我手里的蜡烛交给凤伟，然后用手撑住石台，让身体呈45度借着他俩手里的烛光凑近去看。

在椭圆形物体上，雕刻有许多精致的花纹，这些花纹有很多圈，以同心圆的排列方式被雕刻在上面，在每两条花纹中间的位置，雕刻着许多我们之前看到过的那种神秘的文字，和这些花纹一样，同样呈同心圆的方式排列。

而在整个物体的中间位置，也就是圆心的位置，有一个简单雕刻的圆圈，在圆圈的四个方向，雕刻着四只怪兽，这四只怪兽形态各异，狰狞无比。再看圆圈的中间位置，雕刻着两列我们认识的文字，这些文字看上去非常古朴，笔锋非常苍劲，我从凤伟手里拿过蜡烛，一手撑住石台，一手将蜡烛努力举高，这才看清楚了这些文字：

　　镇镜，镇心，镇魂，气结于心，无镇全。

虽然不知道这些文字的意思，但在这样的空间中，我最害怕的就是看到"魂"这类的字眼，所以在看清楚上面的字后，手上一阵哆嗦，差点就掉到脚下的水槽中去，幸好身后的凤伟眼疾手快，一把抓住了我。

我狼狈地稳住了身，也就在这时，眼睛里突然感到一阵晃动，水槽里似乎有什么东西动了一下，我忙招呼他俩去看，三人蹲下身凑近水槽后才发现，水槽里的水，和我们在奈何桥下那条河看到的水一样，也是红色的。

此时，水槽里非常平静，除了有烛光的倒影外，什么都没有，我开始怀疑刚才是不是因为自己神经太紧张，所以产生了幻觉。

我们三人顺着水槽仔细看了一圈，水槽里依然平静，并没有什么东西，我抹了抹头上的冷汗，终于确定，刚刚确实是我产生幻觉了。

想到这里，我舒了口气，三人不再停留，顺着石台的一侧准备走到正前方去看个究竟，这个石台很长，我们从椭圆形物体所在的石台的一头，走到石台的另一端，足足走了十步，也就是说，这个石台至少有五米。

等我们走到石台正面的时候，在我们的正前方椭圆形物体的位置突然出现了三个不大的亮点，我们被眼前的情景吓了一跳，这三个光点突然出现得没有任何征兆，看到那三个光点的瞬间，我的脑袋感觉有点充血。

"那是个镜子吧！"凤伟很快反应了过来，边说边晃动手里的蜡烛，前方的亮点也跟着他的动作晃动了起来，看来，那椭圆形的物体果然是面镜子。

椭圆形镜子的镜面正对着的是我们进来时三个门的方向，在我们进门的时候，可能是由于离这镜子太远，又或者，水槽中不断有紫气升起来的缘故，所以，我们并没有看到镜子里有蜡烛的反光。看清楚是镜子后，我们三

个人凑拢去看，但由于石台下有水槽。我们还是只能站在地上，然后身体倾斜，用手撑着石台去看镜子。由于我们的这个动作，所以镜子里蜡烛的位置也降低了。奇怪的是，随着蜡烛的降低，镜子里反射的光居然完全没有了。难道镜子的下半部分不再是镜子？

镜子是放在这个石台上的，刚刚在后面观察背面的时候能够很容易看到背后的情景，是因为它的后面比较接近石台边缘。所以比较轻松，而它正面，却离石台正面大概有三米多远的样子。不爬上石台去看，根本看不清楚。

就在我还在犹豫到底上不上去的时候，凤伟用手一撑，就往石台上爬，由于有水沟的因素，爬的时候差点摔倒。他爬上去以后，找我要蜡烛。我不想责怪他，依他的意思将蜡烛递给了他，他拿到蜡烛后就走过去看镜子。

等到他走近了，靠着他手里蜡烛的烛光，我才对这个镜子的高度有了个比较准确的概念，这个镜子比凤伟高一个头。凤伟拿着蜡烛从上照到下。照到靠近镜子下部的时候，他突然极为恐惧地叫了一声，然后转身就朝我们这边跑。

结果可能是因为突然的恐惧，忘记了是在石台上，一步踩空，摔了下来。身子重重摔在地上。我和二娃见状，急忙去拉他。他顾不得疼痛，指着镜子含糊不清地说了句什么，我和二娃都没有听清，他重复了一次，声音颤抖得根本分不清发音，我们把耳朵凑近他的嘴巴，才听出他说的内容：

镜子里，有东西！

镜子里，有东西？我和二娃听到凤伟这样一说都不由得一怔，镜子里有东西，那不就是你自己的影像嘛，但是看凤伟惊吓的样子，却不像是被自己的影像吓到的。我们看到蜡烛在镜子里有反光，所以对于镜子里会反射出自己的影像，这个是有心理准备的，凤伟肯定也有，所以绝对不可能被自己的影子所吓到。此时的凤伟被吓得不轻，脸色白得就和纸一样，毫无血色，坐在地上不断发抖，眼神也显得无比空洞。看来是吓得不轻，凤伟不是一个胆小的人，到底是什么东西把他都吓到了。我和二娃对望一眼，又看看凤伟，暂时不敢再去问他，只好在旁边轻言安慰。安慰女生，我还可以，安慰男生，我确实就显得笨口拙舌。我和二娃都陷入了沉默。其他几个同伴也在远处问我们怎么了，我们没告诉他们实情，只是说凤伟不小心摔到了，没什么大碍。其他人这才放下心来。过了好一会儿，凤伟的脸色才有所缓和，我们依然不敢去问他，他吞了吞口水，才告诉我们看到的情况，虽然现在他已经从惊吓中缓了过来，但是讲述的时候，依然声音颤抖。随着他的讲述，我们才知道他看到了什么。

他刚刚走过去的时候，随着距离的靠近，却感觉镜子里的烛光反而越来越淡。他觉得非常奇怪，走到跟前的时候，才发现这个镜子不知道是什么材质做的，不像铜，人照在里面却只有一个模糊的影子，于是他慢慢移动蜡烛去看下面，头皮轰的一声就炸开了。才看一眼转身就跑，因为他看见的东西，是一个——婴儿！

婴儿！我和二娃听到这个词，全身鸡皮疙瘩立即就爬满了全身，在这个地方看到婴儿，太让人心底生寒了，怎么会有婴儿？怎么可能有婴儿？边想我又边朝那镜子看去，镜子依然安静地矗立在石台上，没有任何的动静，我不敢再多看，生怕再多看两眼就被它摄取心魂，我和二娃忙问凤伟会不会看错了。凤伟摇摇头，说应该没有看错。那个场景太恐怖了。我听到他这样说，又突然觉得不对了，就算是婴儿，怎么可能在镜子里面呢？大家都知道镜子是起反射作用，如果里面要出现东西，那必须外面要有一个婴儿在那里，才会显示反射。而凤伟刚刚隔得那么近，如果有婴儿也是在他脚的那个地方，不可能不被他发现。我们又仔细询问他，刚刚在脚那里有没有东西，凤伟摇摇头，依然非常肯定地说，没有，婴儿就是在镜子里面。我和二娃还是不太相信，因为这件事情太诡异了，超出了我们所能理解的范畴。想到刚刚我感觉到池子中有东西，就跟二娃说会不会是凤伟的幻觉。二娃摇摇

头表示不知道，反而来问我，要不要上去看看。

虽然不知道镜子里到底有什么东西，但是，我心里还是产生了强烈的恐惧感。我感觉我的整个神经在经过这么长时间的不断刺激，随时都有可能要断掉一样，如果不是大家在一起，我可能早已经疯掉了。但是眼下我们无路可走，把所有活着出去的希望都寄托在那石台上。

犹豫了半天，最后还是决定和二娃上去看看。凤伟是不敢再上去了，坐在地上还在瑟瑟发抖。我和二娃没有叫他，爬上了石台，一步步慢慢朝着镜子走过去，此刻我们感觉我们走向的不是镜子，而是真真实实地走向死亡一般，现在心中的感觉已经不是恐惧所能形容，而是一种恐惧到头的空白。就在要靠近镜子的时候，我和二娃都停了下来，两个人对望了一眼，深呼吸，然后才靠近镜子，果然，和凤伟说的一样，镜子里映照出来的人影异常地模糊，烛光越来越不清晰，我和二娃没有再看上面，而是直接拿蜡烛去看下面，在我下蹲的过程中，我有意识地闭上了眼睛，等我完全蹲下，身边的二娃没有说话，过了几秒我才睁开眼睛，出现在我面前的，是一个婴儿般大小的物体，真的是在镜子中，一动不动，尽管我之前有心理准备，但还是被眼睛所看到的东西震慑了一下，一下就坐在了地上，旁边的二娃还蹲着，我心里立即就有了一个恐惧的想法，难道二娃被迷住了？立即就去拖他，这才发现，他居然是闭着眼睛的，原来，自称胆大的二娃刚刚也和我一样，在蹲下的时候，闭上了眼睛。二娃被我一拖，睁开了眼睛，也看到了那个东西，大叫一声，赶紧又坐倒在地。此时，我们两个都坐在地上，眼睛盯着镜子里的东西一动也不敢动。见那个东西没有什么反应，我这才大着胆子，又移过去看。

那东西就在镜子里面，身体呈一种不可思议的姿势扭曲着，如果只看一眼真的很像一个蜷缩着的婴儿，但是看上去又不是，这个东西，眼睛鼻子嘴巴都有，奇特的是，耳朵的位置大小却不像人，更奇怪的是，还有一条尾巴。皮肤颜色也非常奇怪，一种黄不黄灰不灰的奇怪颜色。我越看这个东西越眼熟，但是又不知道是什么东西。这个时候二娃说出了他的想法："你觉不觉得，这个有点像一只被剥了皮的猫！"经他这样一提醒，我醒悟过来，这个确实是猫，我在我们乡下老房子的时候，就亲眼见过我们村一个游手好闲的无赖杀猫，说要尝尝猫肉是不是真的是酸的。看到只是只猫，我心里稍微安心了点，拿着蜡烛又去仔细看，这才发现，这只猫居然有两条尾巴，另外一条尾巴非常短，不仔细看，很难发现，但确实是尾巴不假，这个时候，二娃拽拽我的手，叫我看猫的额头，猫的皮毛是被剥掉了的，所以猫身上的细节反而看得更清楚了一点。猫的额头上，居然有条缝，这个缝有点微微张开。为了看得更清楚，我壮着胆子靠近，脸几乎要贴在整个镜子上了。看了许久，我才发现这是什么东西，如果刚刚说婴儿把我们吓到了。现在看到的，更加让我们震撼，因为我发现，那个缝其实是只眼睛！只不过，现在是闭着的。看到这一幕，我和二娃再次吓得坐到了地上，我们在电视上看到过两个身体连在一起的人，但是绝对没有听说过有三只眼睛的猫。时隔多年，我在整理这段文字的时候回想起来，那种感觉依然非常强烈。

三只眼睛的猫出现在镜子里，这是一件非常不可思议和疯狂的事情。任何没有见到过的人都无法想象。即使我跟任何人说，也会被别人当成神经病，摆闲龙门阵的，但是，我还是想说，我看到了。世界万物，无奇不有。

我和二娃看到这猫，心里同时都想到了一个词"猫妖"。我不知道这个世界上到底有没有鬼，有没有神，有没有妖。只是在那个时候，我们心里不由自主地蹦出了这个词。

我和二娃跳下石台，去找凤伟，凤伟依然坐在那个地方，精神上好了一些。我们把上面的所见告诉了他，他总算安心了点。凤伟是不相信这个世界上有妖的，他的理论是猫长了三只眼睛，可能只是巧合而已。但是不知道为什么那个猫会存在那个镜子当中。我们之前经历了种种的奇怪建筑和场景，看上去都是古人设计的。而这个地方有只三只眼睛的猫，难道这一切的布置

都是为了这只猫？仔细想想又觉得不对，这下面的建筑物的规模非常庞大，需要耗费巨大的人力和物力来修建。就算是所谓的猫妖，也不可能用如此庞大的规模来镇。而这个镜子和猫在这里一定是另有用途。

如果是在平时，以现在这样的情况，我们肯定没心思去分析这个，但是眼下我们唯一能逃出去的门关闭着，为了找到机关，没有办法，只有将问题多想一想。要不然怎么说人都是在特殊情况下被逼的。商量了一阵，我们心中的恐惧减少了很多，这次我们三个准备一起上石台看看，虽然三个人上去会有点挤，但是也不至于完全没有立足之地，于是凤伟站起身，我们就准备上石台。

就在这个时候，空荡荡的房间里突然响起了猫的声音，听到这个声音，我全身顿时一软，脑袋里只有一个念头："靠，那猫活了！"我不知道他们两个是什么感觉，反而听到后面传过来那五个人的惊呼声。这个时候，凤伟急忙扯我，叫我转身，我才看到猫声的来源。

在我们面前一米远的地方出现了三只白色的猫，此时正用眼睛死死地盯着我们，弓着身子，身上的毛都竖了起来，呈一种攻击的姿势，和以前一样，我们依然不敢去看它们的眼睛，心里不停地打鼓，不知道这些猫要干什么。

就在我们对峙的时候，三只猫突然朝我们三个人扑了过来，动作非常迅速，在我还没反应过来的时候，眼前白光一闪，脸上传来一阵热辣的感觉。我急忙去摸，这才发现流血了，而且伤口还不浅。就在我还没回过神来的时候，白猫又朝我扑了过来。我急忙用双手挡住脸，结果却因为手里有蜡烛，不小心把头发烧到了。而那白猫没有扑到我，又跳到了我前方，保持着攻击的姿势。

慌乱之中，我看到一旁的二娃和凤伟也正在和猫打斗，石室中一时间充斥着猫叫声和他们两人的叫骂声，这些白猫太凶狠了，根本不像我们以前在外面见过的猫那样温顺。

白猫在第二次攻击我后，又退了回去，站在不远处盯着我，二娃和凤伟没有蜡烛，所以和猫搏斗起来要方便很多，但也正是因为没有蜡烛，他们的视线也受到了影响，我听到他们嘴巴里不停在骂，不时有什么东西砸在地上的声音，但我顾不得去看，只管盯着自己眼前的这只猫。

　　那猫一直站在我面前不断朝我嚎叫，却不再攻击我。我突然想起在姜维墓石室里，白猫碰到蜡烛的情景，这才反应过来，它肯定怕火！想到这里，我拿着蜡烛朝它走了几步，果然，它看见我手里的蜡烛，一直朝后退去，嘴里不断发出叫声，那声音非常刺耳，听来不像猫叫，倒像是来自地狱的恶鬼的尖叫一般。

　　而就在这时，我的背后响起了一阵重重的落水声，随后又是剧烈的扑腾声，不过这扑腾声很快就消失了。

　　紧接着，凤伟跑了过来，气喘吁吁地告诉我说弄死了一只，叫我退后，给他照着蜡烛，他来对付我面前这只猫。我依言退后，凤伟站到了我前面，和猫开始对峙，这个时候我才顾得上去看一旁的二娃，二娃此时正抱着白猫在地上打滚，如果是在平时，看到二娃这个动作，我肯定会笑死，但是现在这样的情况下，紧张掩盖了我所有的心情，我心里一直不停地给二娃鼓劲加油。

　　二娃抱着猫在地上滚了两下，然后就将猫死死按在地上，白猫不停地挣扎，嘴巴里一直发出极其难听的惨叫声。

　　这时，其他没有过来的五个同伴不停问我们怎么了，我急忙大声告诉他们，没事，叫他们不要过来。

　　二娃这时已经打红了眼，一手使劲将猫按在地上，一手使劲用手捶打那猫，反复不停捶打了几下后，白猫挣扎的动作渐渐弱了下去，二娃见状，双手使劲抓住猫的脖子，然后走到水槽边，将白猫使劲朝水里摔了下去。白猫掉入了水槽中，溅起了不少水花。

　　看到二娃的这个动作，我才明白过来，原来凤伟刚刚也是这样解决猫

的。

　　白猫掉进水后，不停扑腾，想要爬上来，突然，水下面似乎有什么东西一下就将白猫拖下了水，紧接着，水面恢复了平静。看到这一幕，我眼睛都大了，难怪刚刚凤伟摔下去的第一只猫也是扑腾了两下就没了声音。妈的，水槽里也有东西！

　　二娃并没有看见刚刚这一幕，他摔下猫后就去帮凤伟了。凤伟对付的那只猫极其灵活，他们俩人费了好大力才将猫摔下水池。最后一只白猫摔下水池后，和前面两只猫一样，也是扑腾了两下，便突然沉入了水中。这一次，凤伟和二娃也发现了这个情况，睁大着眼睛面面相觑，不过由于经过了刚刚的搏斗，体力严重损耗，两人也没去多想，一屁股坐了下来。

　　两人坐下后，我才发现，他们的脸上和手臂上都被猫抓出了很多条伤口，不过还好，这些伤口都不深，只是留下了血痕，并没有流血。

　　石室另一边的其他五个同伴听见我们没了声音，又开始焦急地大声喊我们，我回应了一声，简单告诉了他们刚刚发生的情况，叫他们不要担心，随后也一屁股坐了下来。

　　我们三人休息了好一阵才缓过来气，此时大家才有精力去讨论水槽里的东西。

　　刚刚从猫被拖下水的那力道来看，水槽里的东西绝对不小。二娃小声嘟哝，该不会是鳄鱼吧，此话一出，被凤伟骂了句白痴，两人也因此争吵了起来，不过声音并不大。两人谁也不服谁，凤伟说这个地方怎么可能有鳄鱼，而二娃则说，这个地方连白猫和大蜈蚣都有，有鳄鱼也不是不可能。

　　就在他们还在争吵不休的时候，水槽里又响起了扑腾声，两人听到这声音，停止了争吵，看向了水槽。

　　扑腾声在响了几声后，又消失了。

　　我们三人轻手轻脚地走到水槽边，屏住呼吸盯着水槽看，水槽里一片平静，没有了动静，三人眼睛一眨也不眨地看了半天也没有发现什么端倪，索性又回到刚刚休息的地方坐了下来。

此时整个石室中一片死寂,只有我们彼此的呼吸声。坐在地上沉默良久,凤伟提出,再上去看看那镜子,仔细再找找机关。

之前我们已经看过那铜镜里的东西,按理说应该有了一定的心理准备,但是我们爬上石台的时候,心中依然非常忐忑不安,脚步机械地朝它移动着。

走到铜镜跟前,我拿着蜡烛再一次从上到下查看了起来,我越看越觉得不对,这个铜镜会不会不是镜子?而是一种类似玻璃的透明的东西,而这个铜镜,根本就是个盒子?因为这个铜镜的镜身,大概有五十厘米厚,这只三眼猫可能是被装到这个盒子里面的,通过这个玻璃我们才能看见。我把这个想法告诉他们俩,凤伟也觉得好像有点像,但是看这个镜子的样子,起码少说也有几百年了吧,那时候难道就已经有了玻璃?

我继续查看这个铜镜的细节,发现铜镜的正面比它背面要简单很多,只在镜子边缘才有一些花纹。

当我手里的蜡烛照到镜子底部的时候,我突然看到石台上有一些很小的文字,上面沾满了灰尘。有了这个发现,我忙招呼凤伟和二娃过来看,石台上的文字刻得很浅,我们仔细辨认了好一会儿,才认出上面的字:

镇心镜中藏灵猫,臣鉴之心日月昭,灵台血池卧龙沼。

三形八门意逍遥,若使灵猫睁三眼,三魂七魄沌无间。

看到第三句话的时候,我心中一颤,突然就意识到,这个灵台血池,会不会说的就是下面的水槽?如果真是这样,那按照字面意思,下面卧着龙!想到刚刚猫掉入水池的情景,我不由浑身一个冷战,凤伟肯定也发现了这个意思,侧着身去瞟那水槽,下面的水槽宽度不宽,藏龙肯定是不行的,藏蛇倒是有可能,想到蛇,我浑身再次一个激灵。妈的!该不会真的有蟒蛇在下面吧!我告诉了凤伟我的想法。凤伟点点头,沉声道:"传说龙的进化过程,就是先由蟒进化为蛟,然后蛟再进化为龙。这个水槽里,龙肯定是不可

能的，但保不准有条蟒！"

在我和凤伟说话的时候，二娃并没有参与，他此时正一个人蹲在铜镜下面，不知道在捣鼓什么。就在我准备叫他赶快下石台的时候，我看到二娃撑在地上的右手突然一沉，随后，寂静的房间里响起了一阵奇怪的声音，也就在这一刹间，通过二娃手里的烛光，我看到铜镜中那只三眼猫的第三只眼睛睁开了！

看到这一幕，我顿时感觉在我的两腿之间有了某种温暖，长久以来积攒的恐惧，终于在此刻得到了释放。二娃也看到了这一幕，整个人呆在了那里。

我急忙大叫一声，走过去拉了二娃一把，二娃这才反应过来，站了起来，三人此时慌不择路，朝着石台下面跳了下去，但由于石台下面有水槽，在慌乱中，我跳下的时候，一条腿重重摔在了水槽边缘上，头也随之撞到了地面上，顿时脑袋一片空白，凤伟和二娃似乎也摔疼了，在地上痛苦呻吟着。

石室另一端的同伴，听到我们发出的声音，急切地询问，我想答应他们，但由于恐惧和疼痛，发不出任何的声音。旁边的二娃回应了一句，让他们不要过来，这句话我听得很模糊，整个思维也逐渐开始迷糊了起来。

我在地上躺着，一动也不想动，身上的力气就像耗尽了一般。

不一会儿，他们俩过来扶我，我想要站起来，脚却完全没有力气，只能任由他们两人搀扶着向另一端的同伴走去。

我就这样意识无比模糊地被他俩拖拽着，脑袋里只有那只猫眼睛无比地清晰，虽然刚刚我只是瞟了一眼，但那眼睛给我的印象太深了：白色的眼球，没有瞳孔。尽管如此，我却看到，那眼睛在动，仅仅只有一秒钟的对视，似乎就能将你完全吞噬！

很快我听到了小鱼叫我的声音，感觉有人不停地在摇我，有水不时落在脸上，我知道小鱼在哭，我努力想睁开眼睛，却感觉眼皮非常沉重。

突然，我感觉到鼻下一股疼痛传来，有人在掐我的人中，而且力道越来越大，我终于在这样的刺痛中将眼睛睁开了一点，这才看见，大家都在我身边，小鱼不停在哭。她的眼泪不断滴在我的脸上，顺着我的脸，流进我的嘴巴里。

这是我第一次尝到小鱼的眼泪，非常苦涩。我想扮个笑脸来给小鱼看，却发现连做这么小的动作，似乎都艰难无比，我抬起手去擦小鱼脸上的眼泪，手的行动要灵活得多，小鱼似乎也感觉我的意识好像清醒一点了，一下就抱住了我的头，开始大声哭。此时此刻，我的脑袋里依然是异常模糊，很多东西都想不起来，小鱼抱着我好一会儿，才被大家叫开。这个时候汪勇拿着瓶子过来喂我喝水，几口水下去，我明显感觉舒服了一些。

又休息了一会儿，我已经能够坐立了，但还是头痛欲裂，小鱼一直待在我身边，不停给我轻轻拍背。这口气总算是缓过来了，这才去问大家刚刚怎么了。

凤伟吸了口气，这才告诉我，刚刚在我们跳下石台的时候，大家都摔倒了，而我躺在地上，蜷着身体不停地发抖，嘴巴里还在说一些听不清楚的话，当时他们两个都吓坏了，连拖带拉把我拽了过来，在这途中，我不停挣扎，还去咬二娃。说着就拉过二娃的手给我看，果然在他手腕的地方，有很深的牙齿印，凤伟接着告诉我，他们看我像疯了一样，就叫汪勇他们过来帮忙，众人费了很大力气才将我拖了回来，但我依然不安静，不停挣扎，见谁都要咬。几个人把我的手脚全部按住了，过了好一会儿，我才算安静下来，昏了过去。又过了一会儿，才见到我醒过来，这个时候，我已经不像之前那么疯狂了，安静了很多，大家才放下心来。

凤伟还告诉我说，从石台上跳下来到他们把我拖过来的过程中，整个空间里，一直有种声音在响，先是好像巨大的机关响动的声音，然后又是水流的声音。当时他们听到那种声音极其惊恐，但是由于在救我，也顾不得那么多，而现在这种声音又突然停止了。

而二娃也接过凤伟的话说，刚刚他在铜镜面前的时候，手撑住石台的某个位置明显向下沉了一下，可能是按到机关了，有可能那个黑色的木门已经打开。

二娃说完，便叫上凤伟和汪勇走向了黑色木门的位置。

很快，木门的方向传来了一阵响动，其中夹杂着他们三人的骂声。鼓捣了一阵后，又听见他们在不停地蹬那门，过了一会儿，三人垂头丧气地走了回来。

汪勇边走边嚷嚷："妈的，二娃摸到的机关不是开这个门的！"

大家听到汪勇这样说，感到了一丝绝望，除了唉声叹气之外也没别的办法，汪勇他们三人走回来后，靠着墙壁坐了下来。

"如果刚刚开启的不是黑色木门的机关，那是什么地方的？难道又是进来的门被关上了？"凤伟边说，边顺着墙壁朝门口的地方走去。

不一会儿，凤伟走了回来，摇摇头对我们说，门没有关。

"刚刚机关声响起的时候，不是还有流水声吗？会不会启动的是水槽里的机关！"二娃望着铜镜的方向说道。

凤伟听到二娃这样说，点了点头，转过身又朝中间走了去，我怕他再惹事，急忙叫身边的二娃跟着凤伟，凤伟自从进了洞后，因为他的好奇心帮助了我们不少，但是也惹了不少的祸。

看着他俩的背影，我心里一直狂跳不停，很为他们担心，刚刚我被那镜子里的猫吓得不轻，这个时候，我生怕他们两人走过去后，那猫突然跳出来。那猫的眼睛绝对是睁开了的，我百分之百确定那绝对不是幻觉！所以此刻我心里尤其担心他们两个，从那个猫的长相可以肯定，那猫绝对不像之前那三只白猫那么容易对付，想到这里，我心里自然而然地钻出了一个词，"猫妖"。

看凤伟他们蜡烛的光亮，他们应该已经走到了石台边上，我和大家都没有说话，屏住呼吸看着他俩。凤伟他们拿着蜡烛先是蹲下了身，然后马上又站了起来。接着，我又看到蜡烛的光很快转到了石台的正前方，由于那镜子挡住了我们的视线，他们的动作看不清楚。

很快我听到了他们跳下石台的声音，紧接着就看见他们朝我们跑了过来，等他们跑近后，我这才看到他们的脸色一片煞白，似乎受到了极大的惊吓，他们还没喘匀气，就急忙招呼我们赶快起来，先从那三个门那里出去。他们说得断断续续的，不过大概的意思我们明白了。

那猫的眼睛是睁开了不假，但是现在是三只眼睛全部睁开了。听到的流水的声音，是石台水槽那里的水好像流走了。而水槽里面，他们看见了东西。那东西非常大，从他们蹲下去查看时蜡烛照在上面反射回来的光可以断定，那是一条蛇，而且巨大。关键是，那条蛇，还在动！

我听到有蛇，鸡皮疙瘩瞬间就爬满了全身。我从小就怕蛇，小时候爬桑树，结果有一条青色的蛇，把我吓得病了好几天。从此我对蛇就有了恐惧。现在木门打不开，所以就只有朝我们来的三个门外跑，虽然回不去，先跑出去再说。我也顾不得身体的不适，站起来，拉着小鱼，招呼众人，就开始顺着墙边朝三个门那里跑。

我们在跑的过程中，听见中间的石台上传来了窸窸窣窣的声音，而且动静越来越大，我们虽然心里发怵，但是脚步却没有丝毫停留。当我们走到门那个地方，正准备出去的时候。耳旁又响起了猫叫的声音，但这猫声和我们之前所听到的截然不同，因为这叫声不像猫，像一种大型动物的叫声，震得所有的耳朵发痛。我们不再停留，疯狂地朝门外冲。等冲出了门后，找了个地方，我们都停住脚步，大口喘气。这个时候我们心中更加地焦急，因为现在是前无出路，后是死路，根本没有地方可走。

就在我们不知所措的时候，刚刚那个巨大的声音又响了起来。而且，这声音离我们越来越近……

我们听到这声音，心里非常恐惧，一直不断朝后退。在这个过程中，我一直牢牢抓着小鱼的手不敢放开，很快，我们退到了外面平台的边缘，再没

有了退路。奇怪的是，那怪声突然就停止了。四周又变得一片安静，大家都你望我，我望你，不知道下一步该怎么办，恐怖的声音没有再响起来，过了许久，也没有动静。二娃一个人小心翼翼地走到门口那里去望，望了半天又转过头来招呼汪勇过去。汪勇从背包里拿了根蜡烛，然后把背包递给了我，我奇怪地望了他一眼，意思就是，该不会你们又要进去吧？汪勇连看都没看我，就直接走到二娃旁边。他们两人站在门的旁边，就开始朝里面望。望了一会儿，里面依然没有动静，二娃居然朝里面吹起了口哨。里面依然没有动静，我看二娃拿着蜡烛往四周查看，似乎在找什么东西。然后就看见他从地上捡了个东西，朝门里面丢了进去。里面传来了石头撞击地面的声音。但是那怪声依然没有再响起来，他们两个见里面没有出声，就朝里面走去。我使劲叫他们不要进去，结果他们没有理我，径直走了进去。

大家都伸长脖子朝洞口方向张望，他们进去有一会儿了，但迟迟没有动静，大家也开始朝门口走。在往洞口走的过程中，我们感觉比第一次走向这个门时还要紧张。都说未知的比已知的要恐惧，但是现在我们不这样看，因为我们已经知道里面的东西是什么。虽然具体的大家都不知道，但是，我们所见到的太邪了，根本不能用诡异来形容。一行人已经走到了洞门口，但是依然不敢进去，我试着叫二娃，叫了几声，里面却没有反应，心里一下就慌了。难道他们出事了？正想着的时候，我听到慌乱的跑动声音。就听到二娃和汪勇在喊："快点跑，快啊……蛇爬上来了，快点跑啊。狗日的好大一条啊，快点跑！"

我听到他们这样一喊，脑袋轰的一声炸开了，想都没想，拔腿就朝深涧的方向冲去。跑着跑着，我才想起，前面是不知底的深涧，想要刹住脚，但已经迟了，整个人已经不受控制地向下摔去，整个身体一下就失去了重力。当时心里只有一个想法：完了，死定了！

摔下深涧的不止我一个人，因为我还听到旁边有尖叫的声音。

失重的感觉是非常恐怖的，特别是在这样的环境下，从上面摔到下面，短短几秒钟，我的脑袋里由空白到记忆，小时候的很多事情，在脑袋里电闪般迅速过了一次。人在知道自己即将死亡的时候想法真的很奇怪，很多明明已经很遥远很模糊的记忆，在这个时候可以非常清晰快速地在你脑海里重新出现。

这时，自己的身体是完全不受支配的，即使挥舞手臂这些在平常很简单的动作，在那种情况下，也是完全徒劳的，耳边除了有呼呼的风声，还有上面同伴的尖叫声。这个时候我唯一能做的，就是接受死亡。

很快我落水了，在这样的情况下落水，姿势是绝对不好看的，掉进水的一瞬间，我感觉一下就被一种巨大的冰冷包裹住了，非常多的水迅速灌进了我的鼻子、嘴巴以及耳朵里。这水有种很奇怪很熟悉的味道，小时候，我和爸爸去过两次山上的温泉，温泉里面有种我说不出来的味道，而现在这个水的味道，和那个水非常相似，如果不是因为它是冰冷的，我甚至有种重回温泉的错觉。

落入水中的我立即又被反冲到了水面，但很快，身体就开始下沉。我刚要庆幸自己还没死，突然想到了个更严重的问题：我不会游泳！虽然小时候学过狗刨，但是已经好久没有刨过了。

不会游泳的人到了水里是非常慌乱和紧张的，特别是这个时候，我脚下根本踩不到底，开始胡乱扑腾。头顶上，大家不停叫我，但是我现在却顾不上去回答他们，双手双脚胡乱地开始乱划，这一扑腾不要紧，我开始往下沉得越来越厉害。

我在心里不停提醒自己，要冷静，要冷静，急忙又换个姿势。这期间，我喝了很多水，嗓子、鼻子极其难受，但自己完全控制不住自己的身体，尝试了两次，我始终没有找到当初狗刨时候的感觉，身体开始有点疲惫，不由自主地向下沉，完了，这次是彻底完了，当时我的脑袋里只有这一个想法。

冰冷的水让我疲惫得很快，水很快淹没了我，耳朵里除了自己扑腾的声

199

音和心跳的声音，再也听不到任何声音。

就在这时，我突然感觉什么东西抓住了我。我更加慌张，扑腾的动作又大了起来，而且嘴巴里一直不停大叫，随着我的叫喊，冰冷的水不停灌进我的嘴里，我的胸腔和喉咙中像有一团火苗燃烧一样，难受得让我几乎昏死过去。

"别喊，我是志强！"慌乱中，我听到志强的声音，心里一下又燃起了希望，不过手脚并没有停止扑腾。

人在落水后，一旦有人来救，无疑是抓住了救命稻草，不但不会冷静，反而会更加慌张，因为这个时候的慌张，是对生命的一种强烈渴望。

志强大声喊着我，叫我不要乱动，否则我们两个都要死，听他这样说，我的动作稍微小了点，但是脚依然在下面不停地乱蹬。

在水里，我隐约听见志强叫我不要乱动，手和脚慢慢有规律地划。我试着平静心情照着他说的去做，结果又喝了几口水，顿时又慌乱了起来。这时，我感觉他拖着我，开始向某个地方游去，志强好像是靠着池壁在游，我的手和脚不时地碰到旁边的洞壁。

在摔落下来的时候，我感觉到有人和我一起掉下来，想不到居然是志强，也好在是志强，如果是凤伟，我可就必死无疑了。因为我知道凤伟和我一样也不会游泳，而二娃和汪勇跑在我们后面，不可能掉下来，我和志强刚刚是因为跑得太快了，所以忘记了前面是无路可走的深涧，这才会掉下来。

志强就这样拖着我一直在黑暗中朝前游着。游了好一会儿，我感觉我又在朝下沉的时候，他停了下来，把我朝前拖。我不明白他的意思，只能任由他摆布，他把我弄到他前面，然后把我的手放到了一个冰冷的东西上，是石头！

摸到石头后，我心里安稳了许多，但身体还是控制不住地朝下沉，我急忙一边用脚去蹬旁边的池壁，墙壁凹凸不平，暂时止住了我下沉的趋势，一边使劲地想要用手指去抠住石头，在我努力了多次，手指指甲感觉快要脱落的时候，我终于完全稳住了身体。

而这个时候我突然发现，一直在我旁边的志强，居然不在了！

看到志强不在，我顿时又慌了神，叫着志强的名字四周寻找他。

志强在不远处答应了我一声，然后我就听见他从水里爬上岸的声音，但由于眼前一片漆黑，我什么也看不见。也就在这个时候，我突然感觉水里有东西撞了我一下，我急得大叫，手一松，整个人又往水里沉了下去，就在我即将再次落入水中的时候，我感觉志强的手在水里不停地摸索我，我急忙伸手去抓他。

慌乱中，我费了很大劲才抓到志强的手，稳住了身体。志强抓住我后，大力地把我朝上面拖。游过泳的人都知道，在水里泡过后，出水的时候有种沉重感，然后紧接着就是疲惫感，志强试了很多次，都没有把我拉上去，反而差点被我扯下来，我见这样不行，急忙用脚去蹬旁边的墙壁，这才勉强有了个着力点。

又费了很大的力气，我终于爬了上去，等到我的身体完全接触到地面后，心里总算踏实了，这条命算是捡回来了，接着脚一软，就睡到了冰冷的地上。

躺在冰冷的地面上休息了一会儿，我才发现，我的背包不知道什么时候掉了，好在那里面只是两根已经完全报废的手电筒和少量的食物。

在整个过程中，顶上的同伴一直在大声叫我们。刚刚我和志强一直在忙着自救，一直没有时间给他们回话，他们肯定急坏了。志强望着头顶，大声告诉其他人，我们没事，我本来也想说两句话安慰一下大家，但自己身上确实没有了力气，只能躺在地上，听着他们的对话。

头顶的二娃告诉我们，刚刚那蛇确实很大，不过那蛇爬到门口的时候，就停了下来，一直在门口不肯出来，如果它跑出来，他们也只有朝这深涧下面跳。

听到蛇没有跟出来，我和志强这才稍微松了口气，我急忙又叫志强问问

小鱼怎么样了，因为刚刚大家叫我们的时候，就一直没听到小鱼的声音。

头顶很快传来了回话，凤伟告诉我们说，小鱼刚刚看到我和志强掉下去后，就吓得昏了过去，到现在还没醒，不过从呼吸上来看，她没什么事。听到这里，我都有点抓狂了，在墙壁上四处乱抓，想要爬上去。志强急忙抓住我的手，叫我不要慌，他去找蜡烛。说完，我就听见他摸东西的声音，看来他的背包还在。志强摸出了蜡烛，用打火机点了很多次都没有点着。我们当时使用的是那种五毛钱一个的气体打火石打火机，这种打火机不能防水，必须要等它有点干燥后，才能打着，电子打火机我们也有，不过在头顶的二娃身上。

志强忙活了好一阵，打火机终于将蜡烛点亮了，不过和正常的烛光相比，这烛光就显得更加微弱了，我甚至都看不清对面志强的脸。志强见这个光太弱了，于是就吹灭了蜡烛，我不知道他要干什么，不一会儿蜡烛又亮了起来，不过这次却要亮很多了，我这才看到蜡烛的上半部被他折断了，他点燃的是蜡烛的下半部分。

也许是看到我们点亮了蜡烛，我听到头上的同伴们明显松了口气。凤伟在上面大声叫我们看看下面有没有可能爬上去，他好给我们放绳子下来。

听到他这样说，我这才顾得上打量我们所在的地方。

此时，我们脚下所站的地方是从墙壁中支出来的一个平台，长度和宽度估计都只有两米，虽然平台不大，但非常平整，似乎是人为修建在这里的，而刚刚我们落水的河，正从平台的前方缓缓流过。

志强此时正站在我侧面，拿着蜡烛想要找到能攀登上去的东西，由于我的体力还没得到恢复，所以没有和他一起去看。

就在我四下张望的时候，我突然看见从平台上面的河水中似乎漂着一个东西，但距离太远，看上去很模糊，加上水流很缓，那东西漂得很慢。

我急忙招呼旁边的志强去看，志强看到那东西后，吸了口气，一把就将我拉了起来，然后背靠在墙壁上大气也不敢出，那东西过了好一会儿才漂到我们面前，被我们所在的平台挡住不动了，借着二娃手里的烛光，我们终于看到了那东西的样子。

干尸！又是那种穿着白色殓服的干尸，此时正仰面浮在平台侧面的水中，干尸脸上戴着一个面具。看到这面具，我一阵迷糊，妈的！这是我从那个槽子里推下来的那具干尸！但马上转念一想，不可能啊，当时我把它从洞槽上推下来，它应该早就顺着水漂走了，怎么可能在这里！如果这不是我推下来的那具，那这具干尸是从哪里来的？难道河水的上流，还有很多这样的面具干尸？

在这很短的时间里，我想到了很多。我摇了摇头，不敢再继续往下想，刚刚我想到的两种情况都让我感到无比的恐惧和不安，手上似乎又有了之前推干尸时的那种酥麻感。

旁边的志强也吓得不敢说话，同样惊恐地看着前方那具白色的干尸，看到泡在水里的干尸，突然想起刚刚喝了很多河水，胃里止不住开始翻腾起来。终于我再也忍不住，哇的一声，开始吐了起来，直到我吐光了肚子里所有的东西，差点把苦胆吐出来才罢休。

这时，头顶又响起了那个令人恐惧的声音，随后众人开始尖叫了起来。

还好只过了一会儿，头顶的怪声便停了下来，只剩下同伴们因为恐惧而发出的哭声，估计大家这时候已经是完全崩溃了，这种感觉，可以说，比死更让人恐惧，但是，毕竟我们都还小，都没有主动放弃生命的勇气，所以大家只能靠哭来排解这样的情绪。

我努力让自己平静下来，不再去管前方的干尸，因为只有这样，我们才能更快地想办法回到上面去，和大家会合。

整理好自己的思绪，我叫志强从他的背包里拿出手电，咬过电池后，开始观察起周围的环境来，在我们背后是天然的岩壁，看上去凹凸不平，非常潮湿，由于电筒的光亮不强，我看不见我们对面岩壁的情况，不过我估计应该和我们背后的情况差不多。

随后，我很快又发现，在我们右手边头顶大概几米高的地方，有一条手臂粗的链子。但由于距离太远，我看不清楚它是什么材质做的，这链子的一头被固定在我们背后的岩壁上，另一头则朝整个深涧的中心延伸了过去，链子被绷得很直，似乎在链子的另一端还连接着什么东西。我将电筒顺着链子延伸的方向照过去，想看看链子另一边到底是什么情景，电筒光照过去以后，我发现在链子连接的另一头，也就是我正前方大概三四米远的空中，有一个黑色的物体。虽然电筒光很微弱，但我还是很快看清楚了那东西的轮廓，那东西大概两米左右长，全身呈黑色，四四方方的，分明就是一口悬在空中的棺材！

顾不得再看，我立即关掉了手中的电筒。此时我和志强心中的恐惧越来越强烈，我俩靠在岩壁上一动也不敢动，虽然我已经关掉了手电，但是我依然感觉，在前面的黑暗中似乎有双眼睛正看着我们，我感觉我的神经马上就要分裂了，脑袋疼痛得无法比喻。

我使劲抓住志强的手，志强抖得很厉害，他也是和我一样，随时都面临崩溃。我努力使自己平静下来，不停地安慰志强，我们一定要出去！一定要出去！家里人还在等着我们，现在可能都在找我们。

通过我的安慰，志强稍微平静了点，沉声问我该怎么办，我摇了摇头，又打开了手电，但再也不敢去照那个棺材，而是朝河水的下游照了过去。在下游没有像我们这样的石台，整个一片儿全是水，我将电筒光朝上移，这才看到在距离我们不远的岩壁上方三米高的位置，也同样有个石台，只不过那个石台向外延伸的没有我们所在的石台这么长。

在那石台上，同样有一条手臂粗的链子一直朝深涧中心延伸了过去，不用想，这链子肯定也是连接到那悬棺上的。

我不敢再顺着那链子去看悬棺，朝前走了几步，再去照那石台，这才看到，在石台上面的岩壁上，似乎有一道门。

看到这个情景，我突然意识到，如果我们要想回到头顶的通道和同伴会合，唯一的路便是先想办法爬到我们右边的链子上，然后爬过那条链子，到达棺材上，再从棺材另一端的链子爬到下游上方那石台上，进入到石台后面的门里去，这样才有可能回到上面的通道去。

我把这个想法告诉了志强，志强急忙摇头说道："我可不去爬，打死我，我也不爬，那棺材光是看一眼就够恐怖了。再说了，就算要爬，那么高，怎么爬？"

他说的这个问题确实存在，就算要爬，怎么爬上去？

就在我还在思考这个问题的时候，我的眼睛不经意地瞥到，那面具干尸的旁边，不知道什么时候又漂过来了一具干尸，看到这具干尸，我再也止不住内心的恐惧，一下就叫出了声。因为，这具干尸身上穿的不再是我们见过很多次的白色殓服，而是一身鲜艳的红色旗袍！

在这样的情况下看见白色都感觉到恐怖的话，那红色就能让人直接昏死过去，特别是这种在微弱的亮光下，还能看得特别清楚的红色。

红衣干尸一直不停随着水在缓缓地漂动，向我们这边缓缓而来。看到这一幕，我和志强彻底被震住了，虽然之前我看过大蜈蚣，看过吊尸通道，看过三眼猫，但那种恐惧远远没有现在来得猛烈。

由于河水流动得非常缓慢，所以红衣干尸也漂动得很慢，我和志强靠在岩壁上，无路可走，只能不眨眼地盯着它，我们不敢闭眼，因为一闭眼，恐怖的感觉会更强烈，总担心，在下一秒睁开眼睛的时候，那干尸已经近在咫尺。

就在这时，我鼻子里突然闻到一股奇怪的味道，随即眼睛也酸胀起来，我急忙用手搓了搓眼睛，再去看那红色的干尸时，突然发现，仅仅才几秒的时间，那红衣干尸已经靠近了石台正面，而它此时的姿势，似乎想要爬到石台上来，因为我看到它干枯的双手，已经搭在了石台上。

看到它的动作，我开始歇斯底里起来，但很快我发现，自己居然发不出

任何的声音了，浑身也动弹不得，整个症状和平时常见的鬼压床如出一辙。只不过现在的情况和鬼压床有所不同的是，鬼压床是在睡觉的时候，人处于意识朦胧中，眼睛也看不清楚事物。但此时的我却不一样，我分明是站着的，分明是睁开眼睛的，分明是意识清醒的。但是我却不能动，一根指头也不能动，甚至连眼睛都不能闭上，就只能眼睁睁看着红衣干尸，离我越来越近。

从那红衣干尸的动作来看，它不是死物，而是一个活生生的东西。

红衣干尸的动作很快，一转眼，它的上半身已经爬上了石台，它的头低垂着，脸部被头发完全遮住了，看不清楚。此时的我心中万念俱灰，恨不得马上咬舌自尽，但我很快发现，我连舌头都不能动。这样的感觉就好像你在手术台上做手术，给你打了全身麻醉，却让你意识保持清醒，然后再让你看见医生从你的肚子里拿出你肚子里所有的东西。

我此时的感觉就是这样，让你看到恐惧，让你看到即将面临的死亡，然后让你浑身无法挣扎，无法解脱，只能无法抗拒地接受这样的恐惧。

我不知道我身边志强的感受，但是我猜他一定也和我一样，因为我没有听到他发出任何声音，我的耳朵里只听见干尸从水里爬出来的声音。我们到底是怎么了？难道世界上真的存在这样的邪术，千年不腐的干尸还能动！

干尸朝着我们一步一步地爬来，我无力抗拒，此时干尸的身体已经全部爬了上来。离我们越来越近，我们就像一尊举着蜡烛的雕像，任它宰割。

红衣干尸爬动的速度不是很快，但正是因为这样，对我们来说是一种无形的煎熬。在又朝前爬动了几下后，红衣干尸的头开始慢慢朝上抬了起来，在这样寂静的空间中，我甚至能听见它抬头时骨骼发出的咯咯声。

我拼命地想闭上眼，不想去看她的脸，但我发现，我这个动作是徒劳的，现在我甚至连眼珠都不能转动。

这个等待是无比漫长的，每过一秒，我都无比的痛苦。

红衣干尸终于将头抬了起来，虽然她的脸被头发挡住了一些，但我依然能清晰地看清楚她的样子。

仅一眼,我好像掉入了地狱一般,我甚至能听见自己脑袋里神经一根根断裂的声音,我无法相信眼前的情景,在脑袋里不停地对自己说,这不是真的,这不是真的。

红衣干尸的脸对我来说,无比地熟悉,这张脸无时无刻不陪着我,这张脸曾经为我笑过,也曾经为我哭过。

这张脸,是小鱼!!!

此时,"小鱼"正对着我笑,虽然那张干瘪的脸是小鱼的模样,但我全然没有平时那种温暖和熟悉的感觉,这种笑似笑非笑,非常陌生,非常诡异。

怎么可能!怎么可能!怎么可能!小鱼明明在我头顶的洞道中,怎么可能!

我看不清楚它的眼睛,但我却知道它一直在看着我,我身上明显感觉到一种说不出来的寒冷。如果非要形容,我只能说,这样的感觉,是死气。

"小鱼"就在我前方一直看着我,没有任何动作,也没有再向我爬过来。我无法逃避它头发下的眼神,虽然我看不真切,但是我却有种被人看穿一切的恐慌。

这个"小鱼"绝对不是我的小鱼。

就这样不知道过了多久,我的眼睛再一次酸胀了起来,眼前的"小鱼"突然不见了。石台上空空如也,没有了红衣干尸。

再看石台前的河水,那红衣干尸依然像我们刚发现它时那样,脸朝下地漂在水里,就好像从来没有爬上来过。

突然,我全身一软,坐到地上,这时我才发我能动了,但全身就像被抽空了一样,非常无力。我转头朝志强看去,志强居然和我一样是坐着的,也是显出一种非常疲惫的姿势,连蜡烛都感觉拿不稳。

"你也看到了？"我急忙问志强，志强点点头。看来刚刚的不是幻觉，是真实发生过的！

"杨杨，我奶奶都死了好几年了，怎么可能穿着红衣服在这里爬啊！难道这里真的是阴间？"志强说这话的时候，声音不停地颤抖。

"什么！你看到的是你奶奶？不是小鱼？"志强听我这样说，点了点头，又摇了摇头。

这到底怎么回事？难道刚刚真的是幻觉？为什么我们看到的会不一样。我把我看到的情景告诉了志强，志强也觉得肯定是幻觉，不然不可能两个人看到的东西会不一样。

但我们在这里已经待了这么久了，即使要出现幻觉，也应该是我们刚刚下来的时候出现才对，怎么会突然在这个时候产生这样可怕的幻觉。

难道是这个红衣女尸身上的那股怪味引起的？我把这个猜测告诉志强，志强点了点头，说刚刚确实闻到了一股怪味。但即使是这个怪味让我们产生了幻觉，那为什么我和志强看见的东西会不一样？

想到这里，我不经意地又看向了还在河水中漂浮着的红衣干尸，看到它身上的红色衣服，我脑袋里突然有了个奇怪的想法：难道刚刚那个幻觉，是让我们看到自己最牵挂的人？

"你奶奶死了好几年了，你是不是很想你奶奶？"志强不知道我为什么要这样问他，但还是点了点头。

看到志强肯定的回答，我心里基本上确定了，刚刚那股怪味肯定是一种致幻剂，那致幻剂能让人看到自己目前最牵挂和想念的人，我最牵挂通道上面的小鱼，而志强的心里最想念的是他奶奶，所以我们会看到不同的情景。

尽管已经确定那是幻觉，但给我带来的恐惧却相当地真实，我心中的恐惧感没有减少半分。

红色的干尸此时已经漂出了石台的区域，而之前那个白色的干尸，却依然停在原地没有动。说实话，比起红色的干尸，这个白色的干尸，虽然恐怖，相比之下要顺眼得多了。但是停留在这个地方，也十分碍眼，我和志强生怕这个干尸又会制造幻觉，便商量着把它弄走，让它顺河漂走。

我们仔细看了看四周，没有找到棍子一类的东西，正在踌躇的时候，志强说出了他的想法：

"要不，我拉着你的手，你过去用手把那个干尸扯一下！"

听到他这样说，我急忙摇头，这辈子我都不想再用手去碰那个东西了，太恐怖了。

志强见我不肯，有点急了："你知道我胆子小，不可能叫我去嘛，这东西，你都已经碰过了，再碰一次又有什么关系，我们把它弄走了，早点找路上去。"

志强说这话的时候，明显带着哭腔，我知道他确实害怕了，所以只好答应他，自己去刨那个干尸。

做好决定后，志强拉着我的手，我蹲着身，就用脚去刨那干尸，结果刨了两下，没有作用，还差点摔倒。我见这样不起作用，于是干脆趴在石台上，叫志强抓住我的脚，然后用手去刨它。

经过几次努力后，那干尸终于被我刨动了，开始顺着河水朝通畅的地方慢慢漂去。我站起身，手指上又传来了那种酥麻的感觉。

看着干尸漂走后，我和志强松了一口气。就在我准备招呼头顶的同伴的时候，我脑袋里一闪，顿时又想到了个问题，立即问志强："你刚刚有没有发现那两具干尸有什么不对的地方？"

志强听到我这样一说，茫然地摇了摇头。我见他没有懂我的意思，就指了指刚漂出去不远的白色干尸对志强说："你记不记得几年前李家坝还没有修新桥的时候，李家坝的老桥上经常有车翻到河里，后来，那些尸体被打捞起来后，都已经被水泡得发白、变形，但我们刚刚看到的干尸，却没有这些现象，你懂了吗？"

志强对我点了点头，又摇了摇头，表情依然茫然，看来他还是没懂我想表达的意思，所以我又接着跟他说："你笨！你想，如果尸体泡在水里用不了多久，就会发白、变形，那刚刚我们看到的干尸没有这些现象，就说明这些干尸不是一直泡在这水里的，换句话来说，刚刚那两具干尸，是才落水不久的！"

"你不是说，那白色的干尸是你从洞槽上推下来的那具吗？它才被你推下来不久，当然不会出现你说的那种现象！"志强说道，言语中依然带着疑惑。

"对啊，就算那白色的干尸是我推下来的，那红色的呢？"志强听我这样说，似乎明白了我要表达的意思，脸色已经有了变化，我没有理他，继续说着我的分析："出现这个现象，就只有两种情况，第一种，那就是这干尸肯定是经过特殊处理的，不仅在干燥的地方不会有任何的变化，在水里也不会有什么变化，还有一种就是……"

说到这里，我停了下来，手指着河水上游的方向，看着志强，一字一顿地对他说："还有一种可能就是，有人在上游的地方，在丢干尸下来！"

听到我这样说，志强吓得连连后退，结果没注意脚下的青苔，一下就摔得坐在了地上，嘴巴里含糊不清地对我说：

"我们还是赶快找路上去吧，我不想再待在这里！"

看着志强的样子，我使劲摇了摇头，不愿再继续想下去，所以转过身，再次认真观察我们所在的方位，但除了那悬棺的链子，我们现在依然是无路可走，我们唯一的路恐怕只能是爬上链子，然后从棺材的另一边爬上另一个石台。但眼下我们连爬上链子的办法都没有，链子的位置太高了，就算是志强骑在我肩膀上，也不可能摸到。

在我毫无办法的时候，志强对我说，让凤伟他们将绳子放下来，我们顺着绳子爬上铁链。听到志强这样说，我才反应过来，怎么把绳子忘记了。虽然我们不可能直接顺着绳子爬到顶，但是爬这几米高肯定是没有问题的，我大声招呼凤伟,叫他顺着我们烛光的位置,在绳子上绑个石头,慢慢放下来。

头顶传来凤伟的回音,其中还夹杂着小鱼的声音,看来她已经醒了,我大声安慰了她几句后,便走过去接着凤伟顺下来的绳子。

接到绳子后,凤伟在上面大声告诉我说,他们手里的绳子大概还剩下四米长,但是找不到固定绳子的地方,只能靠人拉住,可能坚持不到我们爬到头顶。听到他这样说后,我急忙跟他解释,只需要坚持一会儿就行,我们不是要爬到头顶。凤伟在上面简单应了一声,并没有继续问我们到底要爬向哪里。

不一会儿,凤伟在上面大声告诉我们说已经准备好了,叫我们爬。我拿着绳子拉了一下,绳子的另一头传来了一股力道,这力道虽然没有绑在固定物体上那么牢固,但应该还是能承受我们的体重。

见绳子没有什么问题后,志强拉住绳子,两脚蹬住墙壁就开始朝上爬,这个姿势看上去轻松,其实爬起来特别恼火。志强费了好大的力气,终于爬到了铁链上面,紧接着,他点燃了蜡烛,通过他手里的烛光,我才看到他此时是骑在链子上的。

就在我准备朝上爬的时候,链子上的志强突然慌张地对我喊道:"不对啊!刚刚不应该我先上来的,我先上来,那不是要我先去爬那个棺材啊!"志强说着,就要朝下滑,看样子他是准备滑下来,等我上去后,他再爬,这样,他就不会先去爬那个棺材了。

看到他这个动作,我气不打一处来:"现在都什么时候了,还管得来这些,你老实待着,我马上上来。"

不等他回答,我抓住绳子,开始朝上爬。在爬的过程中,我明显感觉到绳子另一头很不稳定,似乎随时都要松开一样,当下也顾不得多想,使出最大的力气朝上爬。

费了很大力气,我的脚终于跨上了链子,这时我才发现,这链子是铁做

的，也正因为这样，这铁链非常沉重，所以才没有多少摇晃。

志强见我上来后，吹灭了蜡烛，非常不情愿地抱着铁链向前挪动。这铁链虽然有手臂般粗细，但需要朝前移动的话，就必须双手双脚抱紧铁链，靠身体一点一点的挪动才能完成。

才爬不远，我已经累得满头大汗，我顾不得擦汗，此时我如果乱动的话，肯定会掉入到下方的河水中去。

爬了很久，志强终于爬了过去，点燃蜡烛坐在那棺材上，嘴巴里不停地给我加油打气。经过艰难的爬行，我终于也到了棺材上方，这期间，有好几次我都差点掉下去。

坐到棺材上休息了一会儿，我才发现，我们屁股下面的棺材似乎并不是木头做的，而是用一种黑色的石头打凿的，整个棺材的长度，也比我们在下面时候看到的要长上许多，估计有接近三米长，棺材的宽度有差不多一米八左右。

我们不敢再去仔细研究这个棺材，开始朝棺材另一端的铁链爬去，我们不知道这四条铁链的承重能力是多大，所以爬起来也是异常的小心和缓慢。志强靠着棺材的边缘在爬动，而我，则是稍微靠近中间一点，因为我觉得中间要稳当一些，我可不想再一次掉到那冰冷的河水中去。

在爬动的过程中，我的手摸到棺材上有很多凹凸不平的地方，但我不敢再细看，只顾埋着头，借着前面志强的烛光一刻也不敢停。

在接近棺材中间的时候，突然，我的左手一空，身体一下就朝左边歪了一下，棺材也随着我的动作有些摇晃起来。

人在倒霉的时候，喝凉水都塞牙。棺材的盖子上有个破洞，这一歪，我的手不偏不倚正好插入了这个洞里。在左手插入棺材的一瞬间，我的心猛地一沉，紧接着手上就传来一阵让我全身发麻一样的寒冷，我急忙从棺材里抽出左手，此时，左手上沾满了一种很黏稠的东西。这东西的黏稠感就像蜂蜜一样，只不过，这个东西的味道可不像蜂蜜，有股让人作呕的恶臭，熏得我差点晕过去。

前面的志强听到我的动静,转过头来问我怎么了,我含糊不清地告诉他,没事,赶快走。和他说完话,我就将手放到棺材上蹭,想要蹭掉这些东西,但这些东西就像胶水一样,始终蹭不掉。前面的志强不停地催促我,我没再管这东西,开始继续朝前爬,等到了前方的石台,再来处理这东西。

由于手上有这种奇怪的东西,所以左手在棺材上有点打滑,而且这股臭味熏得我忍不住想吐,我尽量屏住呼吸,加快速度向前爬去。

前面的志强,已经开始抱着铁链在朝前移动了,没等志强到达对面的平台,我也准备抱着链子开始朝前移动,但此时,我突然想到,如果我也同时爬上这铁链的话,铁链会不会承受不起我们两人的重量。想到这里,我停止了动作,只能耐心地等志强爬到对面石台后,我再继续。

志强在我不断的催促下,总算到达了石台,看到他点燃蜡烛后,我迫不及待地抱着铁链开始朝前移动。

就在爬了接近一半的时候,我突然感觉到铁链微微地晃动起来,起初我以为是志强在捣鬼,抬头看去,发现志强正靠着岩壁坐在一边休息。看到不是志强在搞铁链,我下意识地转头去看后面的棺材,好像没什么东西,但就在我正要转头继续朝前爬的时候,似乎在刚刚我手插进去的那个洞的位置,突然有个灰白灰白的影子闪了一下。但是太黑了,看不真切。我安慰自己是眼花了,继续忍住手上的恶臭朝前爬行。爬这个链子其实是非常艰难的,两腿夹得生疼。加上左手又滑又臭,累得我满头大汗,总算是到了边缘。这个时候我分明感觉到整个棺材连接的链子有了不小的动静。如果不是因为四角都固定得比较紧,估计这种晃动会更大。我急忙爬过最后的距离。到了石台上,坐在地上大口喘气。

这时,棺材的方向传来一种声音,感觉像是人的叹息。我和志强听到后,连滚带爬地朝后面靠去。因为我们知道那里有个洞。这时候也顾不得去告诉头顶的同伴我们现在的情况,想都没有想就钻进了洞里。

进洞后我顾不得去看洞里的情况，而是站在洞门口的位置朝外看，心里始终挂念着刚刚那个棺材，总想看看刚刚我看到的那个灰色的东西是不是我的幻觉。此时我的耳朵也在仔细听外面的动静，旁边的志强不知道发生了什么事情，也不知道我到底在看什么，站在我身旁没有说话。外面依然没有任何动静，我开始怀疑我刚刚是不是又产生了幻觉。

我还在疑惑的时候，外面又发出了一种声响，这种声响和我们之前爬链子的声音很像，伴随这个声音的还有之前那种叹息声。我的心马上提了起来，招呼志强赶快看看这个地方有没有出路。志强拿着蜡烛开始向前面走去，我则紧张地盯着洞外的黑暗。不一会儿，志强就叫我，我转过头去看他，他正站在个什么东西前面看，好像发现了什么。我转头又看了一眼洞外，然后大步朝志强的方向走去。走近了才发现他看的东西，居然又是个石碑！他奶奶的，怎么这么多该死的石碑！不过，这个石碑和我们所有见过的石碑都不一样。我们通常看到的石碑，都是立在地上的，而这个石碑却不一样，它不是立在地上的，而是立在洞顶的，也就是说这个石碑是倒立的。上面的文字也是倒立的。

石碑上刻着四个字"无影未央"。我疑惑地看了看志强，志强对我说不仅仅这个石碑是倒立的，话还没说完，就拉着我去看这个石室的周围，我这才发现，这个石室墙上有很多的壁画，和我们之前看到的壁画不一样的是，这次看到的壁画刻画得很精细，并且是彩色的，但可能是由于时间比较久远的原因，所以有些地方还是有些剥落，这些壁画同样是倒立着的。

由于一直担心洞外有什么奇奇怪怪的东西，我不敢细看，只是简单看了看壁画的内容，但由于是倒立的，所以看上去很费力。

这些壁画上描述的是一些穿着简单的人围在一个很模糊的东西周围，从姿势上看挺像在跳舞。挨着的几幅壁画，也是同样的情况，只不过人的穿着越来越复杂，不过所有的壁画描述的内容几乎都是一些穿着奇怪的人围着一个模糊的东西在跳舞。

刚开始看的时候,我以为是因为年代久远,所以他们围着的那个东西才会模糊。但连续看了几幅,我才发现中间那个东西好像是被刻意画得比较模糊,因为后面有两幅壁画剥落情况不严重,很多地方都很清晰,唯独中间那个事物很模糊。我和志强看得一头雾水,我现在有种错觉,好像自己是站在这个石室的天花板上一样,我们才是倒立的。当下也不想再看了,走到石室的另一边,也就是从洞口进来后右手边的墙壁。

在右边墙壁上也有部分的壁画,我们没有再去仔细看。很快我在这边墙壁找到了门,这个石室所有的东西都是倒立的,我刚刚就在担心,千万不要门也是倒立的。

现在看来,果然是倒立的。

不过还好,门里面是通道,就算是倒立的,也无所谓,即使这个通道的石梯在头顶上。我们也可以从"通道的顶部"爬上去。

我和志强不敢再停留,准备爬上门洞,刚刚我们已经观察过了,这个门洞里的通道是朝上延伸的,说明上面依然还有空间。志强问我要不要告诉凤伟他们我们现在的情况,我想了想,是应该让他们知道。但是一想到外面的事物,我心里又很胆怯。

自己给自己鼓了鼓劲,走到门口,外面现在没有了那种声音,漆黑的空间异常平静。

我侧出半个身子,大声叫凤伟,凤伟很快有了回应,我们互相告诉了对方大家的情况,凤伟嘱咐我们小心点,并且告诉我说现在上面很平静,那三门里面也没有再发出什么动静。听到他这样说,我也放心了点,也嘱咐他帮我照顾好小鱼,在我和凤伟的对话中,我没有听到其他人的声音,估计大家这个时候肯定在休息。又简单嘱咐了几句之后,我就准备再次进洞。我特意仔细去听棺材那边的声音,这次却没有再发出来,心里也稍微安心了点,于是就走到志强那里,准备和他进通道。

就在这个时候,那种叹息的声音又出现了,比之前听到的都要大声。志

强身上一动，我知道他也听到了。我急忙叫志强快走，我们爬上石门，顺着通道，手脚并用地开始朝上爬。由于角度的问题，爬起来尤其艰难，而且这个通道里有不少碎石，稍微不小心碰到，这些碎石就会稀里哗啦地往下掉。爬这个通道需要手脚并用，我们的蜡烛也熄灭掉了，两人完全是在黑暗中在朝上爬，也不知道这个通道需要爬多久。

大家都知道，如果在一个陌生的空间里，如果你是在队伍的最后面，你会总感觉有人跟着你，此时的我也是这样，总感觉有人在后面拖我，但是我又不敢去朝后看。所以爬起来异常慌乱，心中的焦急也愈发强烈。

再爬了一会儿，前面的志强松了口气，告诉我说，到了，然后就爬了出去。

我紧随其后，也爬了出去。

出了通道，我就地一躺，开始大口喘气，志强和我一样，也是累得不行。等到气喘匀了，这才将蜡烛点燃。这个时候奇异的事情发生了。

同样的蜡烛，在这个空间点燃后，显得异常明亮，在这一瞬间，我突然有种说不出来的奇怪感觉。急忙四处张望，目光所及之处的墙壁已经不是石头所做的，而是铜镜嵌在墙壁上，不大的空间里，镜面把蜡烛的光反射得格外明亮。看到是铜镜，我心里越发地不安，因为之前在石台上的铜镜中有只三眼猫，而现在这个石室的墙壁似乎都是嵌有铜镜的，这种感觉让我非常地心慌，我甚至都有回到那个倒立石室的冲动，志强没有见过那个三眼猫，虽然只是听我们说了，但他心中的恐惧远远没有我的强烈，他拿着蜡烛开始四周照，随着他蜡烛的移动，我逐渐看清楚了整个石室的格局，这个石室确实不大。感觉只有十几平方，和我家里的卧室一般大小。

在石室入口的右侧墙壁，有道不大的门，只有半人来高。志强拿着蜡烛，在铜镜的地方仔细看，我急忙叫他不要太靠近铜镜。志强答应了一声开始从上到下看铜镜墙。然后发出了一声疑惑的声响。我心里一紧，心想不会又是猫吧？这个石室的墙壁都是由这样巨大的铜镜拼接在一起的，如果每块铜镜都有三眼猫，那得有多少只啊？

我急忙问志强是不是看到有猫，他回答我说不是猫，是铜镜上有字。听到没有猫，我心里的石头总算是落地了，急忙站起身走过去。志强说的铜镜上有字不假，但这些字却不再是雕刻的，而是写在上面的，但看不出是用什么东西写上去的，因为这些字的颜色很奇怪，而且这些字也写得很潦草，看不清。在这些文字的两边还有一些线条之类的东西从铜镜上面一直画到下面。

我朝后走，离铜镜稍微有了一点距离，想看清楚铜镜上的字，虽然现在整个石室的光亮由于有反射，要稍微亮点，但是站远一点，还是看不清楚，我叫志强再点一支蜡烛。等蜡烛点亮后，我又朝后移动了一点，这才看清楚整个铜镜的大概内容，这些哪里是字，分明就是一个巨大的符，画在铜镜上的！虽然看得不是特别清楚，但那分明就是符。

这样说来，这个不大的石室的墙壁上，所有的铜镜上都是画着这样的符，铜镜镇符，我从来没有见过，但是我听说过。

在我老家房子后面，我妈妈告诉我说，那里埋着一个道士，她小时候在那儿挖存放红薯的地窖时，挖到过很多明清时候的钱币。同时挖出来的还有把木头的剑，但是已经断了，还有个东西就是铜镜，铜镜上面画有符。当时挖的地方其实离那个道士的坟还有一段距离。我外婆和外公看到了，就叫我妈他们赶快埋回去。我妈当时也才18岁，就和在场的其他人一起埋了回去。结果后来他们几个回家后就连续不断地发烧，吃了很多的药都不见效，我外婆比较封建，就觉得肯定是挖那个东西的时候撞到了什么不干净的东西，赶快买香蜡纸钱去那个道士的坟前烧。后来总算是平息了，但遗憾的是我妈妈的哥哥，也就是我从来没有见过的二舅死了。

从那以后，我外公外婆便不许我妈妈他们再去那个地方，这在我小时候也是被告诫过很多次的。

直到现在，那个道士的墓依然在老房子后面，我曾经背着家人去看过，

那个墓是有碑的，但上面刻的字非常模糊，看不清楚。

现在眼前的铜镜上的符，让我想起了妈妈给我讲的他们小时候的事情。这时候我看见志强伸手要去摸那个铜镜，急忙大声阻止。志强转过头疑惑地看着我，我也顾不得去跟他讲关于我家老房子背后的道士墓的事情，只是告诉他非常危险，千万不要动。我们可以不相信鬼神，但是这些东西，最好还是稍微敬畏一点。志强听完后没有再去管这些铜镜，而是把身子钻出了右边的洞，刚钻出去又急忙缩回来。他告诉我说，洞外面，好像又是深涧。他这样一说，我才想起，这个洞在石室的右边，出去确实应该就是深涧。我一下就有点失望了，结果我们还是在深涧里，只不过这次可能要高点。

此时，从我们爬上来的通道那边，又出现了那个奇怪的声音，我头皮一紧，难道那个棺材里真的有活着的东西，而现在这个东西正顺着我们来时的路，跟了上来？想到这里我急忙叫志强钻出洞去，如果真的有东西上来，大不了我们再从外面跳到河里去，淹死也比吓死好啊。

我们俩很快钻出了这个石室，外面果然是深涧，而我们所站的，是和下面一样的从墙壁上向外伸出去的石台，再抬头看头顶，凤伟他们的烛光要近一点了，看来我们果然是在朝上走。志强拿着蜡烛去看石台的情况，刚走出两步就差点摔倒，我急忙扶住他，然后蹲下身。这个石台上居然也有青苔，这怎么可能！现在我们离下面的河都已经有了很高的距离，这里怎么可能有青苔。难道这个河水曾经到过这么高的高度。而且看青苔的样子，似乎水位才降下去不久。

很快，我们在石台的右边位置，发现了一个悬梯，一直朝上延伸。这个梯子也非常奇怪，我用手摸上去，感觉材质和下面的棺材很像，黝黑的，没有光泽度。这个梯子不知道悬挂在这里多少年了，奇怪的是，下面的走板，却异常的完整。我试着踏上一只脚去试这个梯子的坚固程度，一只脚踏上去使了使力，感觉还挺牢固，又放上另一只脚，依然比较牢固。

我回头询问了一下志强，志强的意思是要上去。所以我们也没有再犹豫，踏上了这个悬梯，刚走两步，那种奇怪的感觉又来了，就是之前刚进铜镜石室的那种感觉。这种感觉说不上来是什么滋味，但让人非常不舒服，我一手扶住墙壁，一手拿着蜡烛走在最前面，后面的志强也和我一样。我们每一步都走得很小心，而此时，头顶的同伴没有发出任何声音，可能大家都在休息，之前听到的怪声也没了动静，唯一清晰的似乎就只有自己的心跳声了。

向上走了几步后，我发现前面的悬梯似乎不一样了。

前面的悬梯，不管是扶手，还是梯板，以及我们正扶着的墙壁上，都贴着很多东西。

我向上迈了几步，这才看清楚，这些东西居然是符，长条的，不过材质似乎不是纸，而是一种黄色的布。尽管有的已经有些残缺了，但是上面的内容却还比较清晰。我不敢去动这些符，只是把蜡烛拿近一点去看。这才发现这些符的内容非常熟悉，和刚刚铜镜上的符好像是一样的，但我又不敢确定。后面的志强看到我站住了没有走。就在后面问我怎么了，我让开半个身子让他自己看，他看见后也是倒吸口凉气。

这些符太奇怪了，在这个地方不知道张贴了多久了，居然没有掉落，真不知道前人是用什么来张贴这些东西的。

我犹豫着到底走不走，志强说，现在走都走上来了，这些符恐怕只是挂在这个地方吓人的，赶快走吧！我听了，也只好这样自己安慰自己，开始朝上面有符的悬梯走去。

由于妈妈小时候的那件往事，我对符这种东西很敬畏，加上这些符和铜镜上的符非常相似，所以我在上梯子的时候比之前更加小心了，有意不去摸到墙壁上的符，特意踮着脚不去踩，也叫志强尽量避开这些符，本来我们走这个悬梯就已经异常小心了，现在更加小心。

又朝上走了一段距离。我们到达了一个平台，这个平台好像异常地大。平台后面依然有门，但是这次居然是三个。

又是三个门！我们已经遇到了很多次三门的情况，为什么这里又是，难道这个三门在整个神秘的洞穴中有种特殊的含义？

我拿着蜡烛去照门洞上面，希望像前两次一样，能从门上找到文字一类的东西。但这次却没有看到任何的字迹。就在这个时候，悬梯下面又传来了那种奇怪的声音，我心里顿时又是一紧。刚上来这会儿正站在梯子边的志强也听到了这个声音，急忙转身去看。就在这个时候，我发现了个让我至今感到诡异迷惑百思不得其解的事情。

志强的背后贴着一张符，一张和悬梯上一模一样的黄色符。

而黄色的符上是鲜艳的红色。

就好像是刚刚写上去的一样……

看到志强背后的符我脚下就像有一把冒着寒气的剑，刺骨的寒气一下子从脚底穿到了头顶，整个人都顿时僵住了。

我清楚地知道，这个符，绝对不是志强无意间蹭上去的，因为这个符的新鲜程度，是我们在走悬梯的时候没有的，我在走上悬梯的时候，特意用眼睛扫视那些符，如果有一张这么新鲜的符，我不可能没有看到。那么唯一的解释就是，志强背后这个符是被刚刚画来贴上去的。

志强转过头来，脸上的表情极其古怪，我不知道他是不是因为听到这个声音而被吓到的，还是因为这个符对他产生了什么影响，在他的脸上一点血色都没有。

我忍住心里的恐惧，叫志强过来看看这三个门，志强面无表情地走到门前，我小心翼翼地慢慢朝他的后背凑去，这个时候也顾不得一些禁忌了，我要先把他背后的符撕下来，不管这个符的作用到底是什么，究竟是怎么到志强背后去的，总之我觉得肯定不是什么好事。

志强站在离门不远的地方在看，我故意用手去推他的背，叫他朝前站才能看得清楚。就在推的时候，我撕下了那道符，捏在手中准备丢掉。

这时志强突然转过身，我慌忙把手放进裤袋里。

志强问我该走哪个门，似乎并没有发现我的小动作。我摇摇头，也不知道三个门该走哪个，但是联想到之前在进入三眼猫那个石室的时候的三个门进去之后是同一个房间，所以就告诉志强进去看看这次是否也是这样。

而此时，头顶上传来了凤伟的声音，他问我们现在的情况，我告诉他我们现在越来越朝上了，现在又看到了一个三个门的石室。我又听见上面其他人的声音，看来大家都已经差不多醒了，小鱼也在上面喊我，声音不是特别大，听上去很虚弱。我非常担心小鱼，急忙问她身体怎么样。小鱼还没有回答，突然听到上面大家惊叫了起来，惊叫声中，我听到大家是在叫小鱼。

还没等我开口问，就听见凤伟和二娃在上面叫我，叫我赶快找路上去，小鱼刚刚说完话就晕倒了，而且耳朵和鼻子里还在流血，我听到他们这样说，心里一沉，难道是因为小鱼身上的红色印记的原因？

此时我心烦意乱，恨不得自己马上长双翅膀飞上去。虽然我们所有的人里面没有人懂医术，但是我知道小鱼现在很依赖我，虽然我不能做什么有效的治疗，但至少在心理上，能给她安慰。志强也听到了上面的情况，想都没想，找了三门中最右边的门就钻了进去。看到志强进去了，我连裤子里的符都还没来得及丢，也钻了进去。

其实当时我们的想法很简单，我们觉得我们自从棺材上爬上来后，一直是在朝上，我们只想找个比较靠近头顶的平台，然后用绳子攀爬上去。所以我们理所当然地认为这三门里面，也会有通道通往上面的平台。

进了门以后，走了几米远，就出了洞门通道，里面是个石室，三个门果然都是通到这里的。

真的很奇怪，在进入到这个黄古洞里后，很多时候都是三个门，"三"这个数字看来在这里有种特殊的含义一样。石室空空荡荡的，很小，在石室的正前方，又是一个通道，这次只有一个门。而且这个石室的地面是没有经

过处理的泥土地面，但最让人感觉奇怪的是，下面的土居然呈现出一种鲜艳的红色。

这么鲜艳的红色，我长这么大还真是第一次见。我用手抠了点起来仔细看，没看出什么特别的地方，反而是这个泥土有种特殊的味道。

志强走到通道口，用蜡烛去照通道上面看看有没有字，其实这个动作已经成了我们的条件反射，不管情况再紧急，我们都要去看看有没有文字之类的东西。这样做，心里才会有底。

跟随着志强的烛光，我看到上面隐约写着有字，而且还挺大：

  未央无间

志强一脸茫然地转过来问我，是什么意思？我摇摇头，我也搞不清楚到底是什么意思，当下也没有管，催促志强赶快走。

进了通道之后发现这个通道不高，但我和志强都能站立，地面依然是红色的，在微弱的烛光下，看上去异常的诡异。

相比刚刚的石室，这个通道的地面被处理得非常平整。除了地面，通道的墙壁和顶部都是石板砌成的。在通道的两边每隔几步便贴着一张符，这些符和悬梯上的一样，比较残旧。

看到这些符，我突然想起我口袋里那张符还没有丢，一想到这里，我突然觉得裤袋里有种异样的感觉。可能这种感觉是由于心理作用产生的，于是趁志强在前面走的时候，偷偷掏出这张符丢了出去。

虽然我们现在都牵挂着头顶上的同伴，但是在这个陌生的空间，也不敢走太快，向前走了几步，我们看见前方的侧面有非常暗淡的光。志强没有停留，头也不回地朝前走。很快我们发现，前面突然朝右边转了个角。转角后又是一个通道，这个通道的两边全是油灯，这些油灯排列得很密，所以前面的通道非常明亮。

除了这些以外，这个通道有种透心的寒冷，但这种寒冷却不是任何风造成的。因为墙壁上油灯的灯光没有一点摇曳的迹象。

我和志强对望了一眼,感觉这个地方特别的阴森。

由于墙壁上有油灯,所以即使不用蜡烛也能非常清楚地看见整个通道的情况,但通道里阴森的感觉也没有因为这种光亮而减少半分。

通道的灯台是我们在姜维墓中看到过的那种灯,也不知道燃烧了多久,但这个通道的灯和姜维墓中的灯最大的不同在于,这个灯太亮了,比姜维墓里我们所点亮的灯亮上了许多。

通道很长,一直有灯光朝前延伸,可以明显看出来,这个通道是有点上坡的趋势,但是角度不大。

此外,我们还有一个发现,就是在通道的两边,每隔一段距离,就有一道门,在我们目光所能看到的通道中,两边的门有很多个。

这下麻烦了,这么多门,根本不知道哪个才是我们要进的门。志强问我该怎么办。现在的情况能怎么办,还不是只有走过去看看才知道。

很快,我们走到了第一个有门的位置,通道的两边各有一扇门相对着。门里面漆黑一片,和通道里的明亮形成了强烈的反差。

两道门上也分别刻有字,一个门上刻的是"拔舌",另一个门上刻的是"剪刀"。这门的名字让我感觉非常的熟悉,似乎在哪个地方听说过。

一旁的志强问我要不要进去,我想了想说算了,门这么多,感觉不像是出口,我们先走到这个通道的尽头,看看通道的尽头有没有路。志强点了点头,我继续朝前走,这次志强走到了我的后面。

就在我转身刚走两步的时候,背后的志强突然拍了我一下。我转头正要去骂他,无论什么情况下,我最讨厌别人从后面拍我的肩膀。我之前看过香港的一个鬼片,说的是人的三昧真火在肩膀上,很容易被拍灭,一旦拍灭了,就很容易看见不干净的东西,更容易被不干净的东西附身。我当然是不相信这个说法的,但我还是非常讨厌别人从背后拍我肩膀。

转过身,我看到志强的脸毫无血色,非常白,嘴唇不停发抖,急忙问他

怎么了，结果他的回答让我差点疯了。

你的背上咋有张符？听到他这样说，我的头皮一下就炸开了，差点昏厥过去。

志强用手将我背后的符扯了下来，我一眼就认出这个符是之前志强身上的那一张，因为上面的内容同样是新鲜的，虽然材质是布，但我刚刚揉到裤袋里过，所以也有被揉折过的痕迹，因此我敢肯定这张符是我丢掉的那张。但是我明明已经丢掉了的。除非……除非……我们背后真的有人！又或者是……鬼！

我不敢再去多想，慌忙叫志强丢掉，拉起志强就开始朝通道前面跑，在跑的过程中，我们看见这个通道两边确实都是门，很多，加起来恐怕有十多扇那么多。由于内心的恐惧，总担心有人跟在后面，所以我们不敢再去细看这些门，而是拼了命朝前跑。

当时在洞里，我们不知道这个地方到底是什么地方，只知道这里门非常多。后来出洞以后，志强发生了很多不好的事情，我这才开始回忆我们走过的每一个地方，我在网上搜索关于这些门的记录，一无所获，后来通过我记忆最深的"拔舌"和"剪刀"这两个词，才总算有了结果。

而这个结果让我吃惊不小，因为，这十多个门洞的名字，竟然是和传说中的十八地狱非常相似，根据资料描述，十八地狱分别为：拔舌、剪刀、铁树、孽镜、蒸笼、铜柱、刀山、冰山、油锅、牛坑、石压、舂臼、血池、枉死、磔刑、火山、石磨、刀锯。这些资料仅为网络查询后的结果，我当时只注意看了前两个门，后面的没有再看，所以那些门上的字不一定和资料上的名字一样，也不一定是十八个门。

我们跑得很快，手中的蜡烛也熄灭了，由于通道中光线比较明亮，所以也没有去理会蜡烛，在跑动的过程中，我脚下突然好像踩到了什么，心里顿时一紧。然后就听见轰隆隆的声音，志强在我身后大叫：快跑，后面有石头掉下来了！志强的声音非常歇斯底里，我慌忙转头去看，后面已经一片黑暗了，果然有个石头掉了下来，完全封住了这个通道。

我不敢再细想，拔腿就开始朝前跑，这次我是用了我最快的速度。前面的灯光越来越少，整个通道不再那么明亮，两边依然还有门，但前面不知道还有多长，加上这个通道又是个上坡，所以跑起来依然比较费力。

就在跑的过程中，我眼睛的余光突然瞟到，其中有个门里，似乎有个人形的物体站立在那里。我心里更加慌乱。大声招呼志强继续跑！

一连串的事情，让我感觉这个通道绝对不简单。我们唯一能做的就是拼命地跑。

前面的通道突然来了个90度转弯，我没刹住脚，直接撞了上去，这和我原先预想的不一样，我之前预想的是，按照前面的经验，这个通道如果不是死路，有转弯的话，肯定是朝右边转的，转出去依然是深涧，依然会有平台。所以，在我朝前跑的过程中，也是准备朝右转弯的。

可是正如我们之前所有经历过的情况一样，这次又发生了戏剧性的变化，通道向左转了弯。并且转弯后的通道不再有灯光，而是漆黑一片，看不见任何东西。我从地上爬起来，头上传来一阵钻心的疼痛。尽管如此，我们依然不敢停留，辨明方向后我和志强摸着黑，又朝前跑了几步，然后停了下来，因为前面确实太黑了，不敢再摸黑跑下去。

志强哆嗦着手点燃了蜡烛。这次却不敢跑了，一跑快，蜡烛肯定也会灭。眼前的通道也有坡，我和志强在走的过程中，发现这个通道有了一种非常难闻的腥臭。而这个通道的地面也不再是红色的泥土地面。

地面上还有一些其他东西的痕迹，仓促之中也没看出来是什么。

越朝前走，眼前出现的东西也越多，通道中零散着很多骨头，而这些骨头似乎也不全是人骨，有些骨头看上去像是动物的。整个通道的腥臭气味非常浓，搞得我和志强不敢吸气，用手臂挡住鼻子。

我们前进的脚步也因此变得缓慢。在这个通道的墙壁上有很多看上去非常像血迹的东西。虽然看上去已经干涸很久,但是依然让人感觉非常恶心。

这个通道似乎也没有之前的干燥,有点潮湿,但是却没有刚刚那么阴冷的感觉。通道中越来越多各种各样的骨头。我和志强不得不再次放慢脚步,尽量避免去踩到这些骨头。

突然间,我看到地上有些被撕碎了的布,看上去很熟悉。旁边的志强碰了碰我,问我觉不觉得这些布的颜色很像之前看到过的日本兵的衣服。经志强这一提醒,我才反应过来,这的确和之前看到的日本兵身上的衣服的布料很像。

越朝前走,这样的碎布越来越多,而我们也看到了地上还散落着长枪,不过有些枪已经断裂了。从碎布的数量和零落的枪可以看出,这个通道的日本兵还不少,也不知道他们是怎么死的。

借着志强手里的烛光,我突然看到在众多的骨头里面有一把日本刀。

我走过去忍住恐惧捡了起来,这把刀太沉了,刀鞘上沾满了很多未知的东西,看上去尤其恶心恐怖。我叫志强将蜡烛离我远点,然后就去拔刀,拔了好几次都没有拔出来。换了志强来拔,也是拔不出来。最后没有办法,只好就这样拿着防身,当棍子来使用。

就在我们准备继续向前走的时候,前面的通道中突然传来了一阵很熟悉的声音。这个声音不是刚刚在深涧里听到的那种叹息声,而是之前我们在三眼猫那个石室听见的那种。听到这声音,我和志强不由得一怔。我突然想了起来,我们从棺材那个地方一路朝上走,经过了铜镜石室,经过了悬梯,到达了这个三门里面的通道,然后这个通道不是朝右转的,而是朝左转的,这个方向,不正好是三眼猫石室的方向吗?

可是之前我们在三眼猫石室看过,除了进来的三个门,还有那个黑色的像木头一样的门以外,再也没有看到其他门,但是我们现在走的这个通道肯定是通向那个三眼石室的方向。我抓了抓脑袋，想仔细理理现在的思绪，结果反而越想越乱了，想到小鱼还在上面生死未卜，我心里更加乱糟糟的。就在这时，我突然想到一个关键的地方，我们所处的通道是在凤伟他们所在的平台的下面，这个通道一直是以朝上的方式在延伸，我们如果一直走的话，前面会不会是三眼石室的下方？想到这里，我招呼志强不要停留，继续向前走。

朝前的地面变得很潮湿，但奇怪的是，头顶却很干燥，也不知道地面上的水迹是从哪里来的。刚刚听到的叫声也暂时停息了，尽管如此，我和志强还是走得心惊胆战。在这个过程中，我不断朝后望，总感觉背后的那个叹息声一直跟随着我们。而且这个通道会不时跑出几只我们没有见过的昆虫，自进入这个洞穴以来，什么蜈蚣，蜘蛛，奇怪的萤火虫都见过，但这种昆虫还是第一次见，比我们平常看见的蟑螂要大上一倍。通体黑色，而且好像也是和蟑螂一样有翅膀的。不时地就会爬出几只，不过，它们也只是在我们面前窜出来，然后就跑了，也不靠近我们。

这时志强跟我说，他怎么感觉有点发烧，浑身很燥热，背上还很痒，问我是不是也一样，说完就去挠后背。我摇摇头，虽然这个地方有点闷，气也不顺，但却没有发烧那种症状。我看见志强额头开始冒冷汗，而且使劲抓后背。看他痒得难受，就用手去帮他挠。挠了几下，志强还是喊痒，我就叫他把衣服脱了我看看。他脱下了衣服，我把蜡烛靠近去看，后背已经被他抓得通红，但是看不出有什么异常。就在我准备告诉他的时候，我突然看到他的肩膀的位置，不知道什么时候，多了个东西。

一个黑色的手掌印。很浅，但是呈青黑色，绝对是一个手掌印！

# 第十章　逃出生天

看到这一幕，我差点叫出声。这个手掌印太让人恐惧了，我们之前遇到的很多怪事，似乎都是能够有所解释的，包括姜维墓中的灯，包括那白色的灯笼，即使是那红色的干尸，我们也知道是幻觉。但这个手掌印却让我心里感到异常地冰冷，因为这个手掌印真实存在。

我想确定一下到底是不是自己的幻觉，就用手掐了一下自己的大腿，很疼！看来这并不是幻觉，为了再次证实一下，我编了个谎，对志强说可能是你太紧张的原因，我给你按摩一下肩膀。

其实这样说的目的，只是想借这个机会用手去搓一下他肩膀的黑印，看看能否搓掉。

没等志强同意，我就用手给他按摩肩膀，趁机使劲搓了几下。这个黑色的印迹依然搓不掉。我心里就想："糟了，鬼打手！"

关于鬼打手，相信很多朋友有过这样的经历，头天晚上睡觉的时候，一切正常，但是第二天早上醒来，身上某个地方就出现了淤青的情况。我以前就遇到过这样的情况，而且还不止一两次，晚上我和我弟弟一起睡，弟弟睡的床边，我睡在里面，里面是墙，头天晚上什么都没有。早上醒来，身上就有淤青。这个淤青不可能是滚到床底下造成的，更不可能是我弟弟打的。我睡觉睡得不沉，一旦有个响动就会醒，所以如果滚到床底下或者挨打，我肯定要醒，而我外婆和我妈告诉我说，这个就是鬼打手。

志强见我停止了动作，就问我怎么了，我急忙告诉他没什么，说完又继续在背上给他挠。边挠边寻思，我们以前睡觉遇到的鬼打手都是在睡觉醒来才有的。况且是不是鬼打的还真不能确定，但是志强和我自从掉下来后，就没有睡过觉，顶多就是产生了一会儿幻觉。

那这个手掌印会是什么时候弄上去的呢？我脑袋里开始回忆我们从掉下深涧到现在所发生的事情。我的手依然没有停止给志强抠背。他的背上已经被我挠得非常红。

看到这个红色，我突然想到，难道是那张符搞的鬼？但是想了想，又否定了。如果志强现在身上痒，是因为那符的原因，这个解释还勉强成立，但那符应该不可能凭空给志强搞个手印。这样想来，那志强肩膀上的黑手印，就只有一种解释，那就真的是鬼做的！

想到这里，我又联想到一直跟随我们的叹息声，身上不禁打了个冷战。

帮志强挠了好一会儿，他终于喊不痒了，但身上还是很燥热。他这样一说，我突然又想到个情况，我和志强从掉下来后，就是一起的，走的路也是一样的，如果他出现这样的症状，那我也肯定会有呀！想到这个情况，我急忙又对志强扯了个谎，说我背上也很痒。叫他帮我看看，我脱下了T恤，志强开始在我背后挠，结果他挠得很重，挠了几下，我确实受不了，就叫他停下，然后问他刚刚我背上是不是红的。他告诉我说不是红的。从他看的眼神，没有看出什么异常，我心里暗暗肯定，我的背上应该没有手印。

我更加地糊涂了，难道在我们掉下深涧之前，志强背上就已经有了这个手印？

志强在旁边表现得很焦躁不安，一直喊热。我摸了摸志强的额头，没有发烫的感觉。我一时也不知道怎么办才好，所以也顾不得这么多了，先找地方出去和大家会合再说。我又问了问志强行动上有没有影响。他告诉我说，只是身上发烫，背上很痒，其他不舒服的感觉暂时还没有。听到他这样一说我稍微放心了一点，不敢再做停留。我总觉得这个地方感觉很怪，好像有双眼睛时刻在盯着我们一样。我见志强还没动，急忙催促他快走。

走了十多步，前面通道的坡度明显加大了，不再那么平缓。通道两边依然有很多骨头和衣服的碎片，但有些碎片却不再是日本军服的颜色。不过这些布和日本军装的共同点就是，非常碎。在一堆白骨的地方我又看到了一把日本军刀，走过去细看，这把刀没有刀鞘，刀身早已锈迹斑斑了。我捡了起来，交给了志强。叫志强把之前捡的那把有刀鞘的刀给我。那把没有刀鞘的日本刀，拿起要比我手里这把有刀鞘的烧火棍踏实多了。但是我体格要比志强好很多，所以还是把没有刀鞘的给他拿着。

通道的地面很湿滑，稍不注意就要摔倒，我和志强只能将日本刀当拐杖用，走了一会儿，地面突然又成了石板地面，尽管如此，地面湿滑的感觉并没有减少半分。

就在我在想前面到底还有多远的时候，通道突然朝左边拐了个弯。

拐弯后的通道明显要窄很多，整个宽度只能勉强容纳两个人并排行走，这条通道的腥臭味没有刚刚那条通道那么重，但是却很闷，让人透不过气。在通道两边也有那种油灯，但是现在看上去已经油尽灯枯了。

我俩刚走没多远，前面居然又向左拐了个弯。拐过弯后，前面的通道呈一种很低矮的石梯向上延伸，看来这个地方依然是个上坡，只不过这个坡改成了楼梯的形式而已。我和志强此时非常地疲惫，每走一步都要用掉很多的力气。

沿着石梯走了大约十多阶的时候，前面出现了一道门，一道黑色的门，有一根非常粗的看上去像石条一样的东西横在门中间，像我们农村祠堂大门的那种门闩。

看到这个门，我脑袋里一阵激灵。难道这是我们在三眼猫石室看到的那道我们无法打开的黑色的门？想到这里，我伸手摸了摸，这门的材质真的很像。

想到这里，我开始在脑袋里将我们掉下深涧后，走过的路在脑袋里空间

化。

  我们从那个有许多门的通道的尽头朝左转进入了那条满是骨头的"白骨通道",而"白骨通道"的尽头,如果我没有估计错的话,就正好是三眼猫石室的方向。根据我们在"白骨通道"走的距离可以大概判断出,"白骨通道"中间靠前位置的头顶,估计就正好是三眼石室。

  而我们开始上坡的时候,很有可能就已经经过了三眼石室,然后经过两次的转左,正好就到达了三眼猫石室的后方,也就是我们看见黑色门的位置。

  之前我们在三眼猫石室使劲地踢门,门都毫无反应,很可能就是因为门后这根门闩。当然,这些都是我的猜测,如果我猜得没错的话,应该就是这样。

  我把我的分析告诉了志强,志强点点头没有说什么,他现在看上去好像很不舒服,额头一直在冒汗,表情也显得很疲惫。其实在这个时候,看到这个黑色的门,我也高兴不起来,如果真如我推测的那样,这个黑色的门打开后是三眼猫石室的话,那事情就会变得更严重。

  我们之前在三眼猫石室的时候一直以为黑色的门后面就是出路,但如果我的推断成立的话,黑色门打开后就是我们现在所在这个的台阶,那就说明黑色门后面并不是我们所期望的出口,也就是说我们一直寻找的出路又没有了任何头绪。

  还有就是,如果这道黑色的门的后面真的是三眼石室,那我们出去后,说不定就成了那条大蛇的食物。

  想到这里,我心里顿时又开始紧张起来,一方面我担心外面的小鱼和其他人,一方面,我开始越来越迷茫,黑色的石门后面是这条通道,那我们的出路在哪里?

  通道的空气感觉越来越稀少,再不走可能真的要窒息了。

想到这里，我不得不给自己打气，先打开门，看看外面的情况再说。

下定决心后，我没有再犹豫，开始动手去搬那门闩，结果一搬才发现这门闩异常地沉重，用了很大力气，才将门闩抬了一点点起来。

但由于手里吃不住力，门闩又掉了下去，差点砸到手。尝试了几次，我依然无法将门闩搬起来。没办法，我只有叫志强过来帮忙。

两人费了很大力气，终于把门闩取了下来，这个东西看上去不是特别大，但是却很沉。

取下了门闩，我用手抠住原本放门闩的支架，费力地将门打开了一点点，透过这一点点的门缝观察外面的情况。外面果然是我们待过的三眼猫石室，墙壁上的灯还没有熄灭，所以整个石室还有点光，此时整个石室里面一片寂静，没有任何响动。

我屏住呼吸看了好一会儿，外面没有任何动静。我小声招呼志强跟在我后面准备出去。

志强在背后小声答应了一声，我小心翼翼地又将门拉开了一点，可能是由于长时间没人开启，所以在拉这门的时候，有种吱吱呀呀的开门声，听上去尤其刺耳。

这刺耳的声音让我很紧张，手心里、额头上不停地冒汗。

等门拉开到能容一个人通过的时候，我站在门后一动也不敢动，静静盯着前方。生怕这个声音惊动了前面石室的大蛇。

石室里依然没有动静，我这才稍微放心了点，回头轻声叫志强跟上，随后走出了石门。

比起通道里，石室里的空气好了很多。

我们尽量靠着石室的墙边走，每一步都走得很小心，每走一步都感觉到脚步异常地沉重，与此同时眼睛也一直盯着石台的位置看，拿着蜡烛和日本刀的手的手心里全是汗。

好不容易我们终于靠近了三个门洞的地方，石室里依然寂静无比，我

脚下的步伐加快了一点。在走出门洞的那一刻，我感觉悬着的心终于放了下来，嗓子都干得快冒烟了，忍不住就咳了出来，我急忙想忍住这样的咳嗽声，结果反而咳得更厉害。

我听到凤伟他们那边传来一阵骚动，看来他们似乎被我的咳嗽声吓到了。我急忙招呼他们，让他们不要害怕。随后就撒开腿朝他们跑去。

终于和他们几个会合了，我和志强浑身一软，瘫坐在了地上，嘴里不停地喘气。

众人眼神复杂地看着我们俩，似乎对我们从三眼猫石室出来感到很不可思议，没等我们开口，都七嘴八舌地询问起来。

我朝他们摆摆手，让他们等我喘口气。

等气喘匀以后，我忙爬起来去看小鱼，小鱼此时正睡在周玲的大腿上，很安静。

不过，从她的脸色和发白的嘴唇我可以看得出来，她肯定很不舒服。从她耳朵和脖子上的点点血痕可以看出，她的耳朵之前果然流过血。

我轻轻地摸了摸小鱼的脸，感觉到无比的心疼。志强也在旁边看着，没有说话，但我知道，他的心情肯定和我是一样的。我没有去叫醒小鱼，依然让她靠在周玲腿上，自己则找了个靠墙的位置坐了下来。

坐下后我开始简单给大家描述下面所发生的情况，当然，我没有告诉大家关于红色干尸和棺材里的叹息声以及志强和我背后被贴符的事情，这个时候我不想给大家添加任何的压力和恐惧。

尽管如此，大家听完我的描述后，依然欷歔不已，纷纷感叹这个洞穴确实不一般，但大家都想不到那个黑色的门竟然是通往深涧。

说到这里，大家陷入了沉默，一种无形的东西压在每一个人心头，如果那个黑色的门不是出路的话，那出路又在哪里？

见大家都沉不语，我悄悄把凤伟拉到一边，开始告诉他下面遇到的真实经历。凤伟听后差点叫出声，详细问了几句，皱起眉头想了起来。

随后，凤伟小声地对我说出了他的猜测。

我们看到红色干尸产生幻觉的事情，他也觉得可能是因为干尸身上有种特殊的东西，能导致我们产生幻觉。但对于棺材里的叹息声和我们背后被贴符的事情，他也想不出任何头绪。

至于出路，他此时也感到茫然。但此刻我想他最关心的事情，恐怕也是志强身上发生的状况以及肩膀上的黑手印。

我们没有继续说下去，凤伟走到志强面前准备去看志强身上的情况，走了两步，突然转过头回来问我们，你们的包呢？

说到包的问题，刚刚我只是简单跟他说了一下下面的情况，背包遗失这些细节我并没说，凤伟这一说，我才反应过来，我的包是在石台下面就掉了的，但是志强的包我记得他是一直背着的啊？志强在爬棺材的时候，背包都还在，我记得很清楚，但是走上悬梯的时候，我看见志强身后的符是贴在他背上的，背上那时候已经没有了背包。那时候因为紧张，我居然忽视了背包这个细节。而且在"白骨通道"，我给志强挠痒的时候，居然也忽视了。

志强听到我们这样一问，一下就站了起来，反过来问我，我的背包不是给你了吗？

我听到不由得一愣，你什么时候给我的？

志强说当时在进入那个铜镜石室之前，就反手回来递给了我，当时他还叫了我，我也接了！听到他这样说，我全身开始发麻，冷汗止不住往外冒，我敢肯定，他绝对没有给过我，我更没有接过。当时我确实是在他后面，但是我很肯定我绝对没有听见他叫我，他也没有递过背包给我。

如果说没有听见志强叫我，这一点还比较容易理解，当时我东看西看，也许他叫得小声，我没听见，但是他递背包给我，我不可能不知道的。

但从志强的表情来看，他绝对不像是开玩笑。

他不停地在旁边很恐惧地问我，到底背包在不在你那里？我也慌了，声音就加大了一点："怎么可能在我这里，在那个通道里，你也给我挠过背，你当时看到没有？如果没有看到，那你咋不说呢？"

听到我这样说，志强脸上不停地冒汗，声音也开始颤抖起来："当时那么紧张，我身上又发痒，脑壳也有点昏，我也没有注意到。"

一旁的凤伟意识到了问题的严重，又问志强，确定是不是给了我。志强很肯定地点了点头，见志强依然如此肯定，我和凤伟不由得倒吸了口凉气，如果真如志强所说的，他把背包递给了"我"，但我却完全没有印象，这就意味着我们进入这个洞穴以来，终于遇到了我们一直害怕的东西——鬼！

我和凤伟对望了一眼，又联想到了志强身上那个黑手印，身上的寒意更盛。

这一连串的事情，现在真的已经超出了我们所能理解的范围，无论如何凭我们的知识和见识也是无法解释出原因的。正因为这样，我们只有把这些现象归咎到鬼神灵异上。不知道志强是因为身体的原因，还是因为恐惧的原因，现在脸色非常不好，额头一直冒汗，身上也在发抖。

我急忙安慰他："志强，你娃不要乱想，当时可能是因为太紧张了，可能你放在哪个地方忘记拿了。我们还是想想看怎么出去，反正包里没什么重要的东西，掉了就算了。"

志强点了点头，我知道他是不相信我这个说法的，但此时，我们都只有去回避这件事情。

就在我和凤伟准备想想出口在哪里的时候，一直睡在周玲腿上的小鱼醒了。

醒来后，她并没有看到我，所以小声问周玲："杨杨他们上来没有？"

她问得很小声，声音听上去异常地虚弱无力，我心里一阵酸楚，忙走了过去，小鱼看见了我，动了动身体想要站起来，我蹲下身，示意她不要动。

我在小鱼身边坐下，马上就把小鱼抱在怀里，此时眼泪再也止不住地流了下来。

尽管才分开不久，但是我们却已经体会了生离死别的感觉，我心里有种非常强烈的感觉：怀中的小鱼是我这辈子永远不能丢弃，永远需要珍惜的人，小鱼在我的怀抱中也是轻轻抽泣，我轻声安慰着她，眼泪不停地滴落在她身上。小鱼仰起头，用手擦掉我的眼泪，我不知道怎么去安慰她，只能努力控制着我已经变调的声音，轻轻地在她耳边哼唱着五月天的《温柔》：

"走在风中，今天阳光，突然好温柔。天的温柔，地的温柔，像你抱着我……"

哼起这首歌，我想起去年在过年的时候，阳光暖暖照在身上，我和小鱼坐在镇上那家叫彼德音像店门外，听着音像店里传出这首歌曲，静静地看着面前熙熙攘攘赶场的人们。那时候的我们非常快乐，没有恐惧，没有忧伤，谁也没有想过，什么是死亡。

如此安慰了小鱼一阵，我站起身叫大家过来一起讨论一下出路的问题。

虽然我不愿意告诉大家现在的情况，但光靠我和凤伟，恐怕也很难想出办法。现在需要的是大家的力量。

凤伟首先说了他的看法，他觉得我们会不会是在途中走岔了，现在所在的位置根本就没有路，在姜维墓，我们看到了阳光，也许那个地方才是出口，但是我们没来得及看就进了姜维墓，所以，姜维墓外的空间是第一个有可能有出口的地方。

然后我们进入了姜维墓下面的庞大空间，看见了"奈何桥"。但是那个空间太大，我们只是按感觉走，所以这个空间是第二个有可能出现出口的地方。

再然后我们就进了城门，一直走到头顶全是干尸的平台，那个地方我们也没有仔细看两边的洞壁，所以这个是第三个有可能出现出口的地方。

接下来，我们就一直朝下来到了这里。在三眼猫石室，我们一直以为那个黑色的门是出口，结果现在才知道那个门不过是通往下面深涧的路。

还没等凤伟说完，我反驳他，你说的简直是废话，前三个可能出现的出口，存不存在我就不说了，你觉得我们现在的情况还可能回去吗？按照你的说法，最近的有可能出现的出口在那个全是干尸的平台，要到那里的话，我们又要从这个槽子爬过去，我可不想再掉下去一次。

听到我这样说，凤伟正要说话却被一向少言的周玲打断了。

周玲认为，我们还是应该找找前面还有没有路，看看有没有遗漏的地方。

我摇摇头，现在的通道是通往三眼猫石室，石室里，只有一道黑色的门，而黑色的门后面是通往深涧的通道，肯定没有其他洞口的。

我刚讲完，凤伟突然站了起来，嘴里一直嚷嚷，等一下，等一下，我们好像遗漏了地方。

凤伟见大家都用奇怪的眼神看着他，他继续说道，你们说，出口会不会在那个镜子石台下面，就是那个石槽下面。

经他这一提醒，我也想到，对啊，我怎么没有想到那个水槽下面有可能会有出路，那个房间如果真的有出路的话，恐怕只有那个地方了。

但我马上又想到个问题，如果那个水槽下面是出路，但里面全是水，而且还有那么大一条蛇！

凤伟摇了摇头，对我说道，你想，你在里面昏过去的时候，我们都跟你说了，我们听到有水声，估计就是二娃爬到台子上无意间按到了哪个机关，然后把水放掉了，那条蛇才会跑出来。

他这样说，我才想起，他们之前确实告诉过我这件事情。

这样说来，如果有出口，的确很有可能在那个地方。当然这只是我们的猜测，修建这个地方的古人的想法是我们所猜不透的，我们进来这么久，也没有看到什么传说中的宝贝之类的，除了惊吓和恐惧，什么都没有。

所以，对于出口在水槽下面，也仅仅只是我们的猜测。但不管怎么说，对于我们来讲，总算是又有了一点点希望，而就是这样很小的希望，对于此刻的我们来说，却是无比重要的。

但一想到那水槽里面有条很大的蛇，我又不由得感觉到这个希望的渺茫。

二娃告诉我和志强，你们还在下面的时候，那蛇的动静不大，而现在已经很久没有再出现过那种声音了。也不知道是不是还在石槽里面，或者是下面还有洞子，它跑到其他地方去了？

二娃正在说的时候，志强就问我，我们走的那个通道里面的白骨和那些衣服的碎片会不会就是那条蛇干的。他这样一说，我也有这样的感觉，那确实很像是凶猛的动物撕扯的。我小时在家里看到过一条蛇在我们家房梁上吃老鼠，那场景，太霸道了。

但是我却不知道，蛇吃了东西后，是不是要吐骨头，在我有限的知识中，蛇吃东西，都是吞，而不是咬。如果真的是那条蛇干的，那我们走过的有很多白骨的通道，应该就有和水槽相通的地方，因为蛇不可能和我们一样从那个门出入，而且那个门还是从里面上了门闩的。

讨论到这里，我们都陷入了沉默，恐惧和死亡包围着我们。现在谁也没有勇气去观察那个石台下面的情景，谁也不敢轻易去尝试。时间就在这样的沉默中一秒一秒地过去，大家心里都胡思乱想着。其实这个时候，不是每个人自私，而是面临这样的恐惧，谁也没有勇气上前。饥饿感越来越强，我不敢再去奢望那点仅剩的食物，因为这些是大家活命的根本，眼皮也开始打架，非常困乏。我使劲掐了掐自己的大腿，让自己清醒一点。看着身边小鱼虚弱无力的表情，我问她要不要吃点东西，她摇了摇头。

我将她朝怀里揽了揽，心里也下定了决心，我必须要把小鱼带出去，必须要把大家带出去。

人的潜力总是无穷的，对生的希望战胜了我对死的恐惧，我站起身决定

239

过去看看。

在深涧下面的时候，我看见过干尸，摸到过棺材里的东西，看到了神秘出现的符，可以说我的心理承受能力已经到了极限，也麻木了。

我站起身告诉大家，我要进去看看，大家没有说话，用一种复杂的眼神看着我，我不知道他们眼神的意思，但是我能感觉到大家眼神里那种对生的渴望。

凤伟走过来拍了拍我，说陪我进去，到时候我下水槽的时候，他在上面，万一有什么事情，还能拖我。我心里一阵苦笑，如果真的那蛇还在水槽里，我肯定是不敢下去的，天大的胆子我也不敢下去。我现在只是抱着侥幸的心理希望那蛇已经跑了。如果下去了，那蛇突然钻出来，就算上面是十个人拖我，估计我都跑不掉。

大家在这个时候都站了起来，没有说话，走过来一一和我拥抱。尤其是小鱼，抱我的时候不肯放手，她不愿意让我进去，我抱着她，试着说一些甜蜜的话来哄她，结果越说我越控制不住自己的情绪，眼泪不停流下来。这些眼泪，因为她，也因为自己。

我知道这次我也许真的可能回不来，但是为了小鱼，为了大家，我只能选择进去看看。在外面的时候，我们八个人都是平等的，没有老大，大家都是兄弟姐妹，但是自从进了这个洞，也许是因为我的身高和体格的关系，无形中大家把我和凤伟当成了主心骨，此时的我比任何人都需要下定决心。

我狠了狠心，推开了小鱼，拿了两根蜡烛还有绳子，和凤伟就朝前走去。小鱼在后面终于哭出了声音，我没有回头，这个时候我也不能回头，我知道，如果回头，可能就再也舍不得小鱼，好不容易提起的勇气也会瞬间消失。此时我心中对同伴，对这个世界，对自己家人不舍的情绪，已经超过了恐惧，脑袋里全是大家的身影。

也是在那个时候，我才知道，如果真的是面临死亡的那一瞬间，也许并不可怕，反而是你要一步一步去面临死亡的那种心境，才是最可怕的，而且，最重要的是，你还不知道你即将面临的是什么方式的死亡。

我和凤伟很快走到了门洞前面，我们互相对望了一眼鼓励对方，我也终于忍不住回头看了一下，大家此刻都安静地站立着，望着我们，虽然我已经看不清楚他们的眼神，烛光下的众人的身影，在我眼中变得有点飘渺。

我轻轻地对着大家说了声再见，我知道他们听不到，我也知道，也许，再也见不到他们，我没有了泪水，我的眼眶已经干涸，正如我此时的心境一样，面对死亡，突然灵魂也变得干涸。我毅然转头，面向前方的黑暗。

石室里面的灯光依然亮着，石室里也没有一点声音，这次我们目的性很强，没有再做多余的逗留，直接朝石台中间走了过去。

这段距离并不长，我们走得很慢，神经紧张地直盯着中间。这是一种煎熬，每走一步都感觉时间尤其漫长，之前脑袋里对同伴的不舍、恐惧等等的所有想法，此刻都被空白所覆盖，我们如同行尸走肉一般朝前移动着身体。

终于，我看到了石台，也看见了下面的水槽。

走到了水槽边，我终于控制不住，脚开始发抖，无论我怎么样深呼吸，都是徒劳，再看看凤伟，他也比我好不到哪去，脸上一片苍白。

此时水槽里，没有任何动静，尽管我心里非常害怕，但依然试着去看水槽下面的情况。

蜡烛分散的光照根本就看不见下面的情况，只是，下面好像确实没有水了。为了看得更清楚，我蹲下身子，将手上的蜡烛伸到水槽里去照，黑暗依然。我没有放弃，为了看得更清楚，我将身体全部扑在地上，再次将手上的蜡烛伸向了下面，水槽中依然黑暗一片，不知道到底有多深。

我站起身，茫然地看着凤伟，凤伟也同样茫然地看着我。现在水槽下面的情况我们看不清楚，纵然借我十个胆子，我依然不敢贸然下去。

凤伟在他身后的背包里不停地摸索，不一会儿，摸出两支手电来，取出电池就开始咬，这个办法是我们一直以来使用频率最高最有效的办法。

电筒终于亮了，凤伟拿着电筒开始朝下面照。但是电池的能量太少了，

照下去依然是黑暗一片，凤伟想都没想，就将手电丢了下去。

水槽里传来一阵碰撞声，手电落地了。值得庆幸的是，手电掉下去居然没坏，依然还亮着，从手电有限的光照范围可以看到，下面空荡荡的，除了有水迹，没有任何的东西，但这仅仅只是手电光照出的那一点范围而已。

不过，根据手电的光，我们对这个水槽的深度有了个大概的估计。水槽起码有三四米深。

看到这个情景，我吸了口凉气，太深了，如果下去了，出现意外，就算上面有凤伟，我也绝对是跑不掉的。

凤伟也在旁边跟我说，干脆不下去了，我们还是找找别的路算了。

听到他这样说，我摇了摇头，现在确实不可能再回去找其他路了，我们的体力、食物、精力已经不足以让我们消耗了，而且现在很多人的身上多多少少都出现了奇怪的现象，特别是小鱼。

我脑袋里一片混乱，从小到大一些想得起和想不起来的事情，突然间在脑子里不停地闪现，也许，这就是濒临死亡的感觉，就和我掉下深洞时的一样，那么真切，那么让人绝望。

我不知道这种想法在我脑袋里播放了多少秒，我只觉得，似乎在很短的时间里，我将我的人生重新过了一次，短暂而又让人不舍。

我咬咬牙，心里下定了决心。还是决定下去，现在这个事情说出来，大家可能都觉得不可思议，其实，如果是你，到了这样的关头，我相信你也只能做这样的选择。

我叫凤伟拿出绳子，然后让他一头抓住绳子，自己抓住绳子的另一头，顺着绳子开始朝下滑。可能是我太重了，凤伟那头一直抖个不停，非常困难地往下落了大概接近两米，我干脆放开绳子跳了下去，伴随着巨大的落地声，我的脚传来生硬的疼痛。

落地后，我一动也不动地仔细听着水槽里的动静，除了偶尔有滴水声，什么声音也没有。

下面有种让人作呕的恶臭，非常非常臭，比我之前在棺材那里遇到的那种液体的味道还要臭上许多，就算我屏住呼吸，但是这股味道依然毫无阻挡地朝鼻子里钻，这股味道冲得我脑袋有点发晕。

我费力地站起身，又静静听着水槽里面的动静，良久，依然没有任何声音，于是我开始拿着蜡烛四周看，这个水槽很奇怪，上面的口子不宽，但是下面的却明显要比上面宽一点，虽然不能容纳两个人并行，但是一个人行走还是没有问题的，水槽的底部和两边都是用石板砌成的，由于之前水槽里面有水，所以地面还有很多的水迹。在水槽的底部有很多拳头大小的小洞，看上去很像排水用的。

见没有什么动静，我开始沿着水槽查看，每一步我都走得异常小心，耳朵也仔细听着动静。沿着顺时针方向走了几步，我真的在洞槽的外部发现了一个门，不过这个门很小，只有半米来高，一米多宽的样子，凑近门的洞口，臭味更加浓重，我的第一反应就是，这个门难道是蛇用来出入的？想到这里，我生怕那蛇一下就钻出来咬我的头，不敢再停留，准备去看看其他三面的石槽槽壁。转过弯，走了几步，我就在第二面洞槽的外壁看见了一人高的拱形石门，仅仅只有一个人宽。我把鼻子凑近那个门闻了闻，里面的恶臭少了很多。我壮着胆子把头伸进去看，里面是个通道，一直朝下延伸。也看不清楚到底要延伸到哪里，最为奇怪的是这个门里通道的地面，居然又是之前看到过的那种有点泛红的泥土。在这个门的位置我没有再做停留，继续去看水槽的第三面，走完第三面，没有再发现任何的门洞通道。第四面也是同样的，除了两面的石壁，没有再看见有门洞的痕迹。我心里琢磨，难道那个拱形石门就是通往出口的？

我急忙把我的发现告诉凤伟，刚刚一直没来得及跟他说。他听了以后也觉得那个就是出口，问我要不要进去看看，如果安全，再叫其他人。我想了想也是这个道理，如果现在把所有的人都叫下来，万一有个什么危险，

比如那蛇蹿出来，大家都要死在这里。想到了这里，我就走到拱形门的门口，走进了门里。这个拱形门里面的通道一直朝下，但同样坡度不是很大，地面有水流过的痕迹。下了没几步，那种恶臭减轻了很多，通道突然向右转了个角，但这个转角却不是90度的，是有点像斜的转角。前面的地面越来越干燥。这个通道很奇怪，感觉非常干净。连蜘蛛网都没有，地面踩上去有点软，甚至还会留下浅浅的脚印。看到这些脚印，我才发现，我前面的路，居然没有任何的脚印，就好像从来没有人踩过一样。难道我们是第一批到这里来的人？还有就是地上不仅没有人的痕迹，连动物的也没有。也就是说，那条巨大的蛇没有来过这里。不然的话肯定会留下痕迹。想到这里，我已经断定了这个地方相对比较安全，没有再往前走，急忙走到水槽里告诉凤伟叫他们赶快下来。

凤伟听到了，就朝门外面跑去了，我这才去把凤伟之前丢下来的手电捡起来，发现手电的玻璃已经裂缝了。我现在基本上确定了那个半人高的洞是那蛇的洞口，所以急忙退回到拱形洞口去等他们。这种等待是漫长的，在等待的过程中，我心里非常焦急。一直不停朝前望，希望他们赶快过来，又一直不停朝后望害怕有东西在我背后。终于，上面有了蜡烛的光亮，我也听到凤伟在小声喊我。我忙走到水槽里。叫凤伟和汪勇拉住绳子，其他人赶快抓紧时间下来。很快大家到了水槽底部，每个人下来都闻到了这里的恶臭，忍不住一阵恶心，我急忙招呼他们点起蜡烛，快去那个拱形门。上面只留下了凤伟一个人，因为没有人在上面给他拉绳子，所以没法下来，他在上面问我怎么办。现在能怎么办，只有自己跳下来。我在下面催促凤伟，在这个地方多待一会儿，就会很危险，所以要赶快下来。凤伟经不起我的催促，终于跳了下来。水槽上方本来就小，跳下来基本上都是垂直跳下，不像我之前是落了一段距离到了下面宽阔点的地方才跳下来。所以他跳下来的时候，脚重重地蹾了一下，疼得不行了。我赶紧扶他起来朝拱形门走去，就在要走到门口的时候，我突然感觉到这个水槽的恶臭又加重了，而且还有一股腥风吹过来，我心里一沉，糟了，那条蛇被引出来了！

我急忙让凤伟先进去，我站在门口望向后面，一个看不清楚的东西向我扑了过来。还没等我反应过来，那东西不知道用什么地方顶了我一下，我一下就被腾空地顶进了门里。身上传来剧烈的疼痛。电筒和蜡烛也失手掉了出去，其他人看到了，都慌乱起来，然后有人就过来扶我，我急忙叫大家赶快朝前跑，汪勇扶着我也跟在大家的后面。我们跑过了那个转角，再朝前跑了一段距离，又到了一个空间里。这个空间感觉很大，我们发出的声音，在这里显得很空旷。我转身看后面的通道。蛇没有追上来，这才放了点心，一屁股坐在地上开始大口喘气，胃里不停翻腾，感觉很难受。刚刚那东西把我撞得飞出来，虽然地面是红色的泥土，但摔在上面还是很痛，倒是它顶我的那一下，虽然感觉力道非常大，但背上却不是那么疼。

大家这个时候都朝后面的通道张望，看到蛇没有进来，都放心了一点。凤伟这个时候蹲在地上，用手捻了点泥土在看，看了一会儿，就对我们说，蛇不敢进通道，可能是因为这个泥土的关系。"这个是不是雄黄哦！"我摇摇头，对他说，以前端午节我们家都要买雄黄，绝对不是这个样子的。可能是其他东西，但我觉得他说得对，蛇肯定是因为这个红色的土才不敢进来，我们在下面通道的时候，那个很多门的通道，下面也是这种红色的土，那个通道也跟这个一样，很干净。如果这个泥土不是阻挡蛇的原因，那还有个原因，就是现在我们所在这个空间，有蛇惧怕的东西！

我们在洞口的地方待了好一阵，通道里没有传来任何动静。小鱼也在旁边关切地问我，这个时候我才顾得上去拥抱她，她又开始哭了起来。其实不是小鱼爱哭，而是因为刚刚我们经历了生离死别的感觉，现在又大难不死一般地重逢，虽然分离的时间不长，但这样的感觉却很强烈。如果要死，那就让我们死在一起吧。我这样想着，心里也开始释怀。

又休息了一会儿，身上疼痛不再那么强烈了，我起身招呼大家朝前走。

有了下水槽的经验，此刻我感觉自己心理承受能力已经很强了，所以从汪勇手里拿过我之前捡的日本军刀，准备朝前走。结果汪勇一把将我扯了回来，叫我不要急，商量一下再说。大家开始简单商量准备怎么做，商量的结果是，大家分两批从门口两边走，我、小鱼、汪勇、周玲从进门的右边开始走，其他人则走左边。走了没多久，大概也就几米的样子，墙就转角了。当下我就感觉到很奇怪，怎么回事，这个房间感觉挺大的，说话大声点，都有回音和空旷的感觉，但怎么这么快就到了转角？尽管有这样的疑问，也没有再去想，转角后继续朝前面走。这个石室的地面和通道一样，都是红色的泥土，但这儿却比通道的地面要硬很多，脚踩上去，不留任何的痕迹，而且非常平整，感觉就好像踩在水泥地上一样。在走的过程中我们开始观察墙壁，这儿的墙壁和我跟志强看到的倒立石室一样，墙上全部是有色彩的壁画。不过这些壁画不再是倒立的。壁画讲述的事情也和倒立石室的内容一样，都是很多的人围着一个模糊的东西在跳舞，稍有不同的是，之前在倒立石室看到的壁画可以很明显地看出，画里的人物是在一个空旷的地方围着跳舞，因为当时那些画远处还有山。而现在这些壁画在周围画上了一些线条，让人感觉，他们是在一个巨大的房间里围着中间的模糊事物在跳舞。而且舞蹈的动作也很奇怪，倒立石室的壁画里的人跳舞，动作很正常，无非是提腿、甩手之类的。而现在这些壁画里的舞蹈动作却非常地夸张，有些人物的腿几乎都提到了头那个地方。

  再往前走，这些壁画都是同样的内容，也就是里面人物穿着的复杂性，以及人数的多少有所区分。当我们看到第九幅画的时候，突然惊讶地发现，第九幅画的内容明显就不一样了，因为这幅画上人物的着装，我们太熟悉了。里面的人穿着的是近代的军装，而且还有些人穿的军装感觉上像是日本人！这些人物没有再围着中间的东西跳舞，而是以一种看似进攻又有点像防守的姿态围着中间的事物。在画的右下脚躺着很多穿着同样军装的人以及骸髅。这实在太让人惊讶了，因为这画和前面几幅画看上去都很斑驳，而且斑驳的程度和色彩的褪色程度几乎也没有什么区别。给人感觉这些画都是同一时间画的,而且年代很久远。这幅画以后,墙壁上再没有了内容,而是出现了一个非常光洁的石板,石板上刻了很多的字。所有的字都是用繁体字来雕刻的,而且每个字都特意用红色的颜料做过润色。我大概看了一下这些字,可读不懂意思。我对这些东西是没有多少兴趣的,于是就开始继续朝前走,前面墙上再没有了任何东西。在走了大概十多米的时候,又有了转角。

转角以后,墙壁上被人为凿了很多洞。有些洞是圆形的,有些洞是方形的,都比较规则。洞的大小如成人的拳头。我用手上的日本军刀去捅,结果插进去,完全捅不到底,里面非常深。旁边的汪勇看了这些洞,就说这些该不会是发射机关的洞吧。他这一说,我觉得还真的有点像,刚刚才放下不久的心顿时又提了起来。这个时候的感觉,就好像有很多拿着枪的人围在你身边,让你感到如芒刺背一样的难受。我们四人不敢再看,只得继续朝前走,结果不一会儿就碰到了对面的四个同伴。他们和我们一样,在对面也是看到了很多的壁画,但是根据凤伟的简单描述,可以知道,和我们的大不一样,也顾不得问太多。让大家泄气的是,我们找了一圈,都没有找到有洞口的地方。难道又在中间?从我们进到这个黄古洞以来,很多石室的出入口都建造在中间,这一点很奇怪。难道是古人故意这样做的?这样做又是什么目的呢?

大家简单交换了下意见,都觉得现在唯一的希望,就只有再看看中间。正准备朝中间的方向走的时候,凤伟却提出,想要过去看看我们发现的那些文字。我一下就有点冒火了,这都到了生死关天的时候了,怎么还有心情搞这些,现在我们连出口都没有找到,搞这些有什么用?但是凤伟却有自己的理论,他觉得这些文字的出现肯定是有原因的,万一对我们寻找出路有用呢?后来出洞后,我才认识到他这个做法是正确的,在某些方面,这些文字确实起到了很大的作用。

我见不能阻止他,就由他去了,他叫上志强,让志强帮他拿一下蜡烛,

就朝我们刚刚过来的墙的位置小跑了过去。我和其他的人便开始朝中间走。我们刚刚顺着墙走的时候，对整个空间的大小已经有了个初步的概念。目前这个空间，可能有十五米宽，三四十米长，是个巨大的石室。当然在我们毫无工具的情况下，这些数据都是靠自己的步伐测出来的。总之这个空间非常大，而且似乎很高。我们把蜡烛努力举到头顶，依然看不到最上面的情况。在朝中间走的过程中，不断有水滴落下来。这次的水很奇怪。不再是那种淡红的颜色，而是正常的颜色。

走了大概二十多步的样子，面前突然出现了一堵墙，我们都觉得莫名其妙。而且这墙也有刚刚看到的那种圆形和正方形的孔。我同样用日本刀去捅，传来的感觉依然和刚刚一样，完全捅不到底。旁边的周玲说，这恐怕不是墙吧，谁会在靠近中间的地方修墙，会不会又是个石台？我还没开腔，汪勇就拿着蜡烛举上头顶开始去照。果然，这个墙在汪勇头顶不高的地方就没有了。我叫二娃过来骑在我肩膀上，看看石台上是什么。二娃依言骑在我肩膀上，拿着蜡烛去照。才照一会儿，二娃就拍我的脑壳，喊我放他下来。一落地，他就对我们说，上面还有个石台，只不过比这个石台要小一点。那个石台和下面这个石台的距离大概只有五十厘米。而且上面那个石台又刻了很多姜维墓上那种不认识的小字。还有就是，贴了很多的符。

我听他说到符，心里一紧，不可能又是我们遇到的那种符吧！忙问那个符的材质，二娃说他只是大概看了一眼，觉得心里发慌，就不敢看了。本来我想骑汪勇的肩膀亲自上去看看的，小鱼和另两个女生却催促我们赶快看看有没有出口。所以我也打消了这样的想法，把现在的人分成两组，朝两个方向走。这面墙，准确点说，这个石台的这一面全是圆形和方形的孔。走了十多步，到了石台的边缘，我们转了个方向开始看石台的另一边，走了没几步，真的看到了个门，这个门比我身高还要高点，大概有两米高、一米宽的样子，不过这个门却有一个石头做的门板，门板的最高处，刻着一个从没有见过的猛兽，感觉很威武，让人有种望而生畏的感觉。猛兽下面有个很大的字，这个字的写法看上去很古老，但是由于笔画很简单，也比较容易认，是个"天"字。我拿着蜡烛继续朝下看，下面却出现了个形状很奇怪的洞，看上去像朵梅花一样。这个洞不像那些圆形和四方形的洞那么深，这个洞很浅，我把手指插进去，刚好半根手指的样子。也不知道这个洞是干什么的。我使劲推了推这个石门，完全没有反应。小鱼和周玲也过来帮我推，但还是没有任何反应，看来这个门肯定又是关死了的，完全打不开。我们三个彻底放弃了进这个门的想法，无奈地叹了口气，又开始朝前走。很快我们又碰到石台转角的地方，来到石台的第三面，但是却没有看到对面同伴的烛光，急忙就叫他们，汪勇很快给我回了话，说他们发现了个门，打不开，正在看。听到他们也找到了门，我牵着小鱼加大了脚步。

　　不过走了没多远，我们又发现了一道门，和刚刚石台第二面看到的门一样，同样有猛兽的雕刻，但是下面的字却不一样了，认了半天，我终于认出，这个好像是个"地"字。在字的下方同样有个洞。这个洞却不像梅花形，而是一个菱形，不过这个菱形的四周却有好几道不规则的锯齿。我推了推，门依然是纹丝不动。看来和前面那个"天"字门一样，是被封死了的，完全推不动。我看他们还没有过来，就叫小鱼和周玲跟在我后面去汪勇他们那边。转过角，我就看见汪勇、二娃和许燕，他们站在那里，汪勇不停地用脚在蹬门。

　　我们三个走过去，这才看到这门和其他两个门都是一样，也是有猛兽雕刻，并且下面有字。这次这字就更好认了，是个"人"，而字下面的洞，这次又是个三角形，这个三角形的三条边缘同样呈现出锯齿状。

　　我告诉他们三个我们所看见的门的情况，叫汪勇不要蹬了，这个门肯定是打不开的。汪勇提出要去看看另外两个门，我没有阻止他。他准备绕过去的时候我们听到了脚步声，凤伟和志强走了过来。志强边走，边在用手抠背。我心一沉，难道他身上的症状又发作了？

正想着的时候,凤伟和志强走了过来,看到我们面前的石门,发出了惊讶的声音。然后凤伟就问我发现了什么,我简单告诉了他我们发现的三个石门的情况。几句话说完后,就问他抄完没有?结果他反问我有没有认真读过上面的文字,我不大明白他什么意思,只好回答虽然看了一下,但完全搞不懂上面说的什么,而且这些文字看上去很像诗,但有些话读起来又不通顺。他就把笔记本递给我,我拿到后,就和其他几个人开始看。凤伟告诉我们他和志强再去看看其他的门,说完就招呼志强。汪勇听到后,也一起跟了去。

我没有管他们,而是和剩下的人一起看凤伟抄写的内容。我们几个人围成一个圈,虽然小鱼和周玲已经看过了,但听到凤伟刚刚那样说,她们也感觉到很奇怪,所以也围过来仔细看日记本上的内容。由于时间仓促,凤伟写得很潦草,但还是能辨认:

封仙台上存骨仙,骨仙手中王基山。君要寻仙无绝路,遥望万丈天地间。

封魂只在一指间,太乙无声沌无渊。坐镇乃需万魂炼,四方宝鼎无根连。

九世修来终成空,只因生在此山中。大河山川四方磬,无顶四方塔上云。

云霄深处藏神棺,凡人勿近魂魄散。灵兽意在守四方,无根无心定当亡。

这些正是我在墙壁上看到的内容,当时就不懂,现在凤伟叫我们看,我还是一头雾水。我们五个人都在想这些诗句感觉太像打油诗了,有些还很押韵,读起来朗朗上口,不像是什么高深莫测的谜题。大家都在互相问有没有看出什么，结果都在摇头。

这个时候，许燕突然问大家："你们说，文字里面写的四方塔，会不会就是我们面前这个石台哦，这个石台上面还有层石台，会不会还有第三层石台？如果有的话，就真的是塔了。"我想了想，好像这样说也对，转过头就跟二娃说："要不然，你骑我肩膀再上去看看？"二娃点了点头。

我们现在虽然在找出路，但是决定还是仔细看看，免得像无头苍蝇一样乱找，这样反而更加浪费时间和体力，这个时候大家心情逐渐从恐惧变得稍微平静了下来，这对我们来说，是相当难得的。二娃骑在我的脖子上，开始朝石台上面爬，我叮嘱他小心一点，不要随便去碰任何东西。二娃爬上了石台后，又扑在石台上问我要了蜡烛，然后就开始站在石台上观察。随后我们就听见了他的声音。"燕子，你还有点本事，上头硬是有第三层，第三层没得好高，但是站脚的地方很窄，还是有符，咋个这么多符哦。我爬上去看看有没得第四层哈。"说完我们就看见他把蜡烛放在了高处，估计那就是他说的第三层，然后就看见他朝上爬。很不容易，他终于爬了上去。一爬上去，他就立刻叫了起来，从他发出的声音判断不像是因为恐惧发出来的，反而听起来有点兴奋。难道他发现洞口了？

"发财了，发财了，好多东西哦！"我听到他这样说，急忙想叫他不要去动那些东西。结果话还没说出口，他就朝我们的方向甩东西下来。东西落在泥地里没有声音。我拿蜡烛正要去捡的时候，结果他又丢了几个下来。我顾不得去捡，急忙跟他说，赶快下来，快点，不要去动了。等一下就糟了。

经过了这么长时间的折磨，我们现在身心疲惫，只想早点找出路出去，这个时候谁还有心去搞这些东西？就算现在有一块金砖在我面前，也比不上吃的重要。二娃可能从我的语气中听出来我已经有点冒火了，没有再丢，而是跳下了第三层石台，接着跳到了第二层，然后跳到了地面。我看到他下来了，这才放了点心。还没来得及责怪他，他就跑过来，见我们都没有去捡，

就开始捡他刚刚丢下的东西。我这才注意到他丢下的东西，有一串佛珠，黑色的，很长，每个珠子都有我们小时候玩的弹子那么大。还有三串看上去很像玉的项链，也很长，整个项链都串满了一颗颗像玉一样的绿色珠子，每个珠子就好像我们小时候玩具枪的那种塑料子弹一样大。项链下面又坠了块白玉，玉挺大，比手表的表盖还要大一些，颜色洁白柔和，看上去很舒服。还有一个，是有点偏红色的玉做的怪兽。其实这个东西我到现在也不知道怎么来形容，材质摸上去有点像玉，但颜色却是偏红色的，这怪兽的样子也很奇怪，四脚着地的一种类似于防御的姿势。整个东西雕刻得极其精美，却辨识不出来到底是什么动物。（我们出洞后，我特意查过龙之九子的样子，很肯定这个不是龙之九子中的造型，也不是貔貅，更不是麒麟，模样很古怪，但看上去很凶猛，而且材质我到现在都不敢肯定到底是什么材质。）我从二娃手里拿过这个东西，拿到手上，感觉沉甸甸的。

我们正准备看其他几样的时候，突然听到凤伟在叫我们，我答应了一声，就转过角去看他。可我没在门的位置看到他们三个，反而在离这个石塔几米远我们进来的通道的那个方向的一个位置看到了他们，他们正蹲在地上不知道在看什么，我们五个人快步走过去。走近了才发现，地上居然有个洞，直径大概在一米五左右。此时他们三个都在围着这个洞看。

看到我们走了过来，他们三人站起了身。我走近去看，才发现这个洞口居然是一直斜着朝下的。凤伟这个时候和我们说："你们说这个洞会不会是出口啊，咋个莫名其妙地出现在这个地方？我们之前看到的所有的洞要么是天然的，要么就是人工修得很工整，现在这个洞我咋感觉是随便挖的一样，志强刚刚拿蜡烛伸下去照，好像下面还挺深。你们说这个是不是通外面的啊？"

这个洞确实和凤伟说的一样，看上去像随便挖的一个洞，但是如果是随便挖的洞，那应该有挖出来的土堆在外面才对啊。而且如果这个洞足够深的话，那土还应该不少。但我们走了一大圈了，没看见哪里有土堆。我拿着蜡烛去照这个洞里，这才发现，这个空间的红色泥土也仅仅只有十多厘米厚，然后下面的土石是正常的颜色。我也不确定这个洞到底是做什么用的，想先下去看看。结果被二娃阻止了。他说自己个子小一点，让他去好了，如果前面有什么东西，后退也比较容易，我见大家都点头，也没有再去争。二娃拿了蜡烛，就头朝下开始爬。由于他拿着蜡烛，所以爬得不是很快。我们都心情紧张地看着洞里，二娃的烛光越来越微弱，很快就要看不见了。这个时候，我们突然听到这个地洞里面传来很大的声响，我们一慌，就开始大声叫二娃，过了几分钟，我们就看见了二娃的屁股，原来刚刚那声音是他后退的声音。众人见他没事，心暂时放了下来。

二娃退回来后，一屁股就坐在了地上，脸色看上去煞白煞白的。"妈的，太吓人了，下面有个死人，衣裳都没有烂完！"听到他这样一说，大家都吓了一跳，急忙问他详细情况，原来二娃爬了一段距离，觉得这个地洞越来越像出口，按他的话来说，好像已经感觉到了新鲜空气的味道。所以就继续朝前爬，结果就看到有个东西堵在那个地方，爬近了一看，魂都差点吓掉，居然是个人的脚，鞋子裤子都没有烂完，所以就赶快爬了出来。

听到他这么一说，特别是说到感觉到了新鲜空气，大家求生的心情代替了这种恐惧，心情不由自主地放松了一点。大家席地而坐开始商量到底进不进这个洞，如果进这个洞的话，背包肯定不能要了。但是如果这个洞不是通向外面的，那我们就真的只有等死。

凤伟这个时候提出了他的看法："我觉得这个洞说不定真的可以通到外面，主要是我觉得这个洞有点像盗墓的挖的，我看很多书，都是说的好多盗墓的找到了古墓就挖盗洞进来。那个死在洞里的，是不是就是盗墓的贼娃子？"

他这样说还真有点道理，但如果这个真的是盗墓挖的洞，那个人真的是盗墓的人，那他咋个会死在里头呢？这个问题是志强提出来的。二娃这个时

候接话了，他说他看到那个人是脚朝现在这个洞口，看样子是准备爬出去，但不晓得为啥子死在里面了。

　　大家七嘴八舌地议论了一小会儿，决定还是由二娃进去，先把那个死人拖出来，然后再进去探探路。二娃听到说叫他进去拖，打死也不干，说宁愿死也不去。最后，他可能实在受不了大家那种对求生的渴望，终于勉强同意了。拿了蜡烛就爬进了洞。现在想起来，我都觉得二娃胆子真的很大，我虽然和志强经历了那么多的事情，但和他的胆子比起来，确实自愧不如。等待总是漫长的，感觉隔了好久，终于地洞里传来了之前那种朝后退的声响，我们眼睛眨也不眨地盯着洞里面看。嘴巴里一直不停鼓励着二娃。又过了许久，我们终于看到了二娃的身影。汪勇直接扑在地上，抓住二娃的双脚朝后拖。把二娃拖出来以后，二娃一下就软在了地上，而他拖出来的那个死人骨头，却堵在了靠近洞口的地方。二娃手中的蜡烛也不知道到哪里去了。

　　汪勇看到那个死人骨头，用刚刚拖二娃的姿势，把那个死人骨头拖了出来。果然，和二娃说的一样，只有骨头，身上的衣服破破烂烂的，颜色已经分不清楚。汪勇提起这个骷髅，走向了那个石台，我和志强跟了上去，看到汪勇把骷髅靠在石塔的墙壁上，然后作了几个揖，嘴里念念叨叨的，把我和志强看得莫名其妙。汪勇站起身，也不知道是在自言自语还是对我们两个说：还是尊敬一点好一些，保佑我们早点出去。

　　我苦笑着摇摇头，走到二娃身边安慰他，他对我摇了摇头表示自己没事。大家就开始讨论怎么来钻这个地洞。很快有了结果。我们决定把所有包里必要的东西全部都集中在凤伟的包里，毕竟他的要大一点，然后把这个包用绳子拴在最后一个人的脚上拖走，我们又大致安排了一下钻洞的顺序。第一是二娃，他小巧一些，爬快一点给我们探路，身上就只携带一支手电，两节电池，再加一支蜡烛。当然电筒里的电池都是咬过的，能支持多久就多久，毕竟在爬行的时候要比蜡烛方便很多，如果没电了，再点蜡烛。其他人都跟在二娃的后面，而我则排在最后，负责拖包包。其他不重要的东西，比如日本刀这些，就丢了不带。在讲到二娃丢下来的那些"宝贝"的时候，大部分人都同意把这些东西留在这里，不带走。但二娃却坚持要带，说这些东西又不占地方。我们没有再去阻止他。他自顾自地开始把这些东西装进凤伟的大包里。而凤伟也同时把包里的其他东西朝外丢，里面只留了他的日记本。

在整理的时候，我们发现我们的水和食物已经不多了，把喝剩的水倒在一起，只有一瓶半了，面包也只剩三个，蜡烛也只剩下四根完整的。大家看到这些，心里开始发慌起来，如果这个不是出去的地洞，那我们真的只有死路一条。这个时候凤伟婆婆妈妈的性格又体现了出来，他问我们要不要再找找看还有没有其他的出口。我心想，真是废话！如果还能找到，我们就不会坐在这里了，该找的我们基本都找过了，这个石塔下面的三个门根本就打不开。现在唯一的希望就只有这个地洞。

就在大家还在整理背包的时候，空间里突然传来了一种声音，听上去很低沉，汪勇急忙做了个嘘声的手势，叫大家不要说话。我们每个人都竖起耳朵开始听这声音，寻找声音的来源。刚平复没有多久的心脏又开始狂跳了起来，小鱼慢慢移到了我的身边，紧张地抓着我的手。我拿过她右手的背包，背在自己的背上，现在背包非常轻，不知道里面还有什么东西。这个低沉的声音越来越大，感觉离我们越来越近，此时由于声音的加大，我们也分辨清楚了声音的来源，这声音居然来自我们面前不远的石塔！而这个低沉的声音，听上去异常浑厚。感觉不像我们所遇到的蛇、猫这些动物发出的声音。我们更不知道为什么这声音会在这个时候响起来。

我们不眨眼地盯着黑暗中的石塔。不知道这声音到底是从石塔内部传出的，还是石塔上面传出来的。不过很肯定的一点是，这声音绝对是来自石塔。我很小声地招呼二娃，叫他赶快钻进洞里去，二娃点了点头，扑在地上，开始朝洞里面钻，这个时候我又叫小鱼跟在后面，小鱼不肯，说要和我

一起，我有点生气地告诉她，必须赶快走，说着就把她朝洞口那个方向推，小鱼见我语气很坚定，只好移到洞口那个方向，也学二娃的姿势开始朝里面爬。等小鱼完全进去以后，然后是周玲。周玲刚刚爬进去。许燕走过去准备蹲下身朝洞里爬的时候，我们突然就听到了一种沉闷的落地声，然后就是刚刚那种低沉的叫声，不过这次却明显大了很多，感觉离我们越来越近。同时，似乎还有跑动的声音，我们大概能听出，这声音在我们现在面对石塔左手的方向。当时，我们只有一个念头。跑！

感觉到了这样的恐怖威胁，我的声音也控制不住了，叫了声，大家从右手边快跑！然后又对着洞里大声喊，周玲你们快点爬，不要回来！话一说完，我们就开始朝右边顺着墙跑，我边跑还不忘嘱咐凤伟护住蜡烛，不要整熄了。许多年后的今天，我想起当时的情景，觉得那是我难得一次的冷静。

我跑在最后，感觉后面的叫声离我越来越近，而且也能感觉到是一种猛兽跑动的声音。我不敢回头去看，怕一回头，那猛兽就会扑上来。前面的凤伟跑得不快，因为他要护着蜡烛，如果光源没有了，我们就真的死路一条了，但是也正是这个原因让他跑得很慢。我急忙叫大家赶快互相牵起手，死都不要放开，凤伟不要管蜡烛了，顺着墙壁跑。因为这个时候，我看到他已经跑到了墙壁的位置。大家在慌乱中，终于牵住了同伴的手，小声地叫着彼此的名字。而身后的东西，似乎移动得并不是特别快。因为按照我们的速度，如果是速度快的东西，估计早就追上我们了。

此时，那个怪声突然没有了，跑动的声音也没有了。我们几个听到突然安静了下来，也放缓了脚步，然后停了下来，背靠着墙，看着眼前的黑暗。这个时候蜡烛已经完全熄灭了，整个空间一点光亮都没有，此时我也顾不得去想二娃他们三个，只在心里祈祷，他们千万不要听到我们外面混乱的声音，又钻了回来。空间里依然安静着，即使是这样，我们依然不敢放松。这个时候凤伟小声告诉大家，一定不要放手，我们顺着墙跑。凤伟刚刚说完，那声音又叫了起来，我感觉到我前面的许燕的手突然把我一扯，这才知道，凤伟带头又跑了起来。这种手牵手跑起来的感觉真的很奇怪。加上眼前全是黑暗的，没有一点光亮，所以心里非常没有底。也许作为带头的凤伟可以一只手摸着墙，一只手牵着后面的人，这样来辨别方向，但是后面的人就完全搞不清楚方向，不知道自己到底还是不是顺着墙壁在跑。

后面的声音离我们越来越近，我一着急就叫凤伟加快速度，结果声音大了一点，后面的东西的声音也跟着叫了起来。我甚至都能感觉到背后传来一种强烈的臭味。而面对现在的黑暗，我无比恐慌，就在这个时候，我突然被脚下什么东西绊了一下，和前面的许燕拉着的手差点松开。我脑袋里就更加地乱了，因为我刚刚分明感觉到，绊我的东西软绵绵的。而我们之前观察这个空间的时候，没有发现地面上有什么东西。背后的声音一直跟随着我们，也容不得我再细想，只顾跟着许燕的牵引一个劲儿地跑。

我已经不知道我们跑了多远，是不是围着这个石室在转圈，也不知道到底转了多少圈。黑暗中，感觉自己完全是渺小的。后面跑动的声音越来越微弱。这个时候，突然凤伟在前面叫了一声，从声音上，可以听出来，他极度地恐惧。凤伟刚刚闭上嘴巴，我后面的东西又吼叫了一声，跑动的声音又传来了。凤伟也许也听见了，跑动的速度加快了，在这种情况下，我们后面的人的跑动步伐其实全是来源于凤伟，他几乎算是在扯着我们后面四个人在跑。我们也一路基本是属于跌跌撞撞的状态。后面的声音一直在追着我们，但是好像每次都是我们发出声音后，它才会开始追。这样看来，它在这个黑暗的空间估计也是看不见的，只能靠声音来判断方向。

想到这里，我急忙叫前面的凤伟停下来，改用小跑，尽量不要跑出声，这个东西是靠声音来撵我们的。凤伟听到后放慢了脚步，因为我感觉前面许燕拖我的力量不是那么大了，整体的步伐也明显减小了。我仔细去听后面的声音，感觉也不是那么明显了，就非常小声地告诉凤伟停下来。等停下来后，我摸索着朝前面的人靠，然后非常小声地叫大家靠拢，感觉到大家靠拢了以后，我就用几乎说悄悄话的音量跟他们说，这个东西估计在黑暗中也是

看不见的，所以要尽量小声。凤伟也用同样的音量跟我们说，他也发现这个东西是靠声音来判断方向的，如果有办法引开他就好了。凤伟这样一说，我们都没有了底，现在能有什么办法引开它嘛，总不至于要专门喊个人去做牺牲！就在我脑壳一团乱麻的时候，汪勇问我们还有谁背了包包，从包包里丢东西出去吸引它。这确实是个办法，汪勇这个时候脑袋还这么清醒，简直难得。

不过，结果却让人失望，只有我和凤伟背了包。其他人刚刚在整理的时候，还没来得及拿。而小鱼的包包现在轻飘飘的，明显没有什么重物。还没等我摸小鱼的包的时候，我就听见不远处传来什么东西落地的声音，凤伟小声地告诉我们，他丢了个东西出去。那怪物也许是听到刚刚那个落地的声音，又开始叫了起来，这次的声音明显大了很多。估计它已经很恼怒了。这个声音在这个空间里被放大了很多。听起来更加地震人心魄。伴随其后的就是跑动的声音，但我感觉到不像是朝我们跑的，看来汪勇这招起作用了。

前面的凤伟又带着我们朝前面开始移动，这次我们没有再跑。

这个东西之所以一直跟在我们后面，就是因为我们跑动发出的声音在给它引路。这次我总算能摸到墙壁了。这时后面空间突然寂静了下来，我们也停止了前进，大家在摸索中靠拢在一起，同样用悄悄话一样的声音互相在耳边传递。我这才知道，凤伟刚刚丢出去的竟然是二娃从石台上丢下来的那个红色的怪兽雕刻，他说只有那个东西才是包里最重的，问我包里还有没有。

我轻轻拉开拉链，伸手进去摸小鱼包里的东西。突然，我摸到了小鱼的那个随身听。

这个东西进洞以后，只是在最开始的时候小鱼用来放过音乐。而现在摸到这个东西，我心里一阵狂喜，急忙小声地告诉大家。最后众人都觉得用这个东西来吸引那个"怪物"是最好的，但是要把握好时机，在我们接近地洞的时候才用，到时候，按下播放键，贴近地面像甩飞镖一样丢出去，丢得越远越好。

但这个事情说起来容易，做起来难，如果力道大了，丢出去正好碰到墙壁或者石台，那就会摔得稀烂。不过，小鱼的这个随身听是索尼的，牌子还算过硬，拿在手上感觉挺结实，应该不是那么容易摔坏。

凤伟告诉我们，其实刚刚我们已经跑了两圈了，在经过入口的地方，因为没有墙壁，他也差点跑岔了。他本来打算带我们回进来时的通道，但又突然想到，如果那"怪物"把我们堵在通道里面，而通道前面又有大蛇，那我们就只有死路一条。

经过小声的商量，我们有了一个初步的计划。

我们现在所处的位置，恰好是一开始进来时凤伟他们走的那一面墙，前面再转一个角，就是入口通道的那面墙，等我们到达入口通道的位置的时候会试着点蜡烛，如果那"怪物"有反应，就吹灭蜡烛，又开始跑。如果没反应那最好，到时候我们就可以移动到中间地洞那里。

这只是我们初步的计划，现在我们只有祈祷，希望那东西的视力不要太好，希望它看不见我们蜡烛的光亮。

计划完后，凤伟开始朝前移动了，在我们后面感觉很远的地方传来了那"怪物"呼哧呼哧的声音。我一手被许燕拉着，一手拿着随身听，走了一会儿，凤伟又停了下来。

通过许燕的传递，我知道我们已经到了洞门入口的位置，背后那"怪物"呼哧的声音依然没有停。

随后，我听到了打火机的声音，然后就看到了火苗。接着就看见蜡烛被点亮了，蜡烛点亮后凤伟没有动，我们大家都仔细去听怪物那边的声响。依然是那呼哧呼哧的声音，很小声，没有变化。我们这才稍微放心了点。

凤伟小声招呼大家朝中间走，此时虽然有蜡烛作为坐标，但我们依然没有放手，我们害怕那怪物万一突然来袭，至少跑起来，大家依然不会分开。

在朝中间走的过程中，我们每走一步都觉得时间过得极其慢，感觉整个空间就像凝固了一样。

通过凤伟手里的烛光,我们终于看到地上的洞口,我轻轻地舒了口气,心中压着的石头放下了大半。

凤伟小声安排大家,按照之前的顺序,爬到洞里去。

许燕放开了我的手,轻手轻脚地走过去,走到洞口,凤伟又在她耳边耳语了几句话。然后我们就看见许燕爬了进去,其次是志强和汪勇,我不停张望,这个时候那个东西没有再发出任何的声音,这种情况下,我心里反而更慌了,它发出一点声音还好一点,至少能让我知道它和我们的大概距离,现在一点声音都不发出来,这样的情况更让人心慌,说不定它什么时候就跑到你后面向你扑过来。

看着大家都进入得差不多了,我走到了凤伟的位置。凤伟把蜡烛递给了我,拿着包就扑到地上准备进洞,刚趴地上,他突然又侧过身把包给我,嘱咐我抓紧时间!

听到到这句话,我脑壳一下就炸了,因为他说这句话可能是潜意识说出来的,居然直接说出了口,声音和平时我们说话的音调一样地大。

他的声音一发出,我就听到了远处那东西的叫声,我一下就慌了。凤伟马上就钻进了洞里,然后我就听到他在里面大声喊,快丢随身听!

听到他这句话,我才想起我手中的随身听,慌忙去按键,结果不知道按到了什么键,居然没有声音,但我能感觉到磁带在动。急忙又重新按,这次终于听到了声音,我也不管方向了,稍微蹲下了点身子,就甩了出去。然后马上扑在地上,朝洞里爬,蜡烛也被我顺手丢掉了。

爬进洞后,我的脑袋里纯粹是空白的,听不见任何声音,我也不知道随身听丢出去到底摔坏没有,这个时候的我只有一个信念,就是拼死朝里面爬。

终于我的身子全部进入了这个洞穴,但我悬着的心依然没有放下。嘴里一直在喊凤伟,凤伟答应了一声,叫我赶快爬,赶快爬!

这个地洞不大,洞口的直径虽然看上去有一米五左右,进来以后才发现，原来里面很小。我爬起来也非常费力。那种感觉真的非常非常恐怖，总感觉那东西也追进了洞里。而我穿的短袖，身上被周围的泥土碎石硌得很疼。但比起后面的怪物来，这点疼痛根本不算什么。前面没有光亮，只传来凤伟他们爬动的声音。我也不知道我爬了多长距离，这个地洞完全是在一片黑暗中，拐没拐弯，上没上坡，下没下坡，我完全没有了概念。只觉得这个洞无比地长，而前面到底是生，还是死，我也完全没有概念，此时的我真的就像一条可怜的虫一样，靠着身体的反应来支撑着自己不断前行。身体的疲惫，腹中的饥饿让我感觉快要失去所有力气一般。而这个地洞的空气越来越稀薄，让我越来越喘不过气，脑袋开始变得迷糊了起来，身体就好像已经不再是我自己的一样，纯粹机械式地爬动着。

就在我感觉快要失去意识的时候，突然听到前面的凤伟在叫我，叫我坚持住，前面已经能看到光了，他们肯定已经到了。

听到这里，我勉强振作了一下精神，也似乎感觉到了有很细微的风吹过来的感觉。但是眼睛非常地模糊，眼里不断有泪水冒出来，止也止不住，心中有种末日到来的感觉。

眼睛里看不清楚前面有任何光亮，自己依然处于这种半昏迷的情况继续朝前爬，脑袋里朦胧得感觉自己在做梦一样。

忽然我眼睛突然有了种白蒙蒙的感觉，勉强将眼睛睁大一点，然后又被光刺得闭上了眼。我听见好几个人在叫我，但是却已经分不清楚到底是谁在叫我。我试着慢慢睁开眼睛，这个过程本来应该是很短的，但对当时的我来说，真的非常漫长也非常困难。

我似乎感受到了清新的空气，这一刻我真的想立即睡去，不愿再醒，我从来没有觉得空气原来如此地清新，活着如此地珍贵。

我不知道我是怎么出洞的。

在感受到阳光和空气的时候，我彻底晕了过去。等我醒来的时候，已经不知道昏迷了多久。

我相信没经历过的人是不会明白那种困在黑暗中很久的感受的，感觉似乎我们大家在那个地下空间已经待了几十年，我们已经与世隔绝了很久。

周围很安静，我能偶尔听到鸟叫，我能感受到刺眼的阳光，我能感受到新鲜的空气，我能感受到舒服的轻风。我并没有睁开眼睛，只是轻声招呼凤伟他们，但却没有人回答，我又加大声音叫了几声，同样没有人回答。我不知道自己到底是不是还活着，我甚至有种还在梦中的错觉。

但强烈的阳光刺得我的眼睛很疼，这让我清楚地意识到，我还活着，我并没有死，我也没有做梦。

我用手遮住眼睛，将头偏低，试着慢慢睁开，我终于能看见地上的青草，我第一次觉得这草绿得那么亲切。

隔了好一会儿，我的眼睛终于有所适应，我开始四处寻找凤伟他们，这才发现大家都睡在离我不远的一堆杂草中，杂草很高，几乎挡住了他们，只能看见他们的脚，我努力站了起来。走到他们的位置，所有的人现在都睡着了，而我不知道到底昏迷了多久，虽然现在我也很困，但是我现在很想看看大家的情况，特别是小鱼。

所有的人，都睡在这个杂草堆里，唯独少了小鱼。

没有小鱼！我心里突然一阵慌乱，难道小鱼没有出来？

不可能啊，小鱼是跟二娃一起出来的，怎么可能没有出来。

我的困意一下减轻了许多，急忙走过去叫醒二娃，连推带叫，二娃依然没有醒。我用手使劲拍他的脸，这次他终于醒了过来，揉揉眼睛问我怎么了。

我急忙问他小鱼出来没有，他说出来了，刚刚也是在这里睡着了啊。边说边转头去看，和我一样，他也没有看到小鱼，顿时也有点慌了，站起身和我一起去叫其他人。经过一番努力，其他人终于被我们叫醒了，在得知小鱼不见后，所有的人都慌了，众人开始跑向四周，大声呼喊小鱼的名字。

这时候我才发现我们现在所在的位置，真的可以用荒山野岭来形容。周围都是山，长满了杂草和树木，没有任何的人烟。而我们现在是在半山坡一个相对较平的地方。虽然这些山都不算特别高，但在我们仁寿县这已经算比较高的山了。

众人叫喊了半天，没有听到小鱼的回应，在我们目光所及之处，也没有看到小鱼的身影。

看天色，现在似乎已经是下午了，我叫二娃看看他的传呼机上的时间，二娃告诉我，现在已经是下午五点了。也好在二娃的是传呼，它不像手表，一旦停止，重新运行的时候，会从停止的时间开始走。而传呼则不会，它就像我们现在用的手机一样，关机一天，重新开机后，时间依然还是现在的时间，基本上不会发生错误。

二娃告诉我，我们出来的时候，是下午两点，大家只睡了三个小时，如果不赶快找到小鱼，再过几个小时，天黑了，就更不好找了。

尽管所有的人此时非常疲惫和饥饿，还是使出了最大的音量呼唤小鱼，但和刚才一样，没有任何的回音。

众人小声商量后，我们沿着半山的位置开始分头寻找。

找了很久都没有任何小鱼的痕迹，我心里越发着急，这个时候，山坡另一头的汪勇急忙叫我们过去，说看到小鱼了。听见汪勇的声音无比焦急，我急忙朝他的方向跑去，途中摔倒了很多次，手臂也被荆棘划伤了，但我却浑然不觉疼痛，只想快点看到小鱼。

等跑到汪勇的地方的时候，凤伟他们也刚刚赶到。这个时候我才看见，小鱼躺在距我们所在位置的下方大约五米远的一个土坡上，看到这一幕，巨大的悲伤瞬间刺穿了我的心，泪水控制不住地开始流出来，我大声叫着小鱼，声音完全变了调。

大家赶紧四下找路下去。很快我们在右边看到有一个长满杂草的坡可以

263

下去。我跌跌撞撞地顺着山坡滑了下去，志强、凤伟也跟了下来，一下到土坡我就冲到了小鱼身边，抱着她的头，哭着叫她。

叫了很久，小鱼没有反应，还好小鱼身上除了很多擦伤和挂伤外，没有其他明显的伤口。我擦了擦眼泪，这个土包不是很硬，可能小鱼只是摔下来昏倒了，此时她的呼吸还算平稳，大家也都暂时放了点心。

我们把小鱼弄上去后，不敢再做停留，就开始找下山的路。终于在山的另一侧勉强找到了一条看上去很像路的荒径，大家顺着这条路很不容易才下了山，下山后，我们顺着一条小路开始毫无目的地向前走。

就在天要黑的时候，大家终于看到了一个村子，我们找到了这个村子的一户人家，告诉主人家我们是出来耍的学生，迷路了，很久没吃饭也没有睡觉了，请求他们收留我们一晚上。

这户人姓邱，家里有一个中年大叔和大婶。

邱大叔邱大婶很爽快地答应了我们，并且给小鱼安排了一张床，烧了热水，邱大婶帮我们照顾小鱼，邱大叔则开始做饭给我们吃。

大家都是饿了很久的，虽然菜很简单，但我觉得那是天底下最美味的饭。

吃了饭后大家的精神明显好了很多。留下我和周玲照看小鱼，其他人横七竖八地躺在堂屋里睡着了。小鱼此时躺在床上，我给她不停地用水敷脸。过了一会儿，我也迷迷糊糊地睡着了。

不知道睡了多久，我慢慢醒了过来，小鱼此时还在昏睡，看着小鱼的脸，我一阵难过，抓住了她的手。这个时候小鱼却突然醒了过来。我看见小鱼醒了，心里一阵高兴，正准备问她要不要吃饭。突然，我看见她的鼻子开始流血。我急忙去找卫生纸，等我找到卫生纸过来的时候，我发现她的耳朵也开始流血。而此时小鱼的表情非常痛苦，脸似乎都扭曲了。我一下就慌了，急忙去扶她起来，然后同时叫醒了扑在桌子上睡觉的周玲，周玲看到小鱼这个样子也慌了，起身去叫其他人。

很快，所有的人都进了房间。邱大婶听到我们的动静也过来看，发现小鱼的情况就问我们怎么了，凤伟问她离这里最近的医院在哪里，邱大婶说在镇上，但是这个地方离镇上还有十多公里，汽车到不了这里，只能到三公里以外的一个叫毛店子的地方。凤伟又问有没有电话，邱大婶说，他们这个地方安不起电话，不过他们生产队有家人有摩托车，她马上去喊那个人骑车到毛店子，那里有电话可以打，说完就带着凤伟匆匆出了门。

小鱼的鼻子和耳朵里的血暂时止住了。我坐在小鱼身边不停地安慰着她。

一个小时后，凤伟回来了，告诉我们说已经给医院去过电话，医院马上会派救护车到毛店子。

听凤伟说完，我们不敢再做停留，我背上小鱼开始准备朝邱大婶说的毛店子方向走。

本来那个摩托车司机说送我和小鱼，但是我们看到小鱼这样的情况，怕她不能承受颠簸，所以也只好就靠人力背。我们和邱大叔邱大婶简单告别后，一行人开始朝毛店子的方向出发。

一路上，我、汪勇、志强轮换着背着小鱼小跑，小鱼又开始处于了一种半昏迷的状态。我们经过一个多小时的急行军，终于到了毛店子。但救护车还没有来，我们又打了一次120，医院说车已经派出来了。

刚挂完电话，我们就看见远处救护车的灯闪烁着过来了。

那时候没有修村村通，所有的路都只能过一辆车，而且路非常烂，所以救护车也开得很慢。护士把小鱼弄上了车，却只允许两个人陪同。最后只有我和周玲上了车，我告诉凤伟叫他们不要走，就在这里，我到了镇上马上找车过来接他们。

车到了医院后，医生就把小鱼推进了急救室。过了半个小时，医生问我是不是家属，我点了点头，又摇了摇头告诉医生我是病人的同学。医生告诉我说，要赶快通知病人家属，马上需要转院。我急忙去医生办公室借电话，

结果我习惯性地拨小鱼家的电话6402***，却始终提示是空号。我这才想起问医生这个镇是属于哪个县。

医生这才告诉我说这里叫新桥镇，属于资中县。我急忙又在电话号码前加上了区号0833，这次终于通了，在电话里，我只是大概说了下小鱼的情况，叫他们赶快到资中县医院去。因为刚刚医生也告诉了我，马上要转到县医院去。挂完了电话，我这才想起凤伟他们还在毛店子，但这个时候却找不到车。因为天都还没亮。想到这里，我急忙又借医生的电话给凤伟家里去了个电话，简单说了一下情况，当然，我只是说我们出来耍迷路了，整得很惨还受了伤，喊凤伟爸爸从富家镇找个金杯车赶快来资中新桥卫生院，挂完电话，医生就开始安排将小鱼转到县医院。

到了县医院后，小鱼同样被推进了急诊室，我坐在急诊室外面，脑袋里一片空白，手和脚不停地颤抖。

小鱼的家人是中午来的，她爸爸妈妈，还有其他一些亲戚都来了。看到小鱼的样子后，他们就问我到底怎么回事，我实话告诉了他们，他们非常生气，听完以后就开始打我。

其实，他们家人和我们家人都知道我们两人的关系，而且小鱼也经常到我家吃饭，我妈妈很喜欢她，我也去过小鱼家几次，所以她爸爸妈妈自然也认识我。他们打的时候我没有反抗，只是抱着头蹲在地上任他们的拳脚打在我身上。这时的我身体其实早就已经到了极限，但我只能选择默默地承受，如果这样的方式能让我的罪孽减轻一点的话。

打了一会儿，医院的其他人把他们拖开了，我满脸是血地坐在离他们不远的过道上，像是个被遗弃的小孩。

医院的护士过来帮我止住了血，扶我坐到了一边。

我从他们的谈话中大概了解到，小鱼的家人要将小鱼转到成都的医院，我不知道小鱼到底出了什么情况这么严重。

这个时候凤伟他们也来了，都想看看小鱼，却被小鱼的家人异常气愤地阻止了，除了二娃和凤伟，汪勇和志强也被小鱼的爸爸扇了几个耳光。

所有的人都只能默默坐在过道中等待着，周玲和许燕在这个过程中一直不断哭。而我们其他人心里则非常地酸楚，完全不知道小鱼到底是什么样的情况。

不一会儿，小鱼被推了出来，小鱼的家人不准我们靠近小鱼，我们只能远远地跟在后面。

最后，我们看到小鱼被抬上了开往成都的救护车。

小鱼依然昏迷着，我们隔得太远，已经看不真切。小鱼的爸爸严厉警告我们，以后永远不准再找小鱼。我们每个人都想知道小鱼到底怎么了，因为她是我们经历生死的朋友，一辈子的朋友。

救护车门关上。

我们并不知道，那是我们所有人，最后一次看到小鱼。那个一笑就有两个酒窝的小鱼，那个从来不肯把自己的悲伤带给别人的小鱼。

几个月后，小鱼去世了，在这期间，我们任何人都没有能和她见上一面。我们只能通过和她姐姐的电话了解到一些小鱼的情况。

而我们，作为小鱼最好的朋友，曾经最亲密的伙伴，从医院分别后，从此没有再见上一面。我们在小鱼下葬后的第三天才知道她离开的消息，每个人都陷入了疯狂般的悲伤和深深的自责中。

小鱼的姐姐后来给了我们一盘录音带，是小鱼偷偷录给我们的。小鱼在录音带里的声音非常地虚弱。她告诉我们说她很想我们，想念我们一起读书的日子，想念我们一起疯闹的日子，想和我们继续这样地在一起，但是她知道不可能了。

她告诉我们，医生说锯掉腿就会没事，她知道我们大家不会因为她没有腿而嫌弃她，所以她锯掉了。但是病情却越来越恶化，医生告诉她，她得的不仅仅只有一种病。她知道她已经活不久了，她每天都希望能和我们说说话，但是她知道那不可能，她知道家里人误会了我们所有人，尽管她无数次

解释和恳求，爸爸妈妈的态度却很坚决。小鱼说她没有怨恨，只有舍不得。舍不得我们每一个人。但是舍不得，还是要离开。以后可能永远再没有机会和大家在一起。希望我们大家一辈子都能像现在的感情一样。

小鱼就这样走了，我们每个人曾经都以为，我们把小鱼带出了洞。

其实我们每个人都知道，我们把我们的小鱼留在了那里，永远留在了那里。那里只有无尽的黑暗和孤独，那里只有看不见的彼岸花和冰冷刺骨的忘川河。

也许我们的小鱼，此时正在另一个时间日复一日年复一年地在寻找我们，正如我们寻找她一样。

总是带着这样美好的怀念去守候，守候一朵一生也不会再开的花，去盼望那一个一世也不会再结下的果。

我们曾经都有过理想，也正是因为这样的理想，我们八个人成了最好的朋友。

我们那时候是纯洁的，没有金钱，没有势力。我们的友谊真的就和白水一样，纯洁透明。我们曾经在一起的时候，从来不曾哭，留下的全是满带笑容的回忆。我们的无知和冲动给了我们最严厉的惩罚。我们的梦想破灭了，我们的理想破灭了。我们经历了普通人不曾经历的事情，却给自己留下了无法抚平的伤痛。正因为这样的经历，我们注定只能选择做个普通的人，没有信仰地过完一生。

曾经留在我们岁月里的照片、歌曲，都已经被尘封。我们很想重新开启，却早已经失去了这样的勇气。站在灯红酒绿的繁华都市，我们发现，我们早就迷失了自己。

也许，就是从进入的那一刻起，我们的命运早就不属于我们自己。

又或许，我们的命运从来未被我们所掌握。如果真的有来世，我们所有的人都愿意去过平淡的日子，不要去经历这样的刻骨铭心。

因为现在我们知道了，有些事情，我们经历不起，我们也承受不起。而有些人，注定需要你一辈子去忘记。

花开花落，然后又花落花开，我们已经慢慢长大。我们已经成家立业，我们已经娶妻生子。虽然我们现在少有联系，但是，不管相隔多远，不管相隔多久，我们都不会忘记。在我们已经逝去的青春里，我们早已经结下了一辈子也无法割舍的情谊。这种情叫做兄弟，这种情叫做朋友！

总是会有一首歌曲，不管你贫穷，富贵，都能唤起被你遗失了很久的纯真。

放下你的所有，静静地聆听，属于你自己的青春，属于你自己的似水年华。

从黄古洞出来以后，大家都发生了很多的改变。而凤伟则告诉我说，他在石室里带领我们大家跑的时候，突然的那声惊叫，是因为他在摸墙的过程中，摸到了一只手，一只带体温的手，而这只手带给他的感觉是陌生的，不属于我们任何人。

二娃把他从石台上拿下来的东西分给了大家，其实，也只有5件了。本来我是不想要的，二娃说，那个绿色珠子串起的玉本来是送给小鱼的，现在小鱼走了，就送给我，如果我们以后有机会找到了小鱼的坟墓，再拿来葬在她的坟前。佛珠他给了汪勇。二娃要给周玲一串玉，周玲却不要，志强和许燕也不要，剩下的，只有二娃自己收了起来。

小鱼去世后的第三个月开始，志强身上越来越痒，而且精神也很不正常。他肩膀上的手印，我没有再看见过。志强很快休了学。他爸爸妈妈带他走了很多医院，最后得出了结论，精神受到严重刺激，导致神经分裂。

我不知道这是什么原因，因为在刚出洞的几个月时间里，志强很正常的，我不知道是不是小鱼的死给他带来了强烈的刺激。我和其他人经常去看志强。但是志强已经不认得我们了，我们试图跟他聊以前的一些事情，他依然对着我们傻傻地笑。2006年，那是我最后见到志强。在我们走出他家门的

时候，我和凤伟感到无比地伤心，我们一路哭着回了家。因为我们知道，我们失去了一个一辈子的朋友，一个一辈子的兄弟。

小鱼去世后的第二个月，许燕身上也开始出现了奇怪的症状，全身开始酸软无力，去了很多的大医院都没有任何的结论。许燕后来跟随家人搬回了重庆老家，从那以后，我们再也没有见过。

2002年12月9日，那一天我们永远无法忘记，正如我们无法忘记小鱼一样，周玲因为车祸去世，我们去参加了周玲的葬礼，灵堂上悬挂的遗像是彩色的，正如她的笑容一样，多彩，纯洁。

现在每年清明，我和凤伟都要去给周玲扫墓，那个曾经坐在自己豆腐店里认真看书的清纯女孩，那个文静却又充满智慧的女孩，在那个寒冷的冬季，和小鱼一样，带着对这个世界无限的眷恋，离开了我们。

我没有在文章一开始就提到周玲的死亡，是因为我们一直认为周玲是意外死亡，直到后来的很多年，我都是这样认为的。

但后来很多很多离奇古怪的事情出现在我们身边的时候，我们活着的人才清楚地意识到，也许，在我们踏入黄古洞的那一刻开始，有些东西就已经被注定。

我从来不相信所谓的诅咒，我本来也不相信所谓的命运。

但这么多年，当我反复思考和回忆我们在洞中所遭遇到的一切时，我才突然意识到，也许，我们走入了古人给我们设置好的一个陷阱。

冥冥之中，我总感觉已经离开我们的朋友在时时刻刻不断提醒我们，让我们找到答案。而当我和凤伟这几年竭尽所能最终找到答案的时候，才发现，有时候真相更让人恐惧。

（第一部完）